CAROLINE CARLSON

HILARY UND DER FAST GANZ EHRBARE CLUB DER PIRATEN

DER SCHRECKEN DES SÜDENS

CAROLINE CARLSON

Hilary und der fast ganz ehrbare Club der Piraten

Der Schrecken des Südens

Aus dem Amerikanischen
übersetzt von Karen Gerwig

Illustrationen von
Tom Percival

KeRLE
Freiburg · Wien · Basel

MIX
Papier aus verantwortungsvollen Quellen
FSC® C083411

www.kerle.de

Titel der Originalausgabe: The Very Nearly Honorable League of Pirates;
The Terror of the Southlands

Dieses Werk wurde vermittelt von Rights People, London

Umschlagillustration: Tom Percival
Layout und Satz: Veronika Preisler
Druck: CPI books GmbH, Leck
Printed in Germany

ISBN 978-3-451-71223-4

Für Jane, Chris und Jonathan,
die alle sehr ehrbar sind.

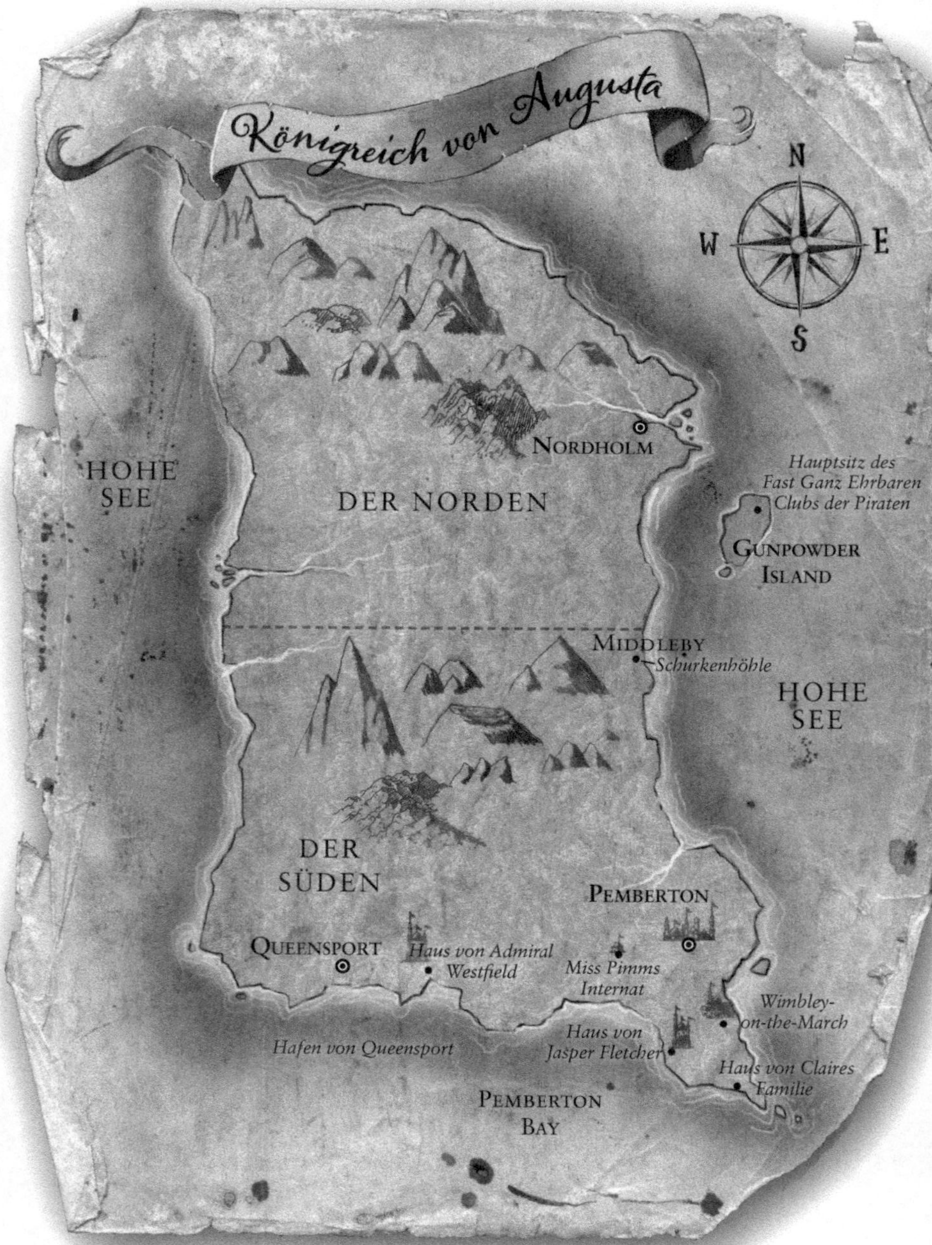
Königreich von Augusta
N
W
E
S
NORDHOLM
HOHE SEE
DER NORDEN
Hauptsitz des Fast Ganz Ehrbaren Clubs der Piraten
GUNPOWDER ISLAND
MIDDLEBY
Schurkenhöhle
HOHE SEE
DER SÜDEN
PEMBERTON
QUEENSPORT
Haus von Admiral Westfield
Miss Pimms Internat
Wimbley-on-the-March
Haus von Jasper Fletcher
Hafen von Queensport
Haus von Claires Familie
PEMBERTON BAY

Der fast ganz ehrbare Club der Piraten

VERHALTENSREGELN

Ein Pirat muss ...

→ doppelt so kühn wie verwegen sein und doppelt so verwegen wie kühn.

→ mit einer Kanone umgehen können und noch besser mit einem Schwert.

→ die schönen Dinge des Lebens zu genießen wissen: Schätze, Papageien und Grog.

→ nur auf seine Manieren achten, wenn es ihm gelegen kommt.

→ seinen magischen Gegenstand zu jeder Zeit bei sich führen.

→ ehrbar sein (zumindest fast ganz).

→ seinen Gefährten in Sturm und Kampf beistehen.

→ von Zeit zu Zeit Spaß an einer kleinen Plünderung haben.

→ vorsichtig mit seinem Haken umgehen.

Ein Pirat darf nicht ...

→ gegen seinen Kapitän meutern.

→ versuchen zu singen, wenn er keinen Ton halten kann.

→ seine Schurkenkollegen verärgern.

→ vergessen, furchterregend zu sein.

Und vor allem ...

→ ein Pirat muss Respekt einflößen!

Der Fast ganz ehrbare Club der Piraten
Seit 153 Jahren auf den Weltmeeren zu Hause
HAUPTSITZ AUF GUNPOWDER ISLAND

Piratin Hilary Westfield, Schrecken des Südens:

Grüße vom FGECP! Ich hoffe, dieser Brief findet dich mit ordentlich Wind in den Segeln und einem Haufen magischer Münzen in deiner Schatztruhe vor. Ich schreibe im Namen unseres gemeinsamen Arbeitgebers, Kapitän Rupert Schwarzzahn, dem Präsidenten dieses feinen Clubs und (ich hoffe, da wirst du mir zustimmen) wildesten Halunken auf Hoher See.

Kapitän Schwarzzahn wünscht dich in einer Angelegenheit von großer Wichtigkeit so schnell wie möglich zu sprechen. Daher bist du zu einem privaten Treffen auf der Galeone des Kapitäns, der Abtrünnigen, geladen. Versuche nicht, Kapitän Schwarzzahn zu suchen – er wird dich finden, wenn er soweit ist. Bemühe dich stattdessen bitte, während du auf die Ankunft der Abtrünnigen wartest, deine Stiefel zu polieren, die Kniffe deines Piratenhutes zu schärfen und bereite dich auf die große Ehre vor, unserem Kapitän persönlich zu begegnen.

Du darfst dieses Treffen weder verschieben noch absagen und auch keinen anderen Piraten als Vertretung schicken. Deinen Wasserspeier hingegen darfst du mitbringen, vorausgesetzt, er verhält sich aufs Manierlichste.

Arr!

Horatio Gull

Privatsekretär des Präsidenten

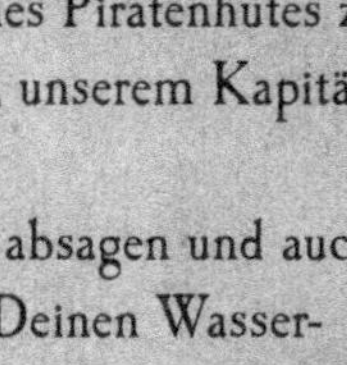

Kapitel Eins

Die *Abtrünnige* kam kurz nach dem Frühstück in Sicht.

Hilary hatte sie erwartet und entdeckte sie als Erste. Von ihrem Platz an Deck der *Taube* aus betrachtet, war das Schiff nichts weiter als ein kleiner Punkt am Horizont. Doch als Hilary das Fernrohr ansetzte, erwies sich der Punkt als das geblähte schwarze Segel und die lodernden Fackeln eines beeindruckenden Piratenschiffes.

„Ist die *Abtrünnige* nicht großartig?", sagte sie und hielt das Fernrohr so, dass der Wasserspeier hindurchschauen konnte. „Läuft dir bei ihrem Anblick nicht auch ein Kribbeln über den Rücken?"

Der Wasserspeier zuckte, so gut es ohne Arme ging, mit den Schultern. „Davon weiß ich nichts", sagte er, „aber sie sieht einer zermatschten Spinne ziemlich ähnlich." Er wich von dem Fernrohr zurück und schenkte der Galeone ein anerkennendes Nicken. „Und jetzt zurück an die Arbeit. Was klingt besser: *tapferer* Wasserspeier oder *unerschrockener* Wasserspeier?"

Hilary seufzte. Sie war diese Art Fragen in letzter Zeit

gewohnt, denn vor ein paar Monaten hatte der Wasserspeier beschlossen, einen Bericht seiner aufregenden Abenteuer auf Hoher See zu schreiben. Nach mehreren tintenklecksigen Versuchen, eine Schreibfeder mit dem Mund zu halten, hatte er jedoch Hilary um Hilfe gebeten, und jetzt verbrachte sie einen eigentlich perfekten Morgen damit, Diktate aufzunehmen, statt selbst in ein aufregendes Abenteuer zu segeln. Um der Gerechtigkeit willen muss gesagt werden, dass es eine ganze Weile her war, seit irgendein Abenteuer Hilarys Weg gekreuzt hatte, und die alltäglichen Aufgaben des Lebens auf einem Piratenschiff, wie das Deck wischen, Schwerter polieren und Kanonen abstauben, führten dazu, dass ihr langsam ziemlich die Füße in den Stiefeln juckten. Jetzt allerdings wollte Kapitän Schwarzzahn sie in einer höchst wichtigen Sache besuchen, und wohin auch immer Schwarzzahn segelte – dort würde sie doch sicher ein Abenteuer erwarten? Hilary schaute übers Meer zur *Abtrünnigen* hinüber und versuchte, sie per Gedankenkraft schneller zu machen.

Der Wasserspeier stupste sie mit der Schwanzspitze an.

„Entschuldigung“, sagte Hilary. Mit einiger Mühe wandte sie ihre Aufmerksamkeit von der Galeone dem Pergament vor sich zu. „*Unerschrocken* klingt hübsch, aber du hast dich allein auf dieser Seite schon fünf Mal unerschrocken genannt.“

„Das liegt daran“, sagte der Wasserspeier, „dass ich es *bin*.“

Hilary lachte und kritzelte ein paar Wörter auf das Pergament. „Was meinst du, was Kapitän Schwarzzahn mit mir besprechen will?", fragte sie. „Er führt doch sonst kaum persönliche Gespräche." Um genau zu sein hatte sie ihn bisher nur einmal gesehen, als er vor einem Jahr auf ihrer Türschwelle erschienen war, um ihr dafür zu danken, dass sie den lange verschollenen magischen Schatz des Königreiches gefunden hatte. Das war natürlich eine höchst piratenhafte Leistung gewesen, aber Schwarzzahn würde sicherlich nicht durch halb Augusta segeln, nur um ihr noch einmal zu gratulieren. „Glaubst du, er hat vielleicht vor, mich zu befördern? Oder mich für den Club auf eine wichtige Mission zu schicken?"

„Vielleicht will er dir eine Medaille für deine Tapferkeit auf Hoher See verleihen", sagte der Wasserspeier. „Und vielleicht könnte ich sie mit dir teilen."

Stunde um Stunde kam die *Abtrünnige* näher. Um elf Uhr konnte Hilary ihre Segel zählen. Um ein Uhr roch sie den Rauch ihrer Fackeln. Und um halb vier segelte sie ein paar Meter von der Stelle entfernt, wo die *Taube* vor Anker lag, in den Hafen. Hilary weckte den Wasserspeier aus seinem Schläfchen und rubbelte eilig einen Schmutzfleck von ihrer Stiefelspitze.

„Kapitän Schwarzzahn ist da!", rief sie, ohne sich groß darum zu kümmern, dass die meisten ihrer Kameraden nicht nahe genug waren, um sie hören zu können. Jasper Fletcher, freiberuflicher Pirat und Kapitän der *Taube*, befand sich an Land in dem Dorf Otterpool und verteilte

Stücke aus dem magischen Schatz an die Bewohner. Sein erster Maat Charlie Dove war draußen im Beiboot und ruderte haufenweise Magie aus der Schatzkammer des Schiffes an die Küste von Otterpool. Und Jaspers Frau, Eloise Greyson, war am Heck des Schiffes beschäftigt, wo sie Augustas einzige schwimmende Buchhandlung betrieb. Es war ein Jammer, dass ihre Crew nicht die Gelegenheit haben würde, an Bord des schillerndsten Piratenschiffes des Königreiches zu gehen. Doch Hilary war entschlossen, sich jede Einzelheit der *Abtrünnigen* zu merken und ihren Freunden alles darüber zu erzählen, wenn sie von ihrem Treffen zurückkam.

Ein Pirat in einem zerschlissenen gestreiften Hemd senkte ein kleines Boot vom Deck der *Abtrünnigen* ab und ruderte durch den Hafen, um dann mit einem unhöflichen Ruck seitlich gegen die *Taube* zu prallen. „Ahoi!“, schrie er. „Ich bin hier, um Piratin Hilary Westfield abzuholen. Sie soll sich mit meinem Kapitän besprechen und er duldet keine Widerrede!“

Miss Greyson streckte den Kopf aus ihrer Buchhandlung. „Was in aller Welt war das für ein Rums?“, fragte sie. „Davon sind fast alle Detektivromane auf mich heruntergefallen!“

„Ahoi!“, rief der Pirat wieder. „Seid Ihr Piratin Hilary Westfield, Ma’am? Ihr seid viel mürrischer, als ich erwartet hatte.“

Miss Greyson presste die Lippen zusammen, damit ihr keine Schelte entfleuchen konnte, und Hilary winkte zu dem Piraten hinüber. „Ich bin Piratin Westfield“, sagte sie. „Seid Ihr Kapitän Schwarzzahns Maat?“

Der Pirat grinste sie mit goldenen Zähnen an. „Das stimmt. Twigget ist mein Name.“

„Ach, es ist nett, Euch kennenzulernen, Mr Twigget.“ Hilary steckte den Wasserspeier in ihre Segeltuchtasche, schlang sie sich über die Schulter und hängte ein Seil über die Reling. „Und ich habe sicherlich nicht vor, mich Euch zu widersetzen. Ich weiß, der Kapitän möchte mich gerne sprechen, und ich möchte ihn auch sehr gerne sprechen.“

Miss Greyson schaute ihr mit verschränkten Armen nach, als Hilary sich und den Wasserspeier in das Ruderboot abseilte. „Sei aber bitte zum Abendessen wieder da“, sagte Miss Greyson. „Und vergiss deine Manieren nicht.“

„Sie war früher einmal meine Gouvernante“, vertraute Hilary Mr Twigget an, „und leider ist immer noch ein bisschen Gouvernante in ihr übrig.“ Sie winkte Miss Greyson zu und versprach, rechtzeitig zum Abendessen zu Hause zu sein – oder wenigstens rechtzeitig zum Dessert.

Dann zog Mr Twigget an den Rudern, und das Boot glitt knirschend und ächzend durch den Hafen und rumste mit einem Knall gegen die *Abtrünnige*, dass Hilary beinahe über Bord gegangen wäre. Als sie ihr Gleichgewicht wiedergewonnen hatte, führte Mr Twigget sie eine kippelige Strickleiter hinauf aufs Deck der Galeone.

„Wenn es Euch nichts ausmacht, die Stiefel auszuziehen“, sagte er. „Der Kapitän möchte das Schiff gern sauber halten.“ Er zeigte ihnen eine Holzkiste, auf die mit roter Farbe das Wort STIEFEL gemalt war. „Und wir brauchen Euer Schwert.“ Es gab auch eine Holzkiste, auf der SCHWERTER stand.

Hilary zögerte. Sie hatte ihre Stiefel schließlich extra für diese Gelegenheit poliert und es war ganz und gar unpiratenhaft, wenn man sein Schwert einem anderen Schurken gab. Dennoch, es war Kapitän Schwarzzahns Schiff und es erschien ihr nicht weise, seine Befehle zu missachten. „Ich bekomme es doch zurück, oder?“, fragte sie, als sie es vom Gürtel löste.

„Aye, natürlich, wenn Ihr lebend wieder herauskommt.“ Mr Twigget kicherte und hieb ihr auf den Rücken. „Nur ein kleiner Piratenscherz, Miss Westfield.“

„Es heißt Piratin Westfield, danke“, sagte Hilary. Sie war sich nicht so sicher, ob ihr Mr Twiggets Humor besonders gut gefiel, und sie streckte sich ein wenig gerader, um die fehlenden Stiefel auszugleichen. „Wärt Ihr bitte so nett, mich zu Kapitän Schwarzzahns Quartier zu bringen?“

„Oh, Ihr werdet den Kapitän nicht in seinem Quartier finden, Kamerad.“ Mr Twigget zeigte zu den geblähten Segeln der *Abtrünnigen* hinauf. „Er ist oben im Ausguck.“

„Und er möchte nicht herunterkommen, um mit mir zu sprechen?“

Mr Twigget schüttelte den Kopf. „Er hat gern eine gute Aussicht, der Kapitän Schwarzzahn. Beeilt Euch besser und klettert rauf, er mag's nicht so, wenn er warten muss."

Hilary nahm an, es würde nichts nützen zu protestieren; sie war ohne ihr Schwert an der Seite nicht darauf erpicht, sich mit Mr Twigget zu streiten. „Nun gut", sagte sie und schenkte Twigget ein knappes Nicken. „Wenn Kapitän Schwarzzahn lieber im Ausguck bleiben möchte, werden mein Wasserspeier und ich uns ebenfalls dorthin begeben."

Die anderen Piraten der *Abtrünnigen*, die Grogfässer aus der Kombüse heraufwuchteten oder die vielen imposanten Messingkanonen polierten, hielten in ihren Arbeiten inne und starrten Hilary an, während sie das Deck überquerte. Die Männer waren ebenfalls barfuß, aber sie hatten nicht auf ihre Schwerter verzichten müssen. „Das ist die Piratin, die der Schrecken des Südens genannt wird", rief einer aus der Menge seinen Kameraden zu. „Ich hätte nicht gedacht, dass sie so ein Winzling ist."

Hilary ballte die Fäuste, sagte aber kein Wort. Eine echte Piratin ließ sich nicht von so einem ahnungslosen Halunken ärgern – doch als der Wasserspeier den Kopf aus der Tasche streckte und die Crew der *Abtrünnigen* anknurrte, schalt sie ihn nicht dafür. „Ich hätte sie auch gebissen", sagte der Wasserspeier, „wenn du mich näher herangelassen hättest."

„Das ist sehr nett von dir", sagte Hilary. Sie schaute

hinauf zu den schwarzen Segeln des Schiffes und schluckte. „Der Ausguck ist ganz schön weit oben."

„Müssen wir wirklich dort hinauf?", fragte der Wasserspeier. „Das ist eine komische Art von Schwarzzahn, uns eine Medaille für unsere Tapferkeit zu verleihen."

„An diesem ganzen Treffen ist etwas merkwürdig", stimmte Hilary ihm zu. Aber vielleicht war das Schwarzzahns Vorstellung von einem Test. Tja, wenn das der Fall war, hatte sie nicht vor, durchzufallen. Charlie hatte ihr vor Ewigkeiten auf der *Taube* beigebracht, wie man in den Ausguck kletterte, und als ihr Vater noch Admiral der königlichen Marine von Augusta gewesen war, hatte sie in den Seilen seines Schiffs geturnt, sobald er nicht auf sie achtete – was oft war. „Schau nicht nach unten", sagte sie zum Wasserspeier, während sie sich in die Takelage hochzog. „Ich weiß, du magst keine Höhe."

„Nicht die Höhe macht mir etwas aus", erwiderte der Wasserspeier tief in der Tasche. „Sondern das Herunterfallen."

„In dem Fall hast du nichts zu befürchten. Ich werde Schwarzzahn und seiner Crew schon zeigen, woraus ich gemacht bin."

„Wenn du übers ganze Deck verspritzt bist, werden sie genau sehen, woraus du gemacht bist", sagte der Wasserspeier fröhlich. „Und das wird nicht hübsch."

Kapitän Schwarzzahns Crew hatte sich jetzt unter ihr versammelt. Alle schauten herauf, tippten ungeduldig mit den Holzbeinen auf den Boden und hoben ihre

Augenklappen an, um besser sehen zu können. Hilary biss die Zähne zusammen und kletterte weiter, bis die neugierigen Piraten kaum mehr als kleine Punkte zu ihren Füßen waren. Sie kletterte, bis sie die *Taube* wie ein Spielzeug im Hafen unter sich dümpeln sah und ihr die Wolken unverschämt nah waren. Warum um alles in der Welt musste die *Abtrünnige* so absurd hoch sein? Und warum wagten es ihre Schultern, so grimmig wehzutun? Als sie endlich den Ausguck erreichte, zog sie sich hoch und landete auf dem Hosenboden, direkt vor einem Paar polierter schwarzer Stiefel.

„Piratin Westfield“, sagte Kapitän Schwarzzahn (denn er war der Besitzer der Stiefel). „Du meine Güte. Ich dachte schon langsam, du würdest niemals ankommen.“

Hilary rappelte sich auf, stellte ihre Tasche ab und streckte Schwarzzahn eine schmerzende Hand hin. „Es tut mir schrecklich leid, Sir. Ich dachte, die meisten Piraten fänden es schick, zu spät zu kommen.“

„Das ist wahr“, sagte Kapitän Schwarzzahn, „aber ich sehe das anders.“ Er nahm ihre Hand mit festem Griff, und Hilary tat ihr Bestes, nicht schmerzlich das Gesicht zu verziehen. Es war eigenartig, fand sie, dass der Präsident des Fast Ganz Ehrbaren Clubs der Piraten nicht das kleinste bisschen furchteinflößend aussah – zumindest nicht auf den ersten Blick. Er hatte weder eine Augenklappe noch ein Holzbein oder einen Haken, und die Falten in seinen Augenwinkeln weckten in Hilary den Verdacht, dass er sich ab und zu, wenn keiner hinschaute, ein Lächeln erlaubte. Dennoch schaffte er es, piratenhafter zu wirken als alle seine Crewmitglieder zusammen. Vielleicht lag das daran, dass er der Einzige war, der Stiefel tragen durfte.

„Ich sehe, du hast deinen Wasserspeier mitgebracht." Kapitän Schwarzzahn schaute den Wasserspeier, der aus Hilarys Tasche gesprungen war, mit hochgezogener Augenbraue an. Dann rieb er sich das Kinn und beugte sich zu Hilary vor. „Bist du sicher, dass es eine gute Idee ist, einen Wasserspeier als Haustier zu halten? Findest du nicht, ein Papagei wäre angemessener?"

Der Wasserspeier schnappte entsetzt nach Luft.

„Er ist kein Haustier, Sir", sagte Hilary. „Er ist ein Freund von mir und ebenfalls ein Pirat."

„Das stimmt", sagte der Wasserspeier. „Ich habe einen Hut und alles."

„Ah. So, so." Kapitän Schwarzzahn zog einen Kneifer aus der Tasche und balancierte ihn auf der Nase. „Aber Piratin Westfield und ich haben wichtige Dinge zu besprechen. Weißt du, warum ich euch hergebeten habe?"

„Wegen einer Medaille?", fragte der Wasserspeier hoffnungsvoll.

Kapitän Schwarzzahn runzelte die Stirn.

„Man hat mir gesagt, dass Ihr eine Angelegenheit von großer Wichtigkeit mit mir besprechen wollt, Sir", sagte Hilary, „aber ich weiß leider nicht, was für eine Angelegenheit Ihr meint."

„Was ich meine", sagte Kapitän Schwarzzahn, „ist das

hier.“ Er griff in die Falten seines Piratenmantels und holte ein dünnes Stück Papier heraus, das er Hilary reichte.

BESCHEID ÜBER UNPIRATENHAFTES VERHALTEN

Hiermit wird festgestellt, dass

Piratin Hilary Westfield

Folgendes vorgeworfen wird:

Übertretung der Verhaltensregeln
des Fast Ganz Ehrbaren Clubs der Piraten
und höchst unangemessenes Benehmen.

Dies ist deine

[x] erste Warnung [ ] zweite Warnung [ ] dritte Warnung.

Hilary starrte auf den Bescheid. Sie las ihn dreimal durch, dann zweimal rückwärts, doch die Wörter auf dem Papier wollten sich nicht ändern. Sie blickte zu Kapitän Schwarzzahn auf, um zu sehen, ob er scherzte, doch sein ernster Gesichtsausdruck sagte ihr recht deutlich, dass er das nicht tat.

Der Wasserspeier stupste sie mit der Schnauze an. „Was steht da?“, fragte er. „Ist es etwas Gutes?“

Hilary faltete das Papier zu einem sauberen Quadrat zusammen und stopfte es in die tiefste Tasche ihrer Kniehose. „Nein“, sagte sie. „Das ist überhaupt nicht gut. Man wirft mir unpiratenhaftes Verhalten vor – obwohl das ein Irrtum sein muss, denn ich bin mir sicher, dass ich nichts getan habe, womit ich das verdiene."

„Was du nicht getan hast, fürchte ich, ist genau das Problem." Kapitän Schwarzzahn entrollte ein langes Pergament. „Laut meinen Aufzeichnungen hast du nicht am diesjährigen Clubball teilgenommen, du hast es abgelehnt, ein Los unserer Piratentombola zu kaufen und du hast an keiner einzigen unserer monatlichen Grogverkostungen teilgenommen."

Hilary schaute auf die Schriftrolle, die eine umfangreiche Liste all dessen zu sein schien, worin sie keine gute Piratin gewesen war. „Über die Feiertage habe ich meine Mutter besucht, Sir. Und was den Grog angeht: Miss Greyson hält nicht viel davon, außer zu besonderen Anlässen."

„Miss Greyson?" Kapitän Schwarzzahns Ausdruck wurde noch ernster. „Das ist die Frau, die früher deine Gouvernante war, richtig?"

„Na ja, schon, aber jetzt ist sie Buchhändlerin und …"

„Das ist schwerwiegend – ziemlich schwerwiegend, in der Tat! Doch es bestätigt unseren Verdacht." Kapitän Schwarzzahn hob die Schriftrolle hoch und zeigte auf einen Punkt fast ganz oben auf der Liste.

„Verkehrt mit Gouvernanten", las Hilary laut. „Hat keinen Papagei."

„Das könnt Ihr nicht ernst meinen!", sagte der Wasserspeier.

Kapitän Schwarzzahn legte die Schriftrolle beiseite

und schaute auf Hilary hinab. „Um ehrlich zu sein“, sagte er, „kümmern mich diese kleinen Fehler nicht besonders. Ein wahrer Pirat zu sein ist nicht nur eine Frage von Loskäufen, und Piraterie erfordert oft eine gewisse Missachtung guten Benehmens. Aber sag mir, Piratin Westfield: Wann hast du das letzte Mal das Schwert gegen einen Feind gezogen? Oder den Schatz eines Piratenkollegen gestohlen?“ Er schwieg kurz. „Wann war das letzte Mal, als du in ein aufregendes Abenteuer auf Hoher See gesegelt bist?“

Der Ausguck schwankte, als eine Welle die *Abtrünnige* vorwärtspeitschte, und Hilary kämpfte um ihr Gleichgewicht. „Das ist wohl schon eine Weile her.“

„In der Tat“, sagte Kapitän Schwarzzahn. „Ich hoffe, du verstehst, dass mich das alles in eine ziemlich knifflige Lage bringt. Als du den Schatz gefunden hast, den die Zauberin des Nordens versteckt hatte, war der FGECP ziemlich beeindruckt – und natürlich sind wir dir immer noch dankbar, dass du dem Königreich solche großen Mengen an Magie beschert hast. Das macht uns das Rauben und Brandschatzen um einiges leichter.“ Er senkte die Stimme. „Dann war da natürlich noch die Sache mit deinem Vater. Du weißt genauso gut wie ich, dass er alle Schurken und Halunken des Königreichs eingesperrt hätte, wenn du nicht dafür gesorgt hättest, dass er die Magie nicht in die Finger bekommt. Nur eine kaltblütige Piratin könnte ihren eigenen Vater in den Kerker schicken.“

Hilary zögerte. „Danke“, sagte sie schließlich, denn sie nahm an, Kapitän Schwarzzahn hatte das als Kompliment gemeint. Allerdings wäre es ihr lieber gewesen, er hätte ihren Vater nicht erwähnt. Admiral Westfield hätte sich den Schatz der Zauberin beinahe selbst unter den Nagel gerissen, doch Hilary hatte ihn aufgehalten, und seither saß er in einer düsteren Gefängniszelle. Hilary war sich sicher, dass ihr Vater diesen Verrat nie verzeihen würde. Dennoch war er nichts weiter als ein Bösewicht, und Hilary war jetzt der Schrecken des Südens. Sie konnte sich in der ganzen Sache keinerlei Bedauern leisten, denn Bedauern war ein ganz und gar unpiratenhaftes Gefühl.

„Als ich dich im Club aufgenommen habe“, fuhr Kapitän Schwarzzahn fort, „habe ich meinen eigenen Ruf aufs Spiel gesetzt. Mehr als nur ein paar Schurken und Halunken fanden, die Mitgliedschaft im Club sollte Mädchen nicht offenstehen – und ganz sicher nicht Schulmädchen aus der High Society“, fügte er ein bisschen entschuldigend hinzu.

„Aber ich bin kein Schulmädchen!“, sagte Hilary. „Ich bin eine Piratin!“

„Und genau das habe ich dem Club auch gesagt. Ich habe ihnen versichert, sie müssten sich keine Sorgen machen, da du dich bald als die furchterregendste Piratin der Hohen See erweisen würdest. Aber in den letzten Monaten hast du leider nicht viel dafür getan, deine Piratenkollegen zu beeindrucken. Es gab sogar Gerüchte, dass dir der Schatz der Zauberin mit einer Menge Glück einfach in die Hände gefallen ist – und dass du es ohne die Hilfe von Jasper Fletcher nicht geschafft hättest."

Hilary holte tief Luft. „Das ist vollkommen absurd."

„Absurd oder nicht, wenn du nichts tust, um die anderen Clubmitglieder Lügen zu strafen, machst du uns beide zur Lachnummer der Hohen See." Kapitän Schwarzzahn schaute Hilary über den Rand seines Zwickers an. „Und ich bin nicht gerne eine Lachnummer. Du vielleicht?"

Der Wind peitschte Hilary den Zopf ins Gesicht und sie schob ihn zur Seite. Sie fand es schön, im Königreich herumzusegeln und Jasper zu helfen, den Schatz zu verteilen. Doch vielleicht war das nicht ganz die verwegene Seereise, von der sie in all den Jahren endloser Unterrichtsstunden und öder Partys in Westfield House geträumt hatte. Sie hatte sich danach gesehnt, ihr fürchterlich korrektes, fürchterlich langweiliges Leben gegen Abenteuer auf Hoher See einzutauschen wie die, mit denen ihr Vater immer geprahlt hatte. Wenn man nicht mitzählte, wie sie Jasper geholfen hatte, seinen Piratenhut aus dem Hafenbecken zu fischen – was Hilary nicht tat –, war dieses Treffen mit Kapitän Schwarzzahn tatsächlich seit Monaten das Einzige, was einem Abenteuer auch nur nahekam. Wenn das Abenteuer sich weigerte, zu ihr zu kommen, warum sollte sie nicht stattdessen losziehen, um das Abenteuer zu suchen? Sie konnte nicht zulassen, dass Schwarzzahn und seine Kumpane glaubten, sie sei nur der Abklatsch einer Piratin – und sie würde ganz sicher nicht zulassen, dass so ein Gerücht ihrem Vater zu Ohren kam. „Nein“, sagte Hilary, „ich glaube auch nicht, dass ich gern eine Lachnummer wäre.“

„Das hatte ich gehofft.“ Kapitän Schwarzzahn nickte und rückte seinen Kneifer gerade. „Trotzdem muss ich Maßnahmen ergreifen, um sicherzugehen, dass du mich nicht enttäuschst, und deshalb stelle ich dich vor eine Aufgabe. Anstatt deine Tage damit zu verbringen, dem weichherzigen Mr Fletcher bei seiner ganz und gar unpiratenhaften Arbeit zu helfen, möchte ich, dass du eine kühne und wagemutige Aufgabe vollbringst – eine Aufgabe, die mir und meinen Piratenkollegen beweist, dass du zu Recht ein Mitglied dieses Clubs bist. Eine Aufgabe, die nur ein wahrer Pirat erfüllen kann.“

Der Wasserspeier spitzte die Ohren. „Ihr meint ein Abenteuer?“, fragte er.

„Natürlich meine ich ein Abenteuer!“, brüllte Kapitän Schwarzzahn so laut, dass die Ohren des Wasserspeiers zitterten. „Es ist schwierig, kühn und wagemutig zu sein, wenn man zu Hause auf dem eigenen Piratenschiff sitzt und seine Socken stopft. Viel besser ist es, in den fernen Norden aufzubrechen, um das Seeungeheuer zu besiegen, das seit Monaten die Stadt Summerstead in Angst und Schrecken versetzt! Oder“, sagte er, „wenn dich solch eine Reise nicht reizt, Piratin Westfield, habe ich gehört, dass es in den südlichen Königreichen einen Piratenkönig gibt, der behauptet, er könne jeden verwegenen

Piraten der Hohen See in einem Schwertkampf besiegen. Vielleicht solltest du diejenige sein, die ihm das Gegenteil beweist."

Hilary hatte noch nie ein Seeungeheuer gesehen, ganz zu schweigen davon, eines zu besiegen, und ihre Schwertkünste entsprachen nicht ganz den Standards des FGE-CP, was sie Kapitän Schwarzzahn allerdings ganz sicher nicht verraten würde. Wenn er wollte, dass sie eine dieser Aufgaben ausführte, würde sie einfach einen Weg finden müssen, es zu tun. „Natürlich kann ich ein Seeungeheuer besiegen", sagte sie, „oder einen Piraten im Duell besiegen. Das dürfte überhaupt kein Problem sein."

„Freut mich, das zu hören." Kapitän Schwarzzahn legte Hilary die Hand auf die Schulter. „Aber ich muss dich warnen: Wenn du es nicht schaffst, mich zu beeindrucken, wird dein Mitgliedsausweis verbrannt und dein Schwert konfisziert. Kein Pirat des Clubs darf mit dir verkehren, und ich werde dich über die Planke der *Abtrünnigen* schicken müssen, als wärst du nichts weiter als ein gewöhnlicher Schuft. Viele Schurken überleben das Eintauchen", Kapitän Schwarzzahn senkte die Stimme, „aber viele auch nicht. Hast du mich verstanden?"

„Voll und ganz", sagte Hilary. Sie war furchterregend genug, um einen Gang über die Planke zu überstehen – zumindest hoffte sie das. Aber nach aller Arbeit, die es sie gekostet hatte, sich einen Platz im Club zu verdienen, wäre die Schmach zu groß, aus seinen Rängen verbannt zu werden. „Keine Sorge, Sir. Ich werde kühner und wagemutiger sein als jeder andere Pirat auf Hoher See."

„Das stimmt, Kapitän Schwarzzahn", sagte der Wasserspeier. „Hilary ist die beste Piratin im Königreich, und ich bin *definitiv* der beste Wasserspeier. Macht Euch darauf gefasst, beeindruckt zu werden!"

„Genau das werde ich tun", sagte Kapitän Schwarzzahn. „Aber jetzt muss ich mich von euch beiden verabschieden, denn ich habe Vorkehrungen getroffen, meine Nichte zu besuchen." Er nahm Hilarys Hand und schüttelte sie noch einmal kräftig. „Eile nach Hause, Piratin Westfield, entscheide dich für eine Aufgabe, und um Himmels willen tu dein Bestes, um kühn und wagemutig zu sein."

Hilary verstaute den Wasserspeier, verabschiedete sich von Kapitän Schwarzzahn und kletterte, so schnell sie konnte, aus dem Ausguck. Als die Piratenflagge, die über ihnen flatterte, so klein aussah wie Hilarys Daumennagel, spähte der Wasserspeier über den Rand der Tasche. „Das ist nicht allzu schlecht gelaufen", sagte er, wenn er auch nicht ganz überzeugt klang. „Immerhin hat uns Schwarzzahn nicht über die Planke geschickt."

„Und das wird er auch nie, wenn ich dazu etwas zu sagen habe." Hilary schwang sich von den Seilen und landete hart auf dem Deck. „Keine Sorge, Wasserspeier, nächstes Mal, wenn wir Kapitän Schwarzzahn sehen, wird er uns endlich unsere Medaille verleihen." Sie bedachte die Piraten, die sich um sie versammelt hatten, mit ihrem furchterregendsten Blick, sodass sie alle auf ihre Posten zurückeilten. Gut, dachte sie, vielleicht würde das diese Halunken davon abhalten, noch mehr absurde Gerüchte über ihr Verhalten zu verbreiten.

Twigget erwartete Hilary neben der Kiste mit der Aufschrift STIEFEL und feilte seine Fingernägel mit der Kante seines Messers. Sie marschierte auf – wie sie hoffte – ganz und gar piratenhafte Art auf ihn zu. „Mr Twigget“, sagte sie, „Ihr solltet mir besser endlich meine Sachen bringen. Ich beginne eine kühne und wagemutige Mission, und ohne mein Schwert kann ich einfach nicht anfangen.“

Ein Auszug aus Der Wasserspeier: Eine Heldengeschichte. Vom Wasserspeier

Niedergeschrieben von H. Westfield

Ihr werdet euch vielleicht fragen: „Wie ist der Wasserspeier von seiner Position als einfache Steinskulptur zum mutigsten und beliebtesten Helden des Königreiches aufgestiegen?“ Nun, liebe Leser, das will ich euch gerne erzählen.

In meinen frühen Jahren war ich als magischer Beschützer in Westfield House angestellt. Doch ein Leben über einem Türrahmen ist kein Leben für einen Wasserspeier von Geist, also schied ich aus dem Dienst und begab mich (mit der Hilfe meiner getreuen Assistentin Hilary) auf die Suche nach Ruhm und Ehre. Nach einem versehentlichen Abstecher ins Mädcheninternat im Gepäck meiner Assistentin stellte ich mich dem bekannten Piraten Jasper Fletcher vor, der mich gern als Galionsfigur an Bord seines Schiffes nahm. (Ihr wisst es vielleicht nicht, liebe Leser, doch die Galionsfigur ist einer der wichtigsten Seeleute auf einem Piratenschiff, direkt nach dem Kapitän selbst.) Jasper war außerdem so freundlich, meine Assistentin ebenfalls einzustellen, als ihm klar wurde, wie einsam sie ohne mich wäre.

Bald darauf starteten wir zu einer aufregenden Reise, um den größten Schatz des Landes zu suchen. Denn die magischen Minen unseres geliebten Königreichs Augusta waren seit Langem erschöpft, und es war kaum noch Magie übrig – das heißt, bis auf eine große Schatzsammlung, die damals von der Zauberin des Nordens versteckt wurde. Natürlich erklärte sich euer furchtloser Held bereit, diese verschollene Magie zu suchen und dem Volk von Augusta zurückzugeben.

Allerdings war ich nicht der Einzige auf Schatzsuche! Ihr werdet es niemals glauben, liebe Leser, doch der Vater meiner getreuen Assistentin, Admiral Westfield, wollte die Magie für sich. Er und seine Freunde aus der High Society hatten seit Monaten Magie aus den vornehmen Haushalten von Augusta gestohlen und sie planten, den Schatz zu benutzen, um die Königin abzusetzen und an ihrer Stelle das Königreich zu regieren. Ich wusste, wenn

Admiral Westfield den Schatz vor mir erreichte, würde ich niemals berühmt werden.
Mit meinem scharfen Verstand entzifferte ich die Schatzkarte der Zauberin, und mit meinen noch schärferen Zähnen kämpfte ich gegen eine ganze Flotte Marineoffiziere, gewann Heerscharen von Bewunderern und führte meine getreue Assistentin zu dem Ort, wo der Schatz verborgen lag. (Meine Assistentin sagt, das sei nicht ganz der Lauf der Ereignisse, wie sie sich daran erinnere, doch dies sind nicht ihre Memoiren, nicht wahr?)
Jedenfalls war der Schatz schon beinahe unser, als das Unglück geschah: Admiral Westfield hatte uns gefunden! Er lernte allerdings schnell, dass er es nicht mit einem Wasserspeier aufnehmen konnte. Mit ein wenig Unterstützung meiner Assistentin besiegte ich den Bösewicht und schickte ihn in den königlichen Kerker. Als Belohnung für meine Mühen erhielt ich einen schicken Piratenhut, und Jasper verlieh meiner Assistentin großzügig den Titel „Schrecken des Südens". Wir können nicht alle der heldenhafteste Wasserspeier im Königreich sein, doch meine Assistentin scheint dennoch zufrieden mit ihrem Titel zu sein.

Aus der illustrierten Queensport-Gazette
Das Tor zur zivilisierten Welt!

EINDRINGLING IN DER NÄHE DER RESIDENZ DER ZAUBERIN GEMELDET

Pemberton, Augusta – Die Inspektoren der Königin wurden letzte Woche in Miss Pimms Mädcheninternat für feinfühlige Damen gerufen, um das Eindringen einer oder mehrerer verdächtiger Personen auf dem Schulgelände zu untersuchen. Miss Eugenia Pimm, die ihre Zeit zwischen der Leitung des Internats und ihrem Posten als Zauberin aufteilt, rief die Behörden spät in der Nacht, nachdem sie vor ihrem Fenster Schritte gehört hatte.

Inspektor John Hastings erklärte, man habe in der Nähe des Schulgebäudes keinen Eindringling gefunden. „Offen gesagt", erklärte Mr Hastings der Gazette, „glaube ich nicht, dass es hier ein Verbrechen aufzuklären gibt. Wenn Ihr mich fragt, war das nichts weiter als eine Handvoll Schulmädchen, die ihrer Rektorin einen Streich gespielt haben."

Miss Pimm selbst jedoch war felsenfest davon überzeugt, dass keine ihrer Schülerinnen auch nur davon träumen würde, nach Einbruch der Dunkelheit auf dem Schulgelände herumzustreifen. „Wenn ich nur meine magische Häkelnadel näher bei der Hand gehabt hätte", sagte sie, „hätte ich den Eindringling selbst festgenommen. So konnte ich nichts weiter tun, als eine Kerze anzuzünden und zum Fenster zu laufen, bevor er entkam."

In ihrer Rolle als Zauberin überwacht Miss Pimm neue Magienutzer und versucht, die Spitzbuben und Bösewichte des Landes davon abzuhalten, Magie zu ihren eigenen schändlichen

Zwecken zu missbrauchen. Daher, behauptet sie, sei es ganz natürlich, dass sie Feinde habe. „Das halbe Königreich ist wütend, wenn ich es dafür schelte, seine Magie unangemessen zu nutzen", sagte sie, „und die andere Hälfte ist wütend, weil sie ihre magischen Gegenstände noch nicht von Jasper Fletcher bekommen hat. Diese ganze Angelegenheit macht mir rasende Kopfschmerzen. Mein größter Wunsch ist, eine Nachfolgerin als Zauberin zu finden und mich auf meinen Familiensitz im Norden zurückzuziehen, doch meine Suche nach einer talentierten jungen Dame von Stand, die meinen Platz einnehmen könnte, war bisher eine ziemliche Katastrophe. Ich fange an zu bezweifeln, dass irgendwer im Königreich der Aufgabe gewachsen ist – aber das dürft Ihr nicht alles in der Gazette berichten. Was kritzelt Ihr da, junger Mann?"

An dieser Stelle unseres Gesprächs mit der Zauberin wurde der Reporter der Gazette augenblicklich hinausgeworfen.

Diese Woche in Otterpool!

DIE SCHWIMMENDE BUCHHANDLUNG & MAGIEAUSGABE

Augustas offizielle Quelle für
MAGISCHE MÜNZEN
MAGISCHE HÄKELNADELN
Und andere Kuriositäten aus der Schatzkammer
der Zauberin!

Verpassen Sie nicht unsere beeindruckende Auswahl an
ABENTEUERGESCHICHTEN VON HOHER SEE
ERGREIFENDEN LIEBESROMANEN
und
HILFREICHEN ETIKETTE-RATGEBERN
für jede Gelegenheit.

Und bitte kommen Sie herein zu
einer gemütlichen Tasse heißer Schokolade.

Sie finden uns an Bord der **TAUBE**
im Hafen von Otterpool.

Eloise Greyson, Inhaberin
Jasper Fletcher, Pirat

Kapitel Zwei

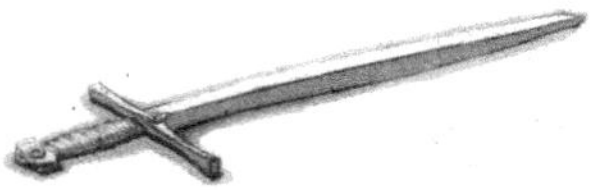

Als Hilary wieder auf der *Taube* war, kam sie bereits zu spät zum Abendessen. Sie schlüpfte in die Kapitänskabine, setzte sich ans Ende des langen Holztisches und warf einen skeptischen Blick auf die verkohlten Überreste dessen, was wahrscheinlich einmal ein Fisch gewesen war. Dann zog sie ihr Schwert und bediente sich mit zwei riesigen Stücken Apfelkuchen. Eines davon stellte sie auf die Bank, damit der Wasserspeier es erreichen konnte.

Um den Tisch herum besprachen die anderen die Neuigkeiten des Tages. Jasper traf Reisevorbereitungen, denn er wollte am nächsten Morgen zum Kongress der freiberuflichen Piraten ein paar Tagesreisen südlich des Königreiches aufbrechen und fragte, ob jemand seine siebtbeste Hutfeder gesehen habe. Miss Greyson hatte an diesem Nachmittag drei Kochbücher an einen älteren Piraten verkauft, der keine Lust mehr auf Schiffszwieback hatte. Fitzwilliam, Jaspers Wellensittich, hatte gelernt, mehrere Töne eines Seemannsliedes zu pfeifen, und Charlie war von einem ziemlich aggressiven verzauberten Cembalo durch die Straßen von Otterpool gejagt worden. (Fliegende Musikinstrumente waren in letzter Zeit eine zunehmende Gefahr, seit die Mitglieder des Königlichen Orchesters von Otterpool ihre magischen Gegenstände bekommen hatten.) „Und natürlich“, sagte Jasper, „hat unser Schrecken des Südens bestimmt auch Neuigkeiten zu berichten.“ Er wandte sich zu Hilary um. „Wie war dein Treffen mit Kapitän Schwarzzahn?“

Hilary nahm einen großen Bissen Kuchen, damit sie kurz Zeit zum Nachdenken hatte. Sie war nicht besonders erpicht darauf zuzugeben, dass man sie für unpiratenhaft befunden hatte. Falls Jasper das erfuhr, würde er höchstwahrscheinlich Kapitän Schwarzzahn seine Meinung dazu geigen wollen, und Hilary konnte sich nichts Peinlicheres vorstellen. Dann würde die Crew der *Abtrünnigen* im ganzen Club verbreiten, dass der Schrecken des Südens nicht einmal wacker genug war, die eigenen Kämpfe auszufechten! Und später, wenn sie eine Seeschlange getötet oder einen Piratenkönig besiegt hatte, war immer noch genug Zeit, allen die Wahrheit zu erzählen. Sie schluckte den Kuchen und legte die Gabel nieder. „Das Treffen war völlig in Ordnung.“

Der Wasserspeier starrte zu ihr hinauf. „Ach ja?“

„Ja“, sagte sie fest und warf dem Wasserspeier einen strengen Blick zu. „Schwarzzahn ist nur vorbeigekommen, um zu sagen, wie enttäuscht er war, dass ich nicht am Clubball teilgenommen habe.“

Charlie zog die Augenbrauen hoch. „Dafür ist er bis hierher nach Otterpool gesegelt?“

„Richtig“, sagte der Wasserspeier und nickte energisch. „Ganz genau.“

Charlie schaute Hilary stirnrunzelnd an, wie er es oft tat, wenn sie während einer Schwertkampf-Übungsstunde eine Regel brach. Dann zuckte er die Achseln und widmete sich wieder seinem Abendessen.

„Der Clubball!“ Jasper legte die Füße auf den Tisch. „Müssen daran jetzt alle Piraten teilnehmen? Genau wegen solcherlei Unsinn bin ich aus dem FGECP ausgetreten.“

Miss Greyson lächelte und schlug mit ihrem Taschentuch nach Jasper. „Ich dachte, du hättest austreten müssen, nachdem Schwarzzahn gehört hatte, wie du ihn … wie war das? Eine Seegurke genannt hast?“

„Die Einzelheiten“, sagte Jasper, „sind ja wohl nicht so wichtig. Aber ich freue mich zu hören, dass dein Treffen gut gelaufen ist, Hilary.“ Er lächelte sie an. „Ich kann nicht sagen, dass ich besonders viel für Schwarzzahn übrig hätte, aber er ist ein wertvoller Freund. Wenn du auf freundschaftlichem Fuß mit dem Club stehst, bekommst du Zugang zu den besten Schatzkarten, den größten Kanonen und den schönsten magischen Gegenständen diesseits der High Society. Du hast eine Flotte von Halunken, die verpflichtet sind, dir aus der Klemme zu helfen, und du musst nicht fast bis ganz in die südlichen Königreiche segeln, um eine Insel zu finden, die bereit ist, als Gastgeber für deine Zusammenkünfte zu fungieren.“ Jasper schob seinen Stuhl zurück und stand auf.

„Jedenfalls ist mein Rat an euch alle, euch gut mit Schwarzzahn zu stellen – und immer zu wissen, wo eure siebtbeste Hutfeder ist, denn ihr wisst nie, wann ihr sie vielleicht einmal brauchen werdet."

„Das werde ich auf jeden Fall versuchen", sagte Hilary. Sie wusste genau, dass ihre eigenen Hutfedern sicher in ihrer Kabine verstaut waren, und was Kapitän Schwarzzahn anging – nun ja, mit etwas Glück würde er ihr schon bald wieder wohlgesonnen sein.

Früh am nächsten Morgen hielt Hilary Wache, während Jasper in einem furchtbar streng riechenden Fischerboot, das er von einem Herrn im nächsten Dorf geliehen hatte, zu seiner Tagung für freiberufliche Piraten aufbrach. Sie winkte ihm nach und versprach ziemlich ernsthaft, nichts zu tun, das Jasper nicht auch tun würde. Dann, als das Fischerboot hinter den Wellen verschwunden war, zog sie ihre Stiefel aus und schlich hinunter in den Schatzlagerraum, wobei sie genau achtgab, Charlie und Miss Greyson nicht zu wecken, als sie an ihren Kabinen vorbeikam.

Obwohl ein großer Teil des Schatzes der Zauberin es schon in die Schränke und Taschen der Bürger des Königreiches geschafft hatte, war der Lagerraum immer noch voller goldener Münzen, Häkelnadeln und anderem magischem Krimskrams, der im Morgenlicht glänzte. Hilary pflückte etwas von der Spitze des nächstgelegenen Haufens, das aussah wie eine goldene Haferbreischüssel, und nahm zur Sicherheit noch ein paar Handvoll Münzen dazu. Das alles steckte sie in ihren Piratenmantel und schnürte ihn zu einem Bündel, das sie sich an die Brust drückte, als sie wieder an Deck eilte. Miss Greyson würde bald aufwachen und Hilarys Plan sicherlich nicht gutheißen.

Der Wasserspeier hatte von seinem Wasserspeiernest aus nach Bösewichten Ausschau gehalten, doch er drehte sich um und schaute Hilary an, als sie ihr Bündel an Deck aufrollte. „Was willst du mit all der Magie?“, rief er. „Wenn ich sie nur sehe, zucken schon meine Ohren!“

„Du brauchst nicht so zu schreien“, flüsterte Hilary. „Diese Gegenstände werden mir dabei helfen, Schwarzzahns kühne und mutige Aufgabe zu bestehen. Ich muss ein Seeungeheuer töten oder einen Piratenkönig besiegen, bevor ich noch eine dieser verflixten Verwarnungen bekomme, also dachte ich, ich fange besser gleich damit an.“

Der Wasserspeier zog die Schnauze kraus. „Du willst dem Seeungeheuer eine goldene Haferbreischale über den Schädel ziehen?“

„Nicht ganz.“ Hilary setzte sich auf die Fersen. In Wahrheit wusste sie selbst nicht recht, wie sie Kapitän Schwarzzahns Aufgaben allein bewältigen sollte – aber genau deshalb war natürlich Magie so nützlich. Sie legte die Münzen in die Schüssel, wo sie zu zittern und zu zucken begannen.

„Ähm, Hilary?" Der Wasserspeier spähte in die Schüssel. „Bist du SICHER, dass du stark genug bist, um das alles zu benutzen?"

„Natürlich", sagte Hilary. „Wenigstens fast." Sie hatte vorher noch nie mehr als eine Münze benutzt, und selbst die war manchmal schwer zu kontrollieren. Aber eine einzelne Münze war niemals annähernd mächtig genug, um zu schaffen, was sie sich vorstellte. Hatte ihr Kapitän Schwarzzahn nicht außerdem gesagt, sie solle kühn und wagemutig sein? Sie nahm die Haferbreischüssel mit beiden Händen hoch und versuchte, den Wasserspeier zu ignorieren, der sich mit dem Schwanz die Augen zuhielt. „Magie", sagte sie an die Schüssel gewandt, „ich wünsche mir das schnellste Piratenschiff, das du hinbekommst, und eine Crew von Halunken, die mir hilft, es zu segeln. Bitte", fügte sie hinzu, denn die Magie schien gute Manieren zu schätzen. „Oh, und könntest du es vielleicht so einrichten, dass die Halunken hervorragende Schwertkämpfer sind?"

Während Hilary sprach, zog ein vertrauter Magieschauer an ihren Lungen und kribbelte ihre Arme entlang. Sie hielt die goldene Haferbreischale, so fest sie konnte. Einen Moment lang glaubte sie, der Zauber hätte gewirkt, und der Wasserspeier spähte unter seinem Schwanz hervor. Doch dann, viel zu früh, hörte das magische Ziehen auf, das Kribbeln verebbte, die Münzen flogen aus der Schüssel und klapperten aufs Deck.

„Oh, Mist!" Hilary rieb sich die schmerzenden Arme

und schaute über den Hafen, doch kein Piratenschiff war erschienen. „Ich habe nicht einmal einen einzigen Halunken hergezaubert."

Der Wasserspeier senkte den Schwanz und schaute sich um. „Kopf hoch", sagte er, „es hätte schlimmer kommen können. Du hättest dich selbst in ein Käserad verwandeln können."

Hilary blinzelte. „Hat das mal jemand gemacht?"

„Vor einer Woche, in Pemberton. Ich habe gehört, wie Jasper es erzählt hat. Abgesehen davon, wenn du es wirklich vermurkst hättest, hättest du Schelte von der Zauberin …"

In diesem Augenblick wurde der Wasserspeier von einer gezierten Stimme unterbrochen, die in der Luft direkt über Hilarys Kopf erklang:

Du brauchst mehr Kraft für deine Magie,
drum lass es sein, so klappt das ja nie!

Hilary stöhnte und hielt sich die Ohren zu, doch es nützte nichts, sich den Ermahnungen der Zauberin verschließen zu wollen, denn je weniger Lust man hatte, sie zu hören, desto lauter wurden sie. Der Wasserspeier legte die Ohren an. „Ich glaube nicht, dass ich den schon mal gehört habe", sagte er, als die Stimme der Zauberin endlich verstummt war. „Ich glaube, sie probiert ein paar neue Reime aus."

„Ja", sagte Hilary, „und dabei hat sie wahrscheinlich

halb Otterpool aufgeweckt." Sie begann, die verstreuten Münzen einzusammeln. „Blöde Magie."

Die gezierte und korrekte Stimme räusperte sich.

Sei nett und höflich in deinem Betragen,
sonst kannst du den Münzen Auf Wiederseh'n sagen.

Hilary und der Wasserspeier tauschten einen Blick. „Tut mir leid, Miss Pimm", sagte Hilary in die Luft.

Die Stimme schien damit zufrieden zu sein, denn sie blieb stumm. Am Heck des Schiffs ging jedoch eine Kabinentür quietschend auf und Charlie stolperte in seinem Nachthemd hinaus.

Hilary versuchte hektisch, die Magie in ihren Piratenmantel zu schnüren, doch sie erkannte daran, wie Charlie die Augen verdrehte, dass er sie schon entdeckt hatte.

„Ich dachte mir doch, dass ich die Zauberin gehört habe", sagte er. Er stupste das Bündel Magie mit dem Fuß an. „Du hast Glück, dass du nicht auch noch Miss Greyson aufgeweckt hast. Was habt ihr beide da ausgeheckt?"

„Ich", sagte der Wasserspeier, „habe ganz ruhig in meinem Nest gesessen."

„Und was hat der Schrecken des Südens gemacht?"

„Das ist eine lange Geschichte", sagte Hilary. Auf den Decksplanken glitzerte immer noch eine magische Münze, und sie trat darauf. „Lang und schrecklich langweilig. Sie würde dir überhaupt nicht gefallen."

„Lass mich raten.“ Charlie lehnte sich an die Steuerbordreling der *Taube*. „Es hat etwas mit Schwarzzahn zu tun.“

Der Wasserspeier hustete, und Hilary gab sich größte Mühe, die Streifen auf Charlies Nachthemd zu zählen.

Charlie lachte. „Ihr seht beide so schuldbewusst aus, dass ich weiß, ich habe recht“, sagte er. „Ich war auch nicht beim Clubball und keiner ist ums halbe Königreich gesegelt, um mich dafür zu rügen. Was ist wirklich passiert? War Schwarzzahn böse auf dich?“

„Ich denke, ‚böse‘ könnte man es auch nennen“, sagte Hilary. „Er sagt, es sei zu lange her, seit ich etwas getan habe, das den Club beeindruckt habe. Man hat mich verwarnt, und Schwarzzahn hat mir befohlen, eine kühne und wagemutige Aufgabe zu lösen, um zu beweisen, dass ich eine gute Piratin bin.“

„Aber natürlich bist du eine gute Piratin! Wenn du dich anstrengst, bist du in ein oder zwei Jahren vielleicht sogar so gut wie ich.“ Charlie grinste und wich dem Blick aus, den Hilary in seine Richtung abschoss. „Mir gefällt jedenfalls die Sache mit der kühnen und wagemutigen Aufgabe. Wir hatten schon ewig kein Abenteuer mehr.“

„Genau“, sagte Hilary. „Ich wollte heute Morgen eigentlich losziehen, um ein Seeungeheuer zu töten oder einen Piratenkönig im Kampf zu besiegen, aber weil ich es nicht geschafft habe, ein Schiff oder eine Piratencrew herzuzaubern …“

„Warte mal“, sagte Charlie. „Du willst doch wohl nicht ernsthaft sagen, dass du ohne deinen ersten Maat davonsegeln wolltest!“ Er verschränkte die Arme. „Das bin übrigens ich.“

„Es tut mir leid. Ich dachte, du wärst beschäftigt. Und ich weiß, du magst keine Magie.“

Charlies Eltern waren gestorben, als ihr Piratenschiff versenkt und ihr magischer Schatz gestohlen worden war. Seitdem wollte er möglichst nichts mit Magie jeglicher Art zu tun haben, obwohl er immerhin gern in Gesellschaft des Wasserspeiers war. „Das ist wahr“, sagte er, „deshalb klingt in ein Abenteuer aufzubrechen viel besser, als Jasper zu helfen, den Rest des Jahres Wagenladungen von Magie im ganzen Königreich herumzukarren.“ Er schob das Bündel mit der Magie zur Seite. „Die Sache mit dem Schiff und der Crew lösen wir später. Im Moment solltest du besser entscheiden, bei welcher von Schwarzzahns Aufgaben die Chance geringer ist, dass du auf dem Meeresgrund landest. Wie steht es mit deinen Schwertkünsten?“

Den ganzen Morgen und bis in den Nachmittag hinein wiederholten Hilary und Charlie jede Schwertkampfübung, die sie kannten. Hilarys Schwertkünste waren seit ihren ersten Tagen auf der *Taube* viel besser geworden, aber Charlie besiegte sie trotzdem in mehr als der Hälfte ihrer Partien, und sie hatte den Verdacht, dass der unbesiegbare Piratenkapitän aus den südlichen Königreichen noch um einiges talentierter war als Charlie.

„Dann wird es wohl ein Seeungeheuer werden müssen", sagte sie, während sie sich mit ihrem Hut Luft zufächelte.

„Bist du sicher?", fragte der Wasserspeier. In seinem Nest stapelten sich Nachschlagewerke über Seeungeheuer, die Hilary aus der Buchhandlung geliehen hatte, als Miss Greyson nicht hinschaute. „In den meisten dieser Bücher steht, dass es Seeungeheuer nicht einmal gibt, und die anderen sagen, das Monster, das in der Nähe von Summerstead lebt, sei besonders scheußlich. Seine Zähne sind so scharf wie tausend Schwerter, und es kann ein ganzes Dorf mit einem Schlag seines Schwanzes zerstören." Der Wasserspeier benutzte seine Schnauze, um eine Seite umzublättern. „Hier heißt es, dass es Piraten gern als Zwischenmahlzeiten frisst."

„Das klingt nicht besonders angenehm", sagte Hilary. „Glaubst du, alle Piratenabenteuer müssen damit enden, dass man durchbohrt oder gefressen wird?"

Der Wasserspeier wollte gerade sagen, dass er das nicht hoffe, doch er wurde von lautem, ungeduldigem Klopfen am Rumpf der *Taube* unterbrochen. Hilary lehnte sich über die Reling und sah das Boot des Postboten auf den Wellen schaukeln, während der Postbote selbst mit einem Stock gegen das Schiff schlug. „Eilige Lieferung für die *Taube*!", rief er.

„Einen Moment!" Miss Greyson kam an Deck geeilt. „Willkommen in der schwimmenden Buchhandlung mit magischer Verteilstation! Möchten Sie vielleicht eine heiße Schokolade?"

„Keine Zeit dafür, Ma'am", sagte der Postbote. Er steckte seinen Stock ein, reichte Miss Greyson einen cremefarbenen Umschlag hinauf und segelte so schnell davon, wie er gekommen war.

Miss Greyson schaute den Umschlag stirnrunzelnd an. „Ach, du meine Güte", sagte sie, „er ist an Jasper adressiert. Soll ich den Postboten zurückrufen?"

„Er sagte, es sei eilig." Hilary schaute Miss Greyson über die Schulter. „Vielleicht solltet Ihr ihn besser öffnen und nachschauen, worum es geht."

„Ich nehme an, das wäre unter den Umständen nicht zu unangemessen", sagte Miss Greyson. Sie drehte den Umschlag um und steckte den Finger unter den purpurroten Siegelwachsklecks, der ziemlich deutlich mit der Zahl Acht gestempelt war.

Hilary holte hörbar Luft. „Er ist von Miss Pimm!"

Lieber Mister Fletcher (las Miss Greyson laut),
ich hoffe, diese Nachricht findet Euch bei guter Gesundheit und Eure Verteilung meines Schatzes läuft reibungslos ab. Über den Bericht zu Euren Fortschritten im letzten Monat habe ich mich sehr gefreut, doch ich ergreife diese Gelegenheit, um Euch daran zu erinnern, dass es sich nicht geziemt, Marmelade zu essen, während man seine Korrespondenz erledigt. (Vielleicht dachtet Ihr, ich würde den klebrigen Fleck

nicht bemerken, der Euren Umschlag zierte, aber ich kann Euch versichern: Ich bemerke alles.)

Allerdings schreibe ich Euch nicht, um Euch zu tadeln, sondern um Eure Hilfe zu erbitten.

Mr Fletcher, ich habe Grund zur Annahme, dass unser geliebtes Königreich bedroht wird – und dass ich selbst in Gefahr sein könnte. Da die Königin und ihre königlichen Inspektoren meine Verdachtsäußerungen achselzuckend abgetan haben und ich nicht sicher bin, wem meiner Freunde ich vertrauen kann, habe ich keine andere Wahl: Ich benötige in dieser Angelegenheit die Dienste des furchterregendsten Piraten in Augusta.

Ich wage es nicht, in diesem Brief mehr zu sagen, doch ich hoffe, Ihr werdet sofort zu meiner Schule in Pemberton reisen, damit wir über die Details sprechen können. Ich weiß, dass Eure Crew mit der Verteilung des Schatzes und dem Verkauf von Büchern beschäftigt ist. Daher habe ich dafür gesorgt, dass Euch meine private Kutsche am Morgen, nachdem Ihr diesen Brief erhalten habt, in Otterpool abholen wird. Verspätet Euch nicht und bringt Euer schärfstes Schwert mit.

Es grüßt Euch in Eile

Eugenia Pimm

Zauberin des Nordens

Miss Greyson ließ den Brief sinken. Sie war sehr blass geworden. „Jasper wird inzwischen meilenweit fort sein“, sagte sie. „Meint ihr, ich soll ihm den Brief weiterleiten?“

„Es würde tagelang dauern, bis er bei ihm ankommt“, gab Charlie zu bedenken. „Und Miss Pimm sagt, sie muss ihn sofort sehen.“

„Ach, du meine Güte, du hast recht.“ Miss Greyson rieb sich die Stirn. „Soll ich Miss Pimm schreiben? Was soll ich ihr bloß sagen?“ Sie starrte den Brief an und begann, ihn noch einmal zu lesen.

Hilary nahm Charlie beim Ellbogen und zog ihn hinüber zum Wasserspeiernest. „Wir müssen etwas tun“, flüsterte sie. „Miss Greyson ist lieb und nett, aber Miss Pimm einen Brief zu schreiben wird das Königreich nicht vor der Gefahr retten. Sie sagt, sie braucht Hilfe vom furchterregendsten Piraten in Augusta, und bin nicht ich der Schrecken des Südens? Wenn Jasper ihr nicht helfen kann, muss ich stattdessen hinfahren.“

Charlie sah sie besorgt an. „Aber was ist mit Schwarzzahns Aufgaben? Wir sollen uns doch gut mit ihm stellen, weißt du noch? Wenn er herausfindet, dass du der Zauberin geholfen hast, statt etwas Piratenhaftes zu tun, wirft er dich sicher ein für alle Mal aus dem Club. Ich glaube, im FGECP-Handbuch steht nichts davon, dass es fast ganz ehrenhaft ist, Zauberinnen zu helfen.“

Hilary wurde das Herz schwer, denn Charlie hatte höchstwahrscheinlich recht. Eine pflichtbewusste Piratin würde Schwarzzahns Befehle befolgen, eine seiner kühnen und wagemutigen Aufgaben wählen und ihr Bestes tun, Miss Pimms Brief gänzlich zu vergessen. Doch hatte nicht Schwarzzahn selbst gesagt, Piraterie erfordere oft eine gewisse Geringschätzung guten Benehmens? Und was, wenn Miss Pimm wirklich in Gefahr war? Sie konnte furchtbar rechthaberisch sein und mehr als nur ein bisschen stur. Außerdem mochte Hilary ihre Reime wirklich nicht besonders gern. Dennoch war die Zauberin immer nett zu ihr gewesen und hatte nicht einmal protestierend einen Finger gehoben, als Hilary das Internat verließ, um auf Hoher See zu segeln. Tatsächlich war sie um einiges verständnisvoller gewesen als Hilarys eigene Mutter. Sie hatte Hilarys Zopf nie missbilligt oder versucht, sie auf Bälle der High Society zu schicken, und wann immer die *Taube* in Pemberton anlegte, lud Miss Pimm sie und den Wasserspeier zu Tee und Spinnen zu sich ein.

„Ach, vergiss das doofe Handbuch!“, sagte Hilary. „Vielleicht ist Zauberinnen zu helfen keine traditionell piratenhafte Aktivität, aber Miss Pimm ist meine Freundin, und eine wahre Piratin steht ihren Gefährten in Stürmen und Schlachten bei. Genau so steht es in den Verhaltensregeln des FGECP. Einem Freund in Gefahr zu helfen ist viel piratenhafter, als sich von einem Schurken in Stücke schneiden zu lassen oder als Imbiss gefressen zu werden. Ich bin mir sicher, Kapitän Schwarzzahn weiß das genauso gut wie jeder andere.“ Sie verschränkte die Arme. „Genau so solltest auch du das sehen, Pirat Dove.“

Charlie schaute auf seine Stiefel. „Das stimmt“, sagte er schließlich. „Das Königreich zu retten wird sicherlich sehr viel interessanter, als im Hafen von Otterpool herumzusitzen.“

„Wir werden kühn und wagemutig sein!“, rief der Wasserspeier. „Genau wie Kapitän Schwarzzahn es verlangt hat!“

Hilary lächelte. „Dann ist es beschlossen. Wir helfen Miss Pimm, wir werden großartige Abenteuer erleben und wir werden Schwarzzahn beeindrucken, ob er will oder nicht.“

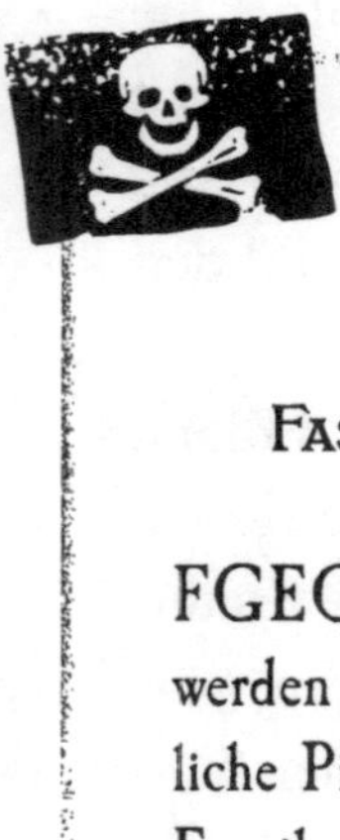

Der Seeräuber
Is' der offizielle Rundbrief vom
Fast Ganz Ehrbaren Club der Piraten

FGECP-Mittsommerabend-Picknick. Alle Piraten werden daran erinnert, dass in nur wenigen Tagen das jährliche Picknick des Clubs auf Gunpowder Island stattfindet. Es gibt noch Startplätze für das Schiffszwieback-Wettessen, die Schwimmstaffel und den Einbeinlauf (hierzu möchten sich bitte nur Piraten mit Holzbein anmelden). Kommt und singt Seemannslieder ums Lagerfeuer, feuert Kanonen über der Bucht ab und seht eure alten Gefährten wieder.

SCHRECKEN DES SÜDENS IN DER KLEMME. Miss Hilary Westfield, ehemaliges Mädchen der High Society und aktueller Schrecken des Südens, hat sich ihre erste Verwarnung wegen unpiratenhaften Verhaltens eingehandelt. Diese Nachricht werden diejenigen Halunken sicherlich mit Freuden aufnehmen, die gegen Piratin Westfields Aufnahme in den Club protestiert haben. FGECP-Präsident Rupert Schwarzzahn versichert uns jedoch, dass sie bereit sei, sich zu bessern. Wir vom *Seeräuber* wünschen Piratin Westfield viel Glück in dieser schwierigen Zeit.

SKANDAL IN DEN EIGENEN RÄNGEN? Eine anonyme Quelle hat dem *Seeräuber* verraten, dass ein nicht unbekannter Pirat in Gesellschaft einer bestimmten Regierungsangehörigen gesehen wurde, nämlich einer gewissen Miss E. P. Gerüchten zufolge essen die beiden oft zusammen zu Abend und haben einmal einen Nachmittag beim Krocketspielen verbracht. Da das Anfreunden mit Regierungsmitgliedern nicht gern gesehen wird und es strengstens verboten ist, Clubgeheimnisse aus der Piratengemeinschaft zu tragen, wird der fragliche Pirat strengstens verwarnt.

VERMISST. Eine Augenklappe, beste Qualität, mit grünem Seidenband. Vermutlich verloren in der Nähe von Pemberton. Wer sie findet, möge sie bitte Kanonenkugel-Jack auf seinem Hausboot, der *Donnerbüchse,* im Hafen von Pemberton wiederbringen.

Mrs Ophelia Westfield
lädt ihre Tochter
Miss Hilary Westfield
herzlich ein zu einem Mittsommer-Maskenball.

Samstag um 19 Uhr
Westfield House, Queensport, Augusta.
Antworte bitte schnell.

WESTFIELD HOUSE
QUEENSPORT, AUGUSTA

Hilary,
ich hoffe, du nimmst an meinem Maskenball teil. Schipperst du immer noch auf diesem Piratenschiff herum? Ich möchte dich noch einmal daran erinnern, wie sehr du weiterhin dem Namen Westfield schadest. Wegen deines Rufs als Piratin und dem Ruf deines Vaters, ein Bösewicht zu sein, habe ich es doppelt so schwer, die besten Familien der High Society zu überzeugen, einen Fuß auf den Grund von Westfield House zu setzen. Ich fürchte aber, dass meine Bitte dich nicht davon überzeugen wird, dich zu ändern. Wenn du nicht an meinem Ball teilnimmst, tu mir bitte den Gefallen, mich in Queensport zu besuchen. Wir werden gemeinsam zu Mittag

essen! Bei dieser Gelegenheit werde ich meine Schneiderin bitten, deine Maße für ein neues Ballkleid zu nehmen. Was hältst du davon?
Und Schätzchen, meinst du nicht, es wäre nett, wenn du deinen Vater besuchen würdest? Meine Freunde aus der High Society haben mich überzeugt, dass sich auch der berüchtigtste Bösewicht von Augusta durch die Aufmerksamkeit einer liebenden Ehefrau bessern könnte, deshalb habe ich damit angefangen, jeden vierten Dienstag zum Kerker zu reisen. Trotz meiner Bemühungen, höflich Konversation zu machen, bleibt dein Vater ziemlich freudlos, aber ich bin mir sicher, ein nettes Lächeln seiner Tochter würde helfen, die Kluft zwischen euch zu schließen.

Deine dich liebende
Mutter

Piratin Hilary Westfield
Schrecken des Südens

Liebe Mutter,
es tut mir leid, aber ich kann nicht an deinem Maskenball teilnehmen. Ich habe dir tausendmal gesagt, dass ich Tanzen und Ballkleider nicht mag. Obendrein muss ich zugeben, dass ich die Vorstellung von Masken tragenden Gästen aus der High Society ein wenig beunruhigend finde. Wenn ich schon in Gesellschaft von einschläfernden und egozentrischen jungen Lords und Ladys sein muss, möchte ich lieber genau wissen, wer mich da zu Tode langweilt.
Auf jeden Fall hoffe ich, dass du mir keine Einladungen mehr schickst, denn ich werde zu einem piratenhaften Abenteuer aufbrechen und gehe davon aus, dass ich in nächster Zeit ziemlich beschäftigt sein werde. Bitte rege dich nicht über Gebühr auf, Mutter – denn ich weiß, dass du aufgebracht bist –, und schließe dich vor allem nicht wieder in deinem Kleiderschrank ein. Damit bereitest du dem Dienstmädchen furchtbaren Kummer.
Ich besuche dich in Queensport, sobald ich kann. Bitte veranlasse deine Schneiderin nicht, für irgendetwas Maß an mir zu nehmen. Sie spickt mich immer mit Nadeln, und meine Seefahrerkleidung ist vollkommen

ausreichend und nützlich. Ich habe noch nie versucht, in einem Ballkleid in die Takelage eines Schiffes zu klettern, aber ich bin mir ziemlich sicher, dass so ein Experiment sowohl mein Kleid als auch meinen Hals unnötigen Gefahren aussetzen würde.

Du weißt sehr gut, dass Vater nichts mit mir zu tun haben will. Sicherlich wünscht er sich nur, mich im königlichen Kerker zu sehen, um mich dafür auszuschimpfen, dass ich ihn überhaupt erst dort hingebracht habe. Es tut mir leid, wenn er einsam ist, und bin froh, dass du ihn besuchst, aber ich glaube, nicht einmal deine Schneiderin könnte den Riss zwischen uns flicken. Und wage es ja nicht, eine Entschuldigung von mir zu fordern, Mutter. Piraten entschuldigen sich nicht – vor allem nicht bei Bösewichten.

Ich hoffe, dein Maskenball wird ein rauschender Erfolg.

Arr! und liebe Grüße von
Hilary

Kapitel Drei

Du musst mir versprechen zu schreiben!“, sagte Miss Greyson, während sie das Beiboot zum verwitterten Kai von Otterpool ruderte. „Und bitte grüße Miss Pimm herzlich von mir. Ich hoffe wirklich, ihr bringt euch nicht allzu sehr in Gefahr.“

Hilary hatte Miss Greyson ehrlich sehr gern, aber manchmal war es ziemlich kompliziert, mit der eigenen ehemaligen Gouvernante auf Hoher See zu sein. „Um Gefahr“, sagte sie, „geht es im Leben eines Piraten. Aber wir schreiben, so oft wir können. Seid Ihr sicher, dass Ihr auf der *Taube* zurechtkommen werdet?“

Miss Greyson nickte knapp und senkte die Ruder. „Ich schaffe das schon, den Schatz vor skrupellosen Händen zu schützen. Aber ich glaube, ich werde an ein paar von Jaspers ehemaligen Crewmitgliedern schreiben und sie um Hilfe bei den Schiffsarbeiten bitten, bis Jasper wieder zurück ist. Ich möchte die Buchhandlung nicht vernachlässigen.“

Als Hilary, Charlie und der Wasserspeier sich von Miss Greyson verabschiedet hatten, kletterten sie aus dem Beiboot und gingen den schmalen Weg zum Dorfzentrum entlang, wo eine herrliche schwarze Kutsche, gezogen von vier Apfelschimmeln, auf sie wartete. Die meisten Kutschen im Königreich waren mit großen Familienwappen geschmückt oder mit einer Reihe von Sternen, die anzeigten, dass die Kutsche zu mieten war, doch auf diese hier hatte man eine goldene Acht gemalt – das Zeichen der Zauberin. Als der Kutscher die Piraten erblickte, lüftete er den Hut und stieg vom Kutschbock. „Ist einer von Euch Jasper Fletcher?“, fragte er.

„Ich bin Piratin Hilary Westfield.“ Hilary lüftete ebenfalls ihren Hut vor dem Kutscher, der beim Anblick ihres Zopfes ziemlich verwirrt aussah. „Jasper Fletcher ist im Moment leider nicht verfügbar, deshalb werden meine Kameraden und ich Miss Pimm an seiner Stelle besuchen.“

„Mir wurde gesagt, ich solle einen Piraten nach Pemberton bringen“, sagte der Kutscher. „Solange ich also einen Piraten habe, ist mir nicht so wichtig, wie er heißt. Ich rate euch, es euch bequem zu machen, denn es ist eine Viertagesreise zu Miss Pimm.“ Dann half er ihnen in die Kutsche, und die Apfelschimmel brachten sie aus Otterpool weg, fort vom Meer.

Die Straße nach Pemberton war schlecht, und sie mussten oft anhalten, um den Pferden Wasser und Rast zu gönnen. Charlie war ungern mehr als ein paar Meilen vom Meer entfernt und nestelte nervös an den Knöpfen seines Piratenmantels herum, während die Kutsche über die grauen und grünen Hügel rollte. „Es ist ein bisschen, als wäre die Welt plötzlich umgekehrt“, sagte er.

„Eigentlich sollte Land am Horizont sein und das Meer unter unseren Stiefeln, nicht andersherum."

Um sie alle von dem trockenen Boden abzulenken, über den die Räder der Kutsche rumpelten, las Hilary laut aus den Büchern vor, die Miss Greyson dem Wasserspeier für die Reise geliehen hatte – Geschichten von schlagfertigen Helden, hinterhältigen Bösewichten und (Charlie stöhnte) wahrer Liebe. Abgesehen von den gelegentlichen Momenten, wenn eine Geschichte traurig endete und Hilary den Wasserspeier trösten musste, verlief die Reise ohne Zwischenfälle. Als die Sonne am dritten Tag hinter ihnen unterging, lenkte der Kutscher die Kutsche in Richtung Süden, wo er in einem Dörfchen ein Gasthaus kannte, um die Nacht zu verbringen.

Plötzlich zerrissen das schrille Kreischen von Metall und das Geräusch galoppierender Hufe die Stille. Die Kutsche begann zu zittern, der Lärm wurden immer lauter, und der Kutscher fluchte. Dann stiegen die vier Apfelschimmel recht unterwartet auf die Hinterbeine und zerrten die Kutsche von der Straße. Sie schwankte und polterte schließlich in einen Graben. Hilary legte die Hand an ihr Schwert, Charlie stieß sich den Kopf am Wagendach und der Wasserspeier drückte die Schnauze ans Fenster. „Schaut mal!", schrie er, als die Kutsche ziemlich schief und durchgerüttelt zum Stehen kam. „Da kommen ein paar Halunken!"

Hilary legte die Arme um den Wasserspeier und beobachtete, wie eine Kutsche in einer Staubwolke an ihnen vorbeiraste. Sie war ganz schwarz gestrichen und wurde von pechschwarzen Pferden gezogen. Dunkle Vorhänge verhüllten die Fenster, und der Hut des Kutschers saß so tief in seinem Gesicht, dass Hilary sich fragte, ob er überhaupt etwas sah. Der Boden bebte unter ihnen, als die schwarzen Pferde vorübergaloppierten. Innerhalb von Sekunden war die geheimnisvolle Kutsche über dem Hügelkamm verschwunden, und die Straße lag wieder leer vor ihnen.

Hilary war eben wieder zu Atem gekommen, als Miss Pimms Kutscher die Tür öffnete. „Es ist kein ernster Schaden entstanden", sagte er und trocknete sich die Stirn mit dem Jackenärmel. „Obwohl sich die Pferde ziemlich erschrocken haben. Geht es euch Piraten gut?"

„Einige von uns wurden ein bisschen erschüttert", gab Hilary zu. Sie blickte auf den Wasserspeier hinab, der in ihren Armen immer noch zitterte. „Was glaubt Ihr, wer hat diese Kutsche gefahren? Ich konnte keine Zeichen an den Türen erkennen."

„Eine Kutsche ohne Beschriftung?" Charlie rieb sich mit schmerzverzerrtem Gesicht den Kopf. „Das ist ganz schön merkwürdig, findet ihr nicht?"

„Das ist es in der Tat", sagte der Kutscher. „Aber wohl kaum merkwürdiger als zwei Piraten und einen Wasserspeier ins Mädcheninternat zu fahren."

Als die Pferde sich endlich beruhigt hatten, führte der Kutscher das Gespann aus dem Graben auf die Straße zu dem Gasthaus. Wie sich herausstellte, gehörte es einem Gentleman, der Pirat im Ruhestand war. Er hatte die Seefahrerei für ein großes, schindelgedecktes Haus auf dem Hügel aufgegeben, dessen Wände mit nautischen Bildern geschmückt waren. Er bot Hilary und Charlie sogleich hausgemachte Kekse an und führte sie zu ihren Betten auf dem Dachboden. An schönen Tagen, behauptete der Piraten-Gentleman, konnte man durch das oberste Fenster einen Blick auf das Meer erhaschen. Ein noch warmer Keks vor dem Zubettgehen und ein hoffnungsvoller Blick in Richtung Meer genügten, um alle Gedanken an die geheimnisvolle Kutsche aus Hilarys Kopf zu vertreiben. Und als sie am nächsten Morgen erwachte, fühlte sie sich kühner und wagemutiger als je zuvor.

Während die Kutsche nach Süden rumpelte, wurde die Straße immer breiter und schöner. An ihrem vierten Reisetag erhoben sich kurz vor der Mittagszeit die Steintürme von Pemberton vor ihnen, und eine Brise trug Geläut zu ihnen hinüber, als die Uhr am Marktplatz die Stunde schlug.

„Wenn wir bei Miss Pimm ankommen“, sagte der Wasserspeier, „wird es dann Fanfaren geben? Wird es Menschenmengen geben? Werden sie uns als die furchterregenden Piraten ankündigen, die gekommen sind, um das Königreich zu retten?“ Er sprang auf dem Wagensitz auf und ab. „Oh, ich kann es kaum erwarten!“

„Ich schon“, sagte Charlie. Er nestelte schon wieder

an seinen Knöpfen herum. „Hier wimmelt es nur so vor Mädchen aus der High Society."

Hilary verdrehte die Augen. „Charlie Dove, dein Vater war der Schrecken des Nordens. Wenn du vorhast, jemals in seine Fußstapfen zu treten, wirst du dich deinen Ängsten stellen müssen. Die Mädchen aus der High Society werden dich schon nicht fressen – zumindest bin ich mir da einigermaßen sicher."

Die Kutsche bog in die schattige Allee zu Miss Pimms Mädcheninternat für feinfühlige Damen ein. Der Kutscher bremste die Pferde. „Leider muss ich euch hier herauslassen", sagte er. „Ich würde euch ja zum Haupttor bringen, aber auf dem Weg steht eine Menschentraube herum."

Der Wasserspeier spitzte die Ohren. „Ich wusste, es würde einen Menschenauflauf geben!", rief er.

Doch die Leute, die sich auf dem Weg drängten, schienen nicht hier zu sein, um die Piraten zu begrüßen, und es gab nicht den geringsten Fanfarenstoß, als Hilary aus der Kutsche stieg. Vor Miss Pimms Eingangstor stand eine Gruppe Herren in roten Jacketts und grauen Hosen. Einige der Herren benutzten ausnehmend kleine Pinsel, um das Tor mit kalkartigem Pulver zu bestäuben, während andere sich niederbeugten, um den Weg durch runde Glaslinsen zu betrachten. Einige der Herren schienen miteinander zu streiten, und sie alle sahen in der Tat recht ernst aus. Eine lange Reihe von Kutschen mit dem Emblem der Königin darauf säumte den Weg hinter ihnen.

Ab und zu fuhr eine weitere Kutsche vor, und noch mehr graurote Herren tauchten daraus auf und blickten ebenso ernst drein wie ihre Kollegen.

Der Wasserspeier streckte den Kopf aus Hilarys Tasche und schaute mit zusammengekniffenen Augen zu den grauroten Herren hinüber. „Ist das die jubelnde Menge?“, fragte er verwundert. „Ich dachte, es würde Posaunen geben.“

„Das“, sagte Hilary, „sind die Inspektoren der Königin – beinahe alle, so wie es aussieht.“ Sie rückte ihren Piratenhut in eine flotte Neigung, tätschelte ihr Schwert und marschierte auf das Internat zu. „Komm mit, Pirat Dove“, rief sie Charlie über die Schulter zu. „Hier geschieht etwas sehr Seltsames, und ich gedenke herauszufinden, was es ist.“

Als Hilary näherkam, hörten die Inspektoren mit den Pinseln auf zu bestäuben und die Inspektoren mit den Lupen hörten auf zu untersuchen. Sie alle drehten sich um und starrten sie an, genau wie es Kapitän Schwarzzahns Crew auf der *Abtrünnigen* getan hatte. Hilary starrte zurück und marschierte weiter, auch wenn sie sich ein bisschen fühlte, als ginge sie direkt über die Planke. Der Wasserspeier hatte offenbar beschlossen, dass die Massen doch nicht so jubelnd waren, denn er duckte sich wieder in Hilarys Tasche, sodass nur noch sein Piratenhut zu sehen war.

An dem hohen, spitzenbewehrten Tor blieb Hilary stehen. Normalerweise stand es offen, doch heute war es geschlossen, und ein besonders ernst dreinblickender Inspektor stand davor. „Bitte tretet zur Seite, Sir", sagte Hilary, so laut sie konnte. „Ich bin Piratin Hilary Westfield, Schrecken des Südens. Ich komme zu einer eiligen Besprechung mit Miss Pimm."

Der strenge Inspektor runzelte die Stirn und musterte Hilary durch sein Vergrößerungsglas. „Piraten, was?", sagte er schließlich. „Das dachte ich mir. Dann seid ihr also verantwortlich, nicht wahr? Es ist ziemlich wagemutig von euch, an den Ort des Verbrechens zurückzukehren. Andererseits seid ihr Piraten ja für euren Wagemut bekannt."

Hilary richtete sich auf, so als hätte Miss Greyson sie in die Rippen gestupst. „Ihr habt recht damit, dass ich wagemutig bin, Inspektor", sagte sie. „Aber ich weiß nichts von irgendeinem Verbrechen und ich habe ganz sicher keines verübt."

„Ah!", sagte der Inspektor ziemlich selbstzufrieden. „Genau das würde ein Verbrecher auch sagen, nicht wahr?"

„Hört mal", sagte Charlie. „Wir sind Piraten, keine Kriminellen, und wir müssen sofort Miss Pimm sprechen. Wenn Ihr nicht so gut sein wollt, uns zu sagen, was hier los ist, tut sie es vielleicht."

„Mein Junge", sagte der Inspektor, „wenn Miss Pimm erklären könnte, was hier passiert ist, bräuchte ich überhaupt nicht hier zu sein und könnte zu meiner Zeitung und meinen guten Wollpantoffeln zurückkehren. Doch leider kann ich das nicht." Der Inspektor beugte sich vor. „Und wenn ihr mir keinen Beweis vorlegt, dass ihr keine Spitzbuben und Gauner seid, muss ich euch beide zur Befragung in den Kerker mitnehmen."

Hilary wühlte in ihrer Tasche und zog Miss Pimms Brief heraus. „Das sollte Beweis genug sein", sagte sie. „Miss Pimm hat unserem Kapitän Jasper Fletcher diesen Brief geschickt und eigens um sein Kommen gebeten. Aber Mr Fletcher ist im Moment auf Reisen, deshalb sind wir an seiner Stelle gekommen."

Der Inspektor hielt sich Miss Pimms Brief sehr dicht vor die Nase. Er spähte durch seine Lupe darauf. Dann fuhr er mit einem behandschuhten Finger an der Kante entlang. Schließlich schüttelte er den Kopf und drückte Hilary das Papier wieder in die Hand. „Es sieht ganz echt aus, denke ich", sagte er. „Was Miss Pimm von euch Piratenvolk allerdings wollen könnte, kann ich mir nicht vorstellen. Trotzdem könnt ihr nicht hereinkommen, das ist mein letztes Wort."

„Warum nicht?", fragte Hilary. Sie hatte langsam genug von diesem Inspektor. „Ich bin mir sicher, Miss Pimm wird nicht erfreut sein zu hören, dass Ihr ihren Bekannten Umstände gemacht habt."

„Davon wird sie nichts mitbekommen ..." Der Inspektor unterbrach sich, als hinter ihm eine Tür zuknallte. „Gute Güte, ist das schon wieder dieses verflixte Schulmädchen? Habe ich dir nicht gesagt, du sollst drinbleiben?"

„Oh, Gott sei Dank“, murmelte Hilary, als Claire Dupree wie ein Wirbelwind aus Petticoats den Weg entlangwuselte. Claire war im Internat geblieben, nachdem Hilary ausgezogen war, um Piratin zu werden. Doch ein Jahr Internat hatte ihrer Überschwänglichkeit keinen Abbruch getan, und sie winkte ihnen wild entgegen.

„Hilary!“, schrie sie, als sie das Tor öffnete. „Ich habe gehofft, dass du kommst! Und Charlie, hallo, es ist immer wunderbar, dich wiederzusehen.“ Sie drängte sich an dem Inspektor vorbei, um Hilary stürmisch zu umarmen, und dann umarmte sie auch Charlie, ohne sich um seinen erschrockenen Blick zu scheren. „Aber wir haben keine Zeit für Höflichkeiten. Schnell, kommt beide herein, bevor euch dieser schreckliche Inspektor halb zu Tode langweilt!“ Sie zog sie durch das Tor und verriegelte es hinter ihnen, bevor der Inspektor mehr tun konnte, als alarmiert an seinem Vergrößerungsglas herumzufingern. „Ich bin so froh, dass du da bist. Du wirst wissen, was zu tun ist. Diese Inspektoren sind schon seit Stunden hier, aber sie haben noch rein gar nichts gefunden. Und ich bin mir ziemlich sicher, dass sie es auch nie tun werden. Inspektoren sind so nutzlos, findest du nicht? Schnüffeln immer herum und stäuben Sachen ein – aber ich verstehe einfach nicht, wie Einstäuben die Sache besser machen soll!“

„Augenblick mal“, sagte Hilary. „Sag uns besser genau, was passiert ist. Wir sind hergekommen, um Miss Pimm zu sehen, aber sie hat uns nicht vorgewarnt, dass es hier nur so von Inspektoren der Königin wimmeln würde."

Claire blinzelte. „Du hast es nicht gehört? Oh, wie dumm von mir. Ich hätte es dir sofort erzählen sollen, aber ich dachte … Oh, Hilary, es ist absolut tragisch!" Sie holte tief Luft. „Miss Pimm ist verschwunden!"

Aus Augustas Gerüchteküche
Wo die High Society Skandale sucht

Magienutzer, nehmt bitte Folgendes zur Kenntnis! Die Gerüchteküche hat heute Morgen herausgefunden, dass die Zauberin des Nordens, Miss Eugenia Pimm, aus ihrem Haus in Pemberton verschwunden ist, wo sie ihrem Mädcheninternat für feinfühlige Damen vorsteht. Der Kommandant der königlichen Inspektoren, Mr Hastings, bestätigt, dass der Aufenthaltsort der Zauberin unbekannt ist, sagt unseren Reportern aber nicht, ob sie aus eigenem Antrieb verschwunden ist. Der Inspektor behauptet, es sei möglich, dass die Zauberin nur einen wohlverdienten Urlaub genommen hat. Wir von der Gerüchteküche hoffen jedoch inbrünstig, dass sich der Fall als weit skandalöser herausstellen wird. Könnte die Zauberin entführt, ergriffen, gefangen genommen oder geraubt worden sein? Werden ruchlose Schurken ihre Abwesenheit nutzen, um magischen Schaden in ganz Augusta anzurichten? Wird

das Königreich ohne eine Zauberin, die über uns wacht, in Kämpfen, Diebstählen und übelwollenden Zaubern versinken? Oder werden alle daran denken, auf ihre Manieren zu achten? (Wir haben den Verdacht, dass die erste Möglichkeit weit wahrscheinlicher ist als die zweite.)
Wir werden über weitere Einzelheiten berichten, sobald wir es schaffen, sie dem bemerkenswert sturen Inspektor Hastings aus der Nase zu ziehen.

Wir fragen, unsere Leser antworten:

Was ist mit der Zauberin des Nordens geschehen?

„Sie verschwindet doch ständig, oder nicht? Das letzte Mal, als sie verschwunden ist, kam sie fast zweihundert Jahre nicht wieder, und wir können es uns einfach nicht leisten, noch einmal so lange auf ihre Rückkehr zu warten. Es ist ziemlich unhöflich, gleich für Hunderte von Jahren allein loszuziehen, ohne auch nur eine Nachricht zu hinterlassen."
L. Devereaux, Nordholm

„Ich habe in der Gazette gelesen, dass Miss Pimm Sehnsucht nach dem Norden hatte. Vielleicht hat sie ihre Suche nach der neuen Zauberin aufgegeben und ist endlich in ihre Heimat zurückgekehrt."
N. Feathering, Queensport

„Die Zauberin hat sicher viele Feinde. Sie ist sehr streng im Umgang mit der Magie und keiner scheint ihre Reime besonders zu mögen. Glaubt Ihr, jemand hatte die Nase voll von ihr und hat sie abgemurkst? Du meine Güte, das wäre furchtbar."
P. Scattergood, Otterpool

„Ich habe keine Ahnung, warum Eugenia Pimm fort ist. Aber ich finde es schändlich von ihr, ihre Schülerinnen im Stich zu lassen – ganz zu schweigen von ihrem Königreich! Was sollen wir ohne eine Zauberin tun? Die Leute werden natürlich absolut verantwortungslos mit der Magie umgehen! Ich hoffe, Miss Pimm kommt umgehend zurück. Falls jedoch nicht, vertraue ich darauf, dass die Königin die freie Stelle, die Miss Pimm hinterlassen hat, schnell ausfüllen wird."
G. Tilbury, Nordholm

„Vielleicht hat sie sich mit der ganzen Magie, die sie da hat, unsichtbar gemacht. Ich wäre sehr gerne unsichtbar. Wenn Mr Fletcher mit meinem magischen Gegenstand kommt, werde ich es sofort ausprobieren."
O. Cheresky, Little Shearwater

Ein Auszug aus
Der Wasserspeier: Eine Heldengeschichte.
Vom Wasserspeier
Niedergeschrieben von H. Westfield

Ich wurde in einem hübschen kleinen Steinbruch in den Hügeln des Südens geboren, aber ich war nicht mehr als ein Brocken Granit, bis ich die Zauberin traf. Eugenia Pimm wählte mich persönlich aus und formte mich zu dem gut aussehenden Wasserspeier, den Ihr heute so sehr bewundert. (Es stimmt, dass Miss Pimm und ich nicht mehr ganz so elegant aussehen wie damals, aber wenn Ihr schon seit zweihundert Jahren hier wärt, liebe Leser, würdet Ihr auch nicht mehr so toll aussehen.) Sie machte mein Herz aus einem machtvollen Klumpen Magie. Als ich dann fertig war, verzauberte sie mich, damit ich mich bewegen und sprechen konnte, wie es Menschen tun. Nachdem ich mich vorgestellt hatte, erklärte Miss Pimm, dass sie mich geschaffen habe, um ihre Freunde in Westfield House vor Boshaftigkeit zu schützen. „Du bist voller starker Magie“, sagte sie mir, „aber ich habe einen Zauber auf dein Herz gelegt, um sicherzugehen, dass deine Magie nur zum Schutz benutzt werden kann.“ Ich war stolz auf diese wichtige Aufgabe, aber ich war nicht sehr glücklich darüber, fest an der Wand von Westfield House zu hängen. Ein Wasserspeier zu sein ist selbst unter idealen Bedingungen nicht leicht. Es wurde noch viel schwieriger, als Miss Pimm aus ihrem Leben als Zauberin davonlief und den größten Teil der Magie des Königreiches mitnahm. Ich hatte keine Ahnung, was mit ihr geschehen war. Niemand denkt je daran, dem Wasserspeier zu erzählen, was vor sich geht. Also saß ich über meiner Tür und bot jedem Schutz, der sich die Mühe machte, darum zu bitten. Wenn Ihr keine magischen Wesen seid, liebe Leser, werdet Ihr wahrscheinlich nicht verstehen, wie unangenehm das ist. Das Herz fühlt sich komisch an, als könnte es ohne Vorwarnung jederzeit explodieren, und der ganze Körper beginnt zu zittern. Noch schlimmer: Man ist gezwungen, unhöfliche, selbstsüchtige Leute zu beschützen, die nicht zu bemerken scheinen, dass Eure Arme zerbröseln. Es war eine riesige Erleichterung, als meine getreue Assistentin Hilary in mein Leben trat und mir die Spinnweben von der Schnauze wischte, obwohl ich wünschte, sie wäre wenigstens ein halbes Jahrhundert früher aufgetaucht. Was Miss Pimm angeht, stellte sich heraus, dass sie inzwischen ein Mädcheninternat gegründet hatte. Genau dort hatte sie auch, wie meine Assistentin und ich herausfanden, all die Magie versteckt, die sie mitgenommen hatte. Schließlich überredeten wir sie, zu ihrer Arbeit als Zauberin zurückzukehren. Miss Pimm und ich sind immer noch sehr gute Freunde, denn ohne Miss Pimm gäbe es keinen Wasserspeier, und ohne den Wasserspeier, was wäre da mit dem Königreich geschehen? Ehrlich, liebe Leser, ich kann nicht einmal den Gedanken daran ertragen.

Kapitel Vier

In den wenigen Minuten, seit Hilary in Miss Pimms Mädcheninternat angekommen war, schienen sich die Inspektoren mehrmals multipliziert zu haben. Die große Halle der Schule war praktisch vom Boden bis zur Decke mit rotjackigen Herren vollgestopft, die auf ihren Pfeifenstielen kauten und mit ihren Vergrößerungsgläsern herumwedelten, während Trauben von Schulmädchen sich aneinanderklammerten und mit leisen, nervösen Stimmen sprachen. Obwohl es lange nach Mittag war, trugen einige der Mädchen immer noch ihre Nachthemden und waren in ihre Decken gewickelt. Hilary war sicher, dass Miss Pimm das ganze Spektakel aufs Schärfste missbilligt hätte. „Und du bist sicher, dass sie sich nicht einfach selbst weggezaubert hat?“, fragte Hilary Claire, während sie sich durch das Gedränge schoben.

Claire zupfte an den Ärmeln ihrer grünen Strickjacke, die sich an den Handgelenken schon aufdröselte. Sogar das tanzende Schaf, das mit Goldfaden daraufgestickt war, ging langsam ab. „Um ehrlich zu sein“, sagte sie, „bin ich mir über gar nichts sicher. Die Inspektoren weigern sich, uns zu sagen, was passiert ist. Seit gestern Nachmittag scheint keiner mehr Miss Pimm gesehen zu haben, und es ist schlechterdings Stunden her, seit sie das letzte Mal jemanden in Reimen gescholten hat."

Das war tatsächlich eine sehr ernste Nachricht. „Ich kann mir nicht vorstellen, dass Miss Pimm eine Gelegenheit auslassen würde, jemanden ordentlich zu maßregeln", sagte Hilary. Ein paar Monate zuvor hatte Miss Pimm ihr im Vertrauen erzählt, dass das Schimpfen die einzige ihrer Aufgaben als Zauberin war, die sie richtig gerne ausfüllte.

„Genau", sagte Claire. „Bestimmt würden hier nicht so viele Inspektoren herumtrampeln, wenn Miss Pimm einfach beschlossen hätte, Urlaub zu nehmen." Sie drängte sich an einem Inspektor vorbei, der Charlies schmutzigen, abgewetzten Stiefel durch sein Vergrößerungsglas untersuchte. „Was, wenn sie von Schuften entführt wurde? Oder noch Schlimmeres?"

„Noch schlimmer?" Der Wasserspeier ließ die Ohren hängen. „Ich möchte nicht über Schlimmeres nachdenken."

„Ich auch nicht", sagte Hilary. Sie hatten eine Lichtung in der Menge erreicht und sie blieb einen Moment stehen, um ihre Gedanken zu sammeln. „Vor allem nicht nach dem, was Miss Pimm über Gefahren gesagt hat."

Claire runzelte die Stirn. „Was meinst du bloß?"

Hilary faltete Miss Pimms Brief auseinander und gab ihn ihr. „Sie hat Jasper geschrieben, weil sie sich bedroht fühlte und nicht mehr wusste, wem sie trauen konnte. Was, wenn sie tatsächlich in Gefahr war und irgendetwas sie jetzt erwischt hat?“ Sie seufzte und wünschte, die Reise von Otterpool hierher hätte nicht so schrecklich lang gedauert. „Wenn wir nur früher hier gewesen wären, dann hätten wir sie vielleicht beschützen können.“

„Oder wir wären gleich mit ihr verschwunden“, sagte Charlie. Bei dem Gedanken daran lief es allen kalt den Rücken hinunter.

„Na ja, immerhin sind wir jetzt hier.“ Reue nützte nun nichts mehr, ermahnte sich Hilary, denn Reue war ganz und gar unpiratenhaft und würde Miss Pimm so oder so kein bisschen helfen. „Wir sind hergekommen, um unserer Freundin zu helfen, und genau das werden wir tun.“

Claire klatschte in die Hände. „Das werdet ihr?“

„Natürlich!“, sagte Hilary. „Es sei denn, du findest es klug, die Suche in den Händen dieser lächerlichen Inspektoren zu lassen.“ Sie warf einem Herrn, der versuchte, ihren Ellbogen mit Fingerabdruckpuder einzustäuben, einen bösen Blick zu, und er eilte davon. „Wenn Miss Pimm wirklich in Gefahr ist, muss ihr der Schrecken des Südens zu Hilfe eilen.“

„Und der erste Maat des Schreckens“, ergänzte Charlie.

Die Ohren des Wasserspeiers hingen immer noch herab, und Hilary legte ihm die Hand auf den Kopf, um ihn zu trösten. „Was meinst du, Wasserspeier?“, fragte sie. „Kannst du kühn und wagemutig genug sein, um der Zauberin zu helfen?“

Der Wasserspeier dachte kurz nach. Dann zuckte er so kräftig mit den Ohren, dass ihm fast der Piratenhut vom Kopf flog. „Wenn ich das nicht könnte“, sagte er, „wäre ich wohl kaum der beste Wasserspeier auf Hoher See. Wir werden Miss Pimm retten und nach Hause bringen, und dann wird es Posaunen geben!“

Als Erstes, beschloss Hilary, mussten sie den Inspektoren der Königin entgegentreten. Nach ihrer Begegnung vor dem Schultor behagte ihr der Gedanke nicht, auch nur mit einem weiteren rotjackigen Herrn zu sprechen. Wahrscheinlich aber wussten die Inspektoren mehr über Miss Pimms Verbleib, als sie verrieten. „Und wenn das so ist“, sagte Hilary, „müssen wir ihnen diese Information entlocken – wenn nötig mit der Schwertspitze.“

Der leitende Inspektor Hastings hatte seine Zentrale in Miss Pimms privatem Büro aufgeschlagen. „Ich finde das furchtbar ungezogen von ihm, du nicht?“, sagte Claire, als sie mit der Faust an die Tür hämmerte. „Die arme Miss Pimm. Ohne höflichen Abschied zu verschwinden kränkt ihren Stolz schon genug, auch ohne noch das Büro zu verlieren.“

Die Tür wurde knarrend gerade so weit geöffnet, dass der runde, bebrillte Kopf eines Herrn durchpasste. „Wer ist da?“, fragte der Herr. Dann blinzelte er und rückte seine Brille zurecht. „Piraten? Du meine Güte! Leider sind Piraten in meinem Büro nicht zugelassen.“

Der Herr versuchte, die Tür zu schließen, doch Hilary

drängte sich an ihm vorbei und setzte sich in einen Sessel. „Ich bin der Schrecken des Südens“, sagte sie, „und ich muss sofort mit Inspektor Hastings sprechen.“

Charlie und Claire eilten in den Raum, während der Herr seine Brille abnahm, mit einem Taschentuch daran rubbelte und sie wieder auf die Nase setzte. Er schien einige mürrische Dinge sagen zu wollen, doch als Hilary ihre Hand fast unmerklich zum Schwert bewegte, beschränkte er sich auf ein verärgertes Schniefen. Hilary war ziemlich zufrieden zu sehen, dass wenigstens einer im Königreich so viel Vernunft besaß, von ihr beeindruckt zu sein.

„Ich bin Inspektor Hastings“, sagte der Herr – ziemlich hochtrabend, wie Hilary fand – „und da ich euch den Gefallen getan habe, euch in meinem Büro zu empfangen, Piraten, hoffe ich, ihr werdet mir den Gefallen tun, eure Waffen bei euch zu behalten.“ Er setzte sich hinter Miss Pimms Schreibtisch, der mit allen möglichen Notizbüchern und Papieren beladen war, wenn der Inspektor auch einen kleinen Bereich zwischen den Stapeln freigeräumt hatte, um Platz für sein Teeservice zu schaffen. Er nahm einen Schluck Tee und ließ den Blick der Reihe nach über die Piraten wandern. Bei Claire runzelte er die Stirn, und beim Wasserspeier gar noch mehr. „Dann seid ihr also gekommen, um das Verbrechen zu gestehen?“, fragte er. „Oder vielleicht um einen Erpresserbrief zu überbringen?“

„Weder noch, leider“, sagte Hilary. „Miss Pimm ist

zufällig eine Freundin von uns, und wir sind hier, um sie zu finden. Wärt Ihr wohl so freundlich, uns zu sagen, was Ihr über ihr Verschwinden wisst?"

Vielleicht war Mr Hastings doch nicht ganz so beeindruckt, wie Hilary gehofft hatte, denn er spuckte beinahe seinen Tee aus. „Die Ergebnisse einer Untersuchung preisgeben?", fragte er. „Einer Bande von Piraten? Das ist vollkommen ausgeschlossen! Wenn ich auf diese Art das Protokoll brechen würde, würde mich die Königin höchstpersönlich in den Kerker werfen – und das zu Recht." Er stellte seine Teetasse ab und verschränkte die Hände. „Falls ihr wirklich Freunde der Zauberin seid, kann ich euch versichern, dass meine Männer und ich die Angelegenheit ihres Verschwindens voll und ganz in der Hand haben. Wir brauchen wohl kaum die Hilfe von ein paar dahergelaufenen Halunken, die nicht einmal eine Lupe und einen Staubpinsel besitzen." Er warf einen Seitenblick auf Hilary. „Du hast doch keinen Staubpinsel, oder?"

„Nein", sagte Hilary. „Aber ich wüsste auch nicht …"

Mr Hastings nickte. „Das dachte ich mir."

„Weißt du, Schrecken", sagte Charlie langsam, „es ist möglich, dass die Inspektoren überhaupt nichts herausgefunden haben. Vielleicht möchte Mr Hastings seine Informationen nicht mitteilen, weil er überhaupt nichts mitzuteilen hat."

Hilary grinste ihn an. „Ich glaube, du hast recht, Pirat Dove."

„Er hat überhaupt nicht recht!", schrie Mr Hastings. „Ich kann euch sagen, dass wir einige wertvolle Hinweise von einer jungen Dame bekommen haben, die das Verbrechen bezeugt hat. Sie hat ein höchst skrupelloses Individuum in der Nähe ebendieses Raumes herumlungern sehen!"

„Eine Zeugin?" Claire beugte sich vor. „Und wer ist das wohl?"

Mr Hastings hob das Kinn und schaute auf einen nach dem anderen von ihnen herab. „Diese Information", sagte er, „ist vertraulich. Sie darf sicherlich nicht an Piraten herausgegeben werden – und übrigens auch nicht an Schulmädchen." Er legte eine schützende Hand über ein Blatt Papier auf dem Schreibtisch. „Und denkt nicht einmal daran, dass ich bereit sein könnte, meine Liste der Verdächtigen offenzulegen. Meine Männer mussten beinahe eine Stunde lang den Terminkalender der Zauberin durchsuchen, um sie zusammenzustellen, und sie suchen bereits nach den fraglichen Bösewichten."

„Wenn sie die finden", sagte der Wasserspeier zu Hilary, „werden sie sie wahrscheinlich einstäuben."

Hilary beäugte die dampfende Teekanne, die neben Mr Hastings Ellbogen stand. Dann nahm sie ihren Mut zusammen und schenkte dem Inspektor ihr charmantestes High-Society-Lächeln. „Ich verstehe Eure missliche Lage, Sir", sagte sie. „Wir würden Euch nicht einmal im Traum bitten, Eure Liste mit den Verdächtigen preiszugeben."

Charlie kniff die Augen zusammen. „Würden wir nicht?"

„Absolut nicht." Das charmante Lächeln schmerzte langsam auf Hilarys Wangen. Wie hielten das die Damen der High Society nur aus? „Ich sehe, Ihr habt Euren Tee ausgetrunken, Mr Hastings. Darf ich Euch noch eine Tasse einschenken?"

„Durchaus." Mr Hastings lehnte sich auf seinem Stuhl zurück. „Danke, Piratin. Ich wusste, ich würde dich zur Vernunft bringen. Du bist gar kein besonderer Schrecken, nicht wahr?"

Hilary zielte mit ihrem charmanten Lächeln direkt auf Mr Hastings, nahm die Teekanne und schüttete ihren Inhalt auf den Schreibtisch.

Ein Fluss aus Tee strömte über Mr Hastings Papiere und stürzte wasserfallartig auf den Inspektor selbst. „Du ungeschickter Schurke!", schrie er, sprang auf und kippte dabei Miss Pimms Stuhl um. „Schau, was du angerichtet hat! Das sind meine Beweise!"

Hilary eilte um den Tisch herum und begann, die Papiere mit einem Geschirrtuch trocken zu tupfen. „Es tut mir schrecklich leid!", rief sie und stieß geschickt mit dem Ellbogen einen Stapel Notizbücher um. „Ich hätte Euch niemals Tee anbieten sollen. Darin sind Piraten furchtbar schlecht."

„Das stimmt", sagte Charlie und verteilte ein Bündel Papiere auf dem Boden. „Generell kann man sagen, dass Piraten ziemlich unordentlich sind."

„Das sehe ich!“, blaffte Mr Hastings. Er bückte sich nach seinen Dokumenten, doch Claire sprang von ihrem Stuhl auf und wirbelte in ihn hinein, sodass die Papiere in alle Richtungen flogen. Hilary musste sich auf die Lippen beißen, um nicht laut zu lachen, während sie die Teepfütze von der Verdächtigenliste des Inspektors wischte.

„Raus hier!“, schrie Mr Hastings, der jetzt gründlich in Tee getränkt war. „Um Himmels willen, richtet euer Piratenchaos woanders an! Und sagt meinem Leutnant, dass mein Hemd gereinigt werden muss.“

Die Piraten nickten ernst und marschierten aus dem Büro, durch die Halle und zur Tür hinaus. Als sie die Treppe vor dem Schulgebäude sicher erreicht hatten, bogen sie sich jedoch vor Lachen. „Der arme Inspektor!“, sagte Claire. „Er hat so herumgezappelt, dass ich versucht war, ihn in Zeitungspapier zu wickeln und ihn im Fischgeschäft zu verkaufen!“

Charlie schaute sich um und senkte die Stimme. „Konntest du seine Notizen erkennen, Hilary?“

„Nur die Liste der Verdächtigen“, sagte Hilary, „und sie ist leider ziemlich eigenartig. Es steht nur ein Name darauf.“

Der Wasserspeier hüpfte in ihrer Tasche auf und ab. „Wer ist nun der Bösewicht?“, wollte er wissen. „Ist es ein fürchterlicher Grobian? Ein herzloser Galgenvogel? Ein Seeungeheuer?“

Der Wasserspeier sah so begeistert aus, dass Hilary

seine Stimmung ungern dämpfen wollte. „Um genau zu sein“, sagte sie, „ist es ein Pirat. Die Inspektoren glauben, Miss Pimm wurde von Kanonenkugel-Jack entführt.“

„Das glaube ich nicht!“, sagte Charlie sofort.

Hilary konnte es auch nicht glauben. „Er ist ein Freund von mir“, erklärte sie Claire, die verwirrt dreinschaute. „Wir haben uns kennengelernt, als ich Jaspers Lehrling wurde. Oh, du musst dich an ihn erinnern. Er war auch bei der Hochzeit. Er hat einen Haken, ein Holzbein und eine Augenklappe, und er hat die halbe Nacht mit Miss Pimm getanzt.“

„Oh ja!“ Claire nickte. „Dieser Pirat. Er kam mir nicht wie ein Entführer vor.“

„Ist er auch nicht!“, sagte Hilary. „Ich glaube, er kann von Zeit zu Zeit furchterregend sein, aber das ist sein Beruf.“

„Trotzdem ist er irgendwie auf die Liste des Inspektors geraten.“ Charlie sah besorgt aus. „Ich glaube nicht, dass sie uns sagen werden, warum sie ihn verdächtigen.“

„Dann müssen wir es selbst herausfinden.“ Hilary drückte sich ihren Piratenhut fester auf den Kopf. Auf der *Taube* war sie es gewohnt, Jasper Pläne schmieden und Befehle geben zu hören. Jetzt fand sie es recht erfrischend, selbst Befehle zu geben, auch wenn sie nicht halb so überzeugend klang wie Jasper. „Die *Donnerbüchse* von Kanonenkugel-Jack ankert normalerweise in der Pemberton Bay. Wenn er Miss Pimm wirklich an Bord seines Schiffes hat, dann wissen wir, wo sie ist, und wenn nicht, hat er vielleicht eine Idee, was mit ihr passiert sein könnte. So oder so sollten wir besser vor den Inspektoren bei ihm sein, sonst bringen sie nur alles durcheinander."

Charlie dachte darüber nach. „Das ist ein guter Plan", sagte er dann, sehr zu Hilarys Erleichterung.

„Fast so gut wie ein Wasserspeier-Plan", stimmte der Wasserspeier zu.

Einen Augenblick blieb Claire still. „Hilary", sagte sie schließlich, „ich habe mir überlegt ... Na ja, ohne Miss Pimm ist die Schule einfach nicht das Wahre. Ich habe sogar gehört, wie die Sportlehrerin davon gesprochen hat, das ganze Sommersemester zu streichen." Sie zog so fest an ihren Ärmeln, dass sich eine ganze Reihe Maschen an ihrer Strickjacke löste. „Ich weiß nicht recht, ob ich es ertragen könnte, nach Hause zurückzukehren und auf dem Fischmarkt zu arbeiten, bis Miss Pimm gefunden wird. Ich bin keine richtige Piratin, und vermutlich brauchst du auch keine Hilfe von einem Schulmädchen ... – Obwohl ich ziemlich gut im Sticken bin und ein bisschen Flöte spielen kann! Aber, na ja, oh, meinst du, ich könnte vielleicht mit euch kommen?"

Hilary lachte. „Natürlich!", sagte sie. „Es wäre mir eine Ehre, wenn du als Piratengehilfin mitkommen würdest."

Charlies Augen wurden groß und er war plötzlich sehr mit der Untersuchung seiner Mantelknöpfe beschäftigt.

„Ehrlich?“ Claire umarmte Hilary stürmisch. „Oh, danke, Hilary – ich meine, Piratin Westfield. Ich werde dich nicht enttäuschen, ich verspreche es! Und dir danke ich auch, Pirat Dove. Ich will nur schnell meine Sachen packen, und dann ziehen wir los und retten Miss Pimm!“ Claire eilte die Treppe hinauf. „Ich glaube, das ist das Aufregendste, das mir seit Monaten passiert ist.“

Als Claire die Tür hinter sich zuzog, nahm Charlie seinen Hut ab und kratzte sich den Kopf, dass ihm die Haare in alle Richtungen abstanden. „Bist du sicher, dass wir sie mitnehmen sollen?“, fragte er. „Ich meine, sie ist ein High-Society-Mädchen – oder zumindest wird sie eines sein, wenn das Internat mit ihr fertig ist.“ Charlie schauderte. „Und es scheint ihr nicht einmal etwas auszumachen.“

Hilary grinste ihn an. „Du willst mir doch nicht etwa sagen, dass du Angst vor Claire hast?“

„Natürlich nicht!“, sagte Charlie ziemlich eilig, wie Hilary fand. „Ein Pirat hat niemals Angst. Aber Claire mag Ballkleider, Stickerei und Manieren …“

„Und sie ist hervorragend in der Lage, eine gute Piratin zu sein“, sagte Hilary fest. „Sie hat uns letztes Jahr geholfen, den Schatz zu finden, oder nicht? Und wie sie gegen Mr Hastings gestoßen ist – das hat sie richtig gut gemacht.“

„Abgesehen davon“, sagte der Wasserspeier, „kann sie am besten hinter den Ohren kraulen.“

Charlie zuckte die Achseln. „Na gut. Wenn ihr glaubt,

dass sie eine gute Piratengehilfin wird, kann ich ihr wohl eine Chance geben."

„Danke." Hilary nahm Charlie den Hut aus der Hand und drückt ihn ihm auf den Kopf. „Und wenn du jetzt mit deinen Albernheiten fertig bist, können wir uns endlich auf die Suche nach der Zauberin machen."

DIE INSPEKTOREN DER KÖNIGIN
KÖNIGREICH AUGUSTA

FLEISS, LOGIK, DISKRETION

BERICHT
AN IHRE KÖNIGLICHE HOHEIT KÖNIGIN ADELAIDE
BETREFFEND
Das VERSCHWINDEN von MISS EUGENIA PIMM

Bericht Nr. 1
BEREICHSINSPEKTOR: John Hastings
ORT: Pemberton, Augusta
FALLSTATUS: ein bisschen ärgerlich

Bemerkungen des Inspektors: Eure Hoheit, ich wurde heute Morgen durch eine Nachricht von einer freundlichen jungen Dame der High Society in Miss Pimms Mädcheninternat für feinfühlige Damen gerufen. Es scheint, als hätte sich Miss Eugenia Pimm, Zauberin des Nordens, entweder selbst deplatziert oder wäre durch einen unbekannten Bösewicht entführt worden. Wir glauben, sie hat ihr Heim gestern Abend für eine Verabredung zum Abendessen mit einem Bekannten verlassen und ist nicht zurückgekehrt.

Anscheinend befindet sich die Zauberin jetzt zu weit von Pemberton weg, um durch Magie aufspürbar zu sein. So oder so haben nur sehr wenige meiner Männer die Kraft oder das Talent, vermisste Personen auf diese Weise zu finden. Wir verlassen uns bevorzugt auf traditionelle Ermittlungsformen. Daher wurden alle Inspektoren mit Vergrößerungsgläsern und Fingerabdrucksets ausgestattet. Zum Zeitpunkt unseres Eintreffens war jeder Quadratzentimeter von Miss Pimms Büro vollkommen ordentlich und sauber. Dies lässt darauf schließen, dass sie die Schule ruhig und ohne Handgemenge verlassen hat. Des Weiteren scheint sie mehrere ihrer magischen Gegenstände unbeaufsichtigt zurückgelassen zu haben, weshalb wir denken, dass sie in Kürze in die Schule zurückkehren wollte.

Miss Pimms magischer Lieblingsgegenstand (eine goldene Häkelnadel, die sie laut ihren Schülerinnen immer bei sich trug) ist nirgends zu finden. Wir können nur annehmen, dass er sich immer noch in ihrem Besitz befindet.

Dank der Zeugenaussage durch die bereits erwähnte freundliche junge Dame haben wir einen ruchlos klingenden Herrn namens Kanonenkugel-Jack als Hauptverdächtigen im Zusammenhang mit Miss Pimms Verschwinden identifiziert. Ich habe meine besten Inspektoren losgeschickt, um dieses Individuum zu befragen und, wenn nötig, festzunehmen. Ich muss jedoch zugeben, dass mir einige Punkte Sorgen machen.

Erstens: Wer könnte die Zauberin am wahrscheinlichsten entführt haben? Ich würde hier die Feinde der Zauberin auflisten, doch solch eine Liste würde die Straßen von Pemberton füllen, denn viele Personen von der High Society bis zur Hohen See wünschen ihr Böses.

Zweitens: Wer wäre in der Lage, die Zauberin zu entführen? Sie ist eine mächtige Frau und wäre mit magischen Mitteln schwer zu überwältigen. Unser Bösewicht muss daher bemerkenswert stark sein – oder womöglich ein stärkerer Magienutzer als die Zauberin selbst. Falls meine Männer gezwungen sein sollten, solch einem mächtigen Individuum entgegenzutreten, werden sie sicherlich Unterstützung benötigen. Daher beantrage ich, dass umgehend dreißig weitere Inspektoren nach Pemberton entsandt werden. Ich würde natürlich jedes Zeichen der Unterstützung, das Ihre Hoheit bereit wäre, zu unserem Fall beizutragen, bescheiden annehmen.

Schließlich: Warum in aller Welt ist der Fall so besorgniserregend voller Piraten? Eine kleine und ungeschickte Halunkin namens Schrecken von Irgendwas hat Interesse an unserer Untersuchung bekundet und meinen Nachmittagstee beträchtlich gestört. Vielleicht sollte ich ein paar meiner Männer dazu abstellen, ihre Bewegungen zu verfolgen.

Gezeichnet

John Hastings

Kapitän der königlichen Inspektoren

Aus dem

Seeräuber
Is' der offizielle Rundbrief vom Fast Ganz Ehrbaren Club der Piraten

Schrecken des Südens stellt Halunken vor Rätsel. In einer sonderbaren Wendung der Ereignisse wurden Piratin Hilary Westfield und ihre Gefährten heute Nachmittag in Begleitung eines Schulmädchens der High Society beim Verlassen des Mädcheninternats in Pemberton gesehen. Da Piratin Westfield momentan ihren guten Ruf im Club wiederherstellen soll, verstehen wir nicht, warum sie sich in derart merkwürdige Aktivitäten verstrickt. Unsere Quellen vermuten, dass Piratin Westfield versucht, die verschwundene Zauberin des Nordens zu finden. Das halten wir sicherlich für ein nobles Bestreben, doch vielleicht hat Piratin Westfield vergessen, dass Piraten nicht nobel sein sollen. Wird der Schrecken sich bessern oder doch den Club weiterhin in Verlegenheit bringen? Das möchte der *Seeräuber* gerne herausfinden.

Pirat in Geheimnis um Zauberin verwickelt? Gerüchten in der Pemberton Bay zufolge wurde ein Pirat gesehen, als er die Privatgemächer der Zauberin etwa zum Zeitpunkt ihres Verschwindens verließ. Könnte ein Mitglied des Clubs für die schockierenden Ereignisse verantwortlich sein? Wir baten FGECP-Präsident Kapitän Rupert Schwarzzahn, die Angelegenheit zu kommentieren. „Wenn ein abgefeimter Plan gegen die Zauberin geschmiedet wurde, hoffe ich ehrlich, dass keine Clubmitglieder darin verwickelt sind“, sagte Kapitän Schwarzzahn heute Morgen in der Pemberton Bay. „Ich weiß, dass nicht alle Piraten die Zauberin besonders mögen, und ihre Regeln machen das Schatzplündern ziemlich schwierig. Grundsatz des FGECP ist aber, Meinungsverschiedenheiten durch Duelle, Kämpfe oder Diskussionen bei einem Grog zu lösen. Als Lösung des Problems einfach jemanden verschwinden zu lassen, steht nicht im offiziellen Clubhandbuch.“ Alle Piraten mit Informationen über den Verbleib der Zauberin werden gebeten, Kapitän Schwarzzahn auf der Stelle zu kontaktieren.

WETTKAMPFERGEBNISSE. Unser Picknick zur Mittsommernacht gestern Abend war ein verwegener Erfolg! Wir freuen uns, berichten zu können, dass der stämmige Bruce McCorkle das Schiffszwieback-Wettessen gewonnen hat, indem er 33 Scheiben Zwieback in zehn Minuten gegessen hat. Die Crew der *Gefürchteten Matilda* gewann die Schwimmstaffel, und der Leiter der Mitgliederkoordination des FGECP, der einbeinige Jones, ging siegreich aus dem Einbeinlauf hervor.

Kapitel Fünf

Die Straße nach Pemberton war breit genug, dass Hilary, Charlie und Claire nebeneinander gehen konnten. Hilarys Schwert baumelte im Takt der Melodie von Claires Flöte, und der Wasserspeier sang mit Inbrunst in seiner Tasche. Langsam wichen Pembertons prachtvolle Geschäfte und herrschaftlichen Häuser kleinen Hügeln und Kiefernwäldern, und die Piraten fanden sich bald an einer einsamen kleinen Wegbiegung wieder, wo Bäume in Gruppen zusammenstanden wie plaudernde Schulmädchen.

Hilary fand, dass ein guter Piratenkapitän auf seine Reisegefährten achten sollte, also zog sie eine verkorkte Glasflasche mit Wasser aus ihrer Tasche und reichte sie herum. „Vielen Dank“, sagte der Wasserspeier, der es geschafft hatte, ein paar Schlucke Wasser zu trinken, bevor es ihm von der Schnauze tropfte. „Ich hatte schon langsam eine ganz staubige Stimme.“

„Es tut mir leid, dass ich nichts zu essen habe“, sagte Hilary. Das Frühstück war viel zu viele Stunden her, und Hilary hatte das letzte Stück von dem Schiffszwieback, den Miss Greyson ihnen in ein Taschentuch gewickelt mitgegeben hatte, schon am Tag zuvor mit dem Wasserspeier geteilt. „Ich könnte wohl etwas herzaubern“, sagte sie, „aber es müsste klein sein.“ Nach dem Zwischenfall mit der Haferbreischüssel wagte sie es nicht, ihre magische Münze für etwas Größeres als ein Stück Käse und vielleicht ein bisschen Brot zu verwenden.

„Oh!“, rief Claire. „Würde es dir schrecklich viel ausmachen, wenn ich es mal versuchte? Ich habe endlich meinen eigenen magischen Gegenstand!“ Sie stellte ihren Koffer ab und zog eine funkelnde goldene Häkelnadel heraus, die sie wie eine Trophäe in die Luft hielt. „Um ehrlich zu sein“, sagte sie, „darf ich sie noch nicht benutzen. Unser Magie-Unterricht in der Schule hat erst letzte Woche begonnen, weißt du, und bis jetzt ist es nichts als öde, graue Theorie. Aber wie schwierig kann es schon sein, ein Mittagessen herzuzaubern?“

Bevor Hilary zu Wort kommen konnte, reckte Claire ihre Häkelnadel in den Himmel. „Magie“, sagte sie, „bitte bring mir einen Teller Eiersandwiches und“ – mit Blick auf den Wasserspeier – „eine kleine Schüssel Spinnen.“

Hilary sah, wie die Häkelnadel in Claires Hand zitterte. Sie zuckte nach rechts und links. „Funktioniert es?“, fragte der Wasserspeier. „Ich sehe keine Spinnen.“

Er hatte kaum ausgesprochen, als ein Blitz – oder war es sogar etwas noch Helleres als ein Blitz? – so wild um Claires Häkelnadel herum aufloderte, dass Hilary kaum hinschauen konnte. Dann erschütterte ein fürchterlicher Krach die Bäume bis in die Wurzeln, und die Häkelnadel explodierte.

Hilary warf sich zu Boden und hielt die Hände über den Kopf des Wasserspeiers, während Stücke der Häkelnadel um sie herum auf die Pflastersteine schepperten. Claire schrie auf, Charlie fluchte tatsächlich sehr laut, und die Luft um sie herum nahm einen versengten und gleichzeitig feuchten Geruch an wie Lagerfeuerrauch nach einem Regen. Als sich Hilary sicher war, dass keine Magiereste mehr auf sie regnen konnten, schaute sie zu Claire auf. Ihre Freundin stand immer noch hoch aufgerichtet da, starrte auf ihre Hand und schwankte unmerklich hin und her.

„Geht es dir gut?" Hilary rappelte sich auf. „Charlie, hilf mir, sie zu stützen!" Hilary hielt Claire an einem Ellbogen, Charlie nahm den anderen, und gemeinsam führten sie sie zum Wegrand, wo sie sich auf einen Kiefernstumpf setzte und mehrmals hintereinander blinzelte.

„Mir geht es gut", sagte sie schließlich. „Ich glaube, ich habe mir die Hand verbrannt – aber nicht sehr schlimm." Die Finger, mit denen sie die Häkelnadel gehalten hatte, waren rot. Hilary beförderte ein Taschentuch aus ihrer Tasche und wickelte es Claire um die Hand. „Das sollte eigentlich nicht passieren", sagte Claire zittrig. „Oder?"

„Nein", sagte Hilary. „Sicher nicht. Ich habe noch nie von explodierenden magischen Gegenständen gehört." Sie blickte Charlie an. „Ist das noch jemandem passiert, der von Jasper Magie bekommen hat?"

„Ich glaube nicht." Charlie war wohl tief erschüttert,

denn er sah so ernst aus, wie Hilary ihn noch nie gesehen hatte. „Ich wusste nicht einmal, dass das möglich ist."

Der Wasserspeier schauderte. „Das gefällt mir ganz und gar nicht."

„Na, das ist ja großartig", sagte Claire. „Ich bin das einzige Mädchen in Augusta, das Magie nicht richtig benutzen kann, meine Häkelnadel wurde in Fetzen gerissen und damit kann ich es wohl auch vergessen, je in die High Society aufgenommen zu werden." Sie barg das Gesicht in den Händen. „Und zu allem Überfluss haben wir noch nicht einmal unsere Sandwiches."

Das zumindest konnte Hilary ändern. Sie zog ihre magische Münze heraus und bat sie, so höflich sie konnte, um einen Teller mit Sandwiches nebst einigen Spinnen, die prompt und ohne großes Aufheben erschienen. Mit ihren rindenlosen Kanten und der appetitlichen Füllung waren die Sandwiches kaum angemessen für eine Gruppe kühner und wagemutiger Piraten, doch Hilary war zu hungrig, um sich darum zu scheren. Als die vier alles aufgegessen hatten, war ihre Laune auch bedeutend besser. „Wenn du dich gut genug fühlst, Claire, sollten wir uns besser beeilen", sagte Hilary. „Ich möchte auf Kanonenkugel-Jacks Türschwelle lieber keinen Inspektoren der Königin in die Arme laufen."

Die Sandwiches und Spinnen herzuzaubern hatte mehr von Hilarys Kraft gefordert, als ihr klar gewesen war. Und was noch schlimmer war: Allmählich bekam sie in ihren Stiefeln riesengroße und ziemlich schmerzhafte Blasen. Hilary ermahnte sich streng, dass eine wahre Piratin sich von solchen Kleinigkeiten nicht beeinflussen ließ; sie bezweifelte ernsthaft, dass Kapitän Schwarzzahn sich je von einer Blase hatte aufhalten lassen. Dennoch war sie beinahe soweit, ihre Stiefel ganz zurückzulassen, als sie an ein Schild aus Holz kamen, auf dem sorgfältig in blauen Buchstaben geschrieben stand:

PEMBERTON BAY
1 MEILE
GEFAHR!
FLUT UND HALUNKEN VORAUS
MISS PIMMS INTERNATSMÄDCHEN IST DER ZUTRITT VERBOTEN

Claire musterte das Schild mit gerunzelter Stirn. Dann drehte sie ihre Strickjacke von innen nach außen und zerwuschelte sich die Haare. „Das ist besser“, sagte sie. „Jetzt merkt keiner mehr, dass ich ein Internatsmädchen bin.“

Direkt hinter dem Schild fiel die Straße zur weiten und unruhigen See ab. Dutzende Schiffe aller Größen und Farben dümpelten auf den Wellen und noch mehr waren im Hafen vertäut, wo sie wie ein kleines schwimmendes Dorf hin und her schwankten. Der Wasserspeier spähte aus seiner Tasche und schnüffelte. „Das“, sagte er glücklich, „riecht nach Abenteuern!" Er dachte kurz nach. „Und nach Fisch."

Mit dem zusätzlichen Fernglas, das sie aus Jaspers Kajüte gemopst hatte, suchte Hilary die Bucht nach einem Anzeichen von Kanonenkugel-Jacks Hausboot ab. Sie hatte die *Donnerbüchse* erst vor einigen Monaten besucht, als Miss Greyson darauf bestanden hatte, all ihren Freunden und Bekannten Festtagskuchen zu bringen. Doch sie hätte das schimmernde, schwarze Schiff ganz am Ende des Hafens auch erkannt, wenn sie es noch nie im Leben gesehen hätte: Seine Piratenflaggen waren in Rauch gehüllt, und ein Schwall Kanonenkugeln flog von seinem Deck, die beinahe die Bäuche vorüberfliegender Möwen steiften, bevor sie ins Meer platschten. Charlie zog die Augenbrauen hoch, und Claire rang die Hände vor der Brust.

„Oh, gut", sagte Hilary. „Kanonenkugel-Jack ist wohl zu Hause."

Ein halbes Dutzend weiterer Kanonenkugeln stieg von der *Donnerbüchse* auf, während die Piraten den Hügel hinabeilten. Der Wasserspeier sagte, er hoffe, niemand werde ihn für eine Kanonenkugel halten, denn er glaube nicht, es würde ihm Spaß machen, ins Meer zu plumpsen. „So etwas würde Kanonenkugel-Jack niemals tun", beruhigte ihn Hilary. „Ich bin mir fast sicher, dass er kein Bösewicht ist, und selbst wenn, dann – oh, Mist!"

Direkt vor ihr befand sich ein Inspektor der Königin! Er kauerte mitten auf der Straße – ein höchst lächerlicher

Ort zum Kauern, fand Hilary – und schien die Pflastersteine durch sein Vergrößerungsglas zu untersuchen.

„Da sind noch ganz viele andere“, bemerkte Claire. „Schaut nur!“ Sie zeigte auf die Küstenlinie, wo noch fünf weitere Herren in roten Jacketts herumkrochen.

Hilary warf einen Blick zur *Donnerbüchse* hinüber, doch die Inspektoren hatten das Hausboot eindeutig noch nicht entdeckt. Dann marschierte sie auf den nächsten Inspektor zu, dessen Nase inzwischen beinahe die Pflastersteine berührte. „Was tut Ihr da, wenn ich fragen darf?“, fragte sie.

Der Inspektor fuhr zusammen und ließ seine Lupe auf den Boden fallen, wo sie in Stücke zersprang. „Zurück, Schurke!“, schrie er. „Du hast meine Lupe zerbrochen, aber du wirst meine Knochen nicht zerbrechen!“

„Natürlich nicht“, sagte Hilary. „Warum sollte ich?“

„Du bist ein Pirat, oder nicht?“ Der Inspektor runzelte die Stirn und musterte Hilary durch eine Lupenscherbe. „Bist du zufällig Kanonenkugel-Jack?“

Der Wasserspeier grub sich tief in Hilarys Tasche ein, doch nicht einmal das Segeltuch konnte sein prustendes Gelächter dämpfen.

„Nein“, sagte Hilary, „leider bin ich nicht Kanonenkugel-Jack, genauso wenig wie meine Kameraden.“

„Bist du sicher?“, fragte der Inspektor. „Wir sollen einen furchterregenden Piraten dieses Namens finden und ihn zur Befragung nach Pemberton bringen, aber ich habe keine Spur von ihm gefunden.“

„Wie töricht", sagte Claire. „Auf die Straße zu starren wird Euch höchstwahrscheinlich nicht das Geringste nützen. Warum sucht Ihr nicht auf Piratenschiffen?"

Der Inspektor schloss schicksalsergeben die Augen, als wäre Claire ein Ärgernis, das mit so viel Geduld wie möglich ertragen werden musste. „Kleines Mädchen", sagte er, „es ist klar, dass du keinerlei Sinn für Schlussfolgerungen besitzt. Ich versichere dir, dass unsere Methoden sowohl modern als auch effektiv sind."

Hilary verdrehte die Augen. Wenn alle Inspektoren der Königin so dumm waren, würden sie die Zauberin nicht einmal finden, wenn sie sich direkt unter ihre Vergrößerungsgläser legte. Gut waren sie anscheinend nur darin, Hilary im Weg zu sein. „Ich würde Euch gern den Weg zu Kanonenkugel-Jacks Schiff zeigen, Sir", sagte sie, „aber leider liegt es nicht in dieser Bucht. Es befindet sich einen ordentlichen Fußmarsch von hier, direkt südlich des Fischmarkts." Sie zeigte den Hügel hinauf, weit weg von der *Donnerbüchse*. „Ihr sagt besser den anderen Inspektoren Bescheid. Vielleicht leiht Euch einer Eurer Kollegen seine Lupe."

Ohne auch nur ein Nicken des Danks sprang der Inspektor auf und versammelte seine Kompagnons. Ein paar Augenblicke später eilten alle sechs Inspektoren an ihnen vorbei, wedelten mit ihren Staubpinseln und sahen wirklich sehr selbstsicher aus. „Gut gemacht, Schrecken", sagte Charlie. „Damit wären sie wohl wenigstens ein paar Stunden beschäftigt."

Hilary verneigte sich leicht vor ihren Kameraden. „Es ist ein Jammer“, sagte sie, „dass offenbar niemand die Inspektoren davor gewarnt hat, dass Piraten lügen.“

Als die Inspektoren endlich hinter dem Hügel verschwunden waren, gingen die Piraten hinunter zum Hafen von Pemberton. Immer noch donnerten Kanonen und wogte Rauch vom Deck der *Donnerbüchse*, weshalb es ziemlich schwierig war, die fröhlichen Karovorhänge und die Blumenkästen mit den Wildblumen darin zu sehen. Die Piraten gingen an Bord und ertasteten sich den Weg zur Eingangstür. Eine große Bronzeglocke hing daneben und darunter befand sich ein adrett gedrucktes Schild, auf dem stand: *Bitte klingelnse und meldense sich an.*

„Tja“, sagte Charlie, „das ist überraschend zivilisiert.“

„Wir kommen seiner Bitte besser nach“, sagte Claire. „Er scheint ziemlich schlechte Laune zu haben.“

Hilary klingelte. Dann räusperte sie sich und legte die Hände an den Mund. „Ahoi!“, rief sie über das Getöse der Kanonen hinweg. „Der Schrecken des Südens ist zu Besuch!“

Der Wasserspeier pikte sie mit seinem Schwanz. „Ähem“, sagte er.

„Entschuldigung“, sagte Hilary. „Ich meine, der Schrecken des Südens und ihr Wasserspeier.“

„Und ihre Kameraden“, ergänzte Charlie.

„Ach, wenn’s denn sein muss“, sagte Hilary. „Und

ihre Kameraden!“ Sie hoffte sehr, Kanonenkugel-Jack würde die Tür öffnen, bevor noch jemand daherkam und angekündigt werden wollte.

Die Kanonenschüsse stoppten, und man hörte einiges Getrampel. Dann flog die Hausboottür auf. Hilary spürte, wie ihre Stiefel das Deck verließen, als Kanonenkugel-Jack sie herzlich und nach Schießpulver riechend umarmte.

„Da hol mich doch der Klabautermann!“, brüllte er und stellte Hilary mit einem ordentlichen Rums wieder ab. „Wenn das nich’ der Schrecken des Südens is’.“ Er trat einen Schritt zurück und zog seine Augenklappe auf die Stirn hoch. „Bist ’n schönerer Anblick als ’n Papagei auf’m Bugspriet. Und ich seh, du hast deine Kameraden dabei. Ein Freund des Schreckens is’ auch ’n Freund von mir.“ Er verbeugte sich vor Claire, lüftete den Hut vor dem Wasserspeier und streckte Charlie seinen Haken hin, der ihn vorsichtig schüttelte.

Kanonenkugel-Jack sah von Kopf bis Fuß, von der breiten Feder an seinem Hut bis zu den Stiefelspitzen, wie ein Pirat aus. Doch unter seinen Augen lagen Schatten, als hätte er nicht gut geschlafen, und sein feines Rüschenhemd war zerknittert und schmuddelig. Er staubte sich mit seinem Haken ab und krempelte die Ärmel hoch. „Ich donnere gerade ’n bisschen“, sagte er als Erklärung. „Wollt ihr mitkommen? Wäre ’ne Hilfe, noch ’n paar Halunken an den Kanonen zu haben.“

Kanonenkugel-Jack führte sie aufs Batteriedeck, wo er

begann, die nächste Kanone mit Papierfetzen und ziemlich viel Schießpulver zu beladen. Während er arbeitete, versuchte Hilary, irgendeine Spur zu entdecken, die auf Miss Pimm hindeutete, was bei so viel Rauch in der Luft gar nicht so einfach war.

„Bist du sicher, dass das nicht gefährlich ist?“, flüsterte Claire, als Kanonenkugel-Jack ein Streichholz an der Sohle seines Stiefels anriss und die Zündschnur der Kanone anzündete. „Was, wenn er Miss Pimm wirklich entführt hat? Was, wenn er sie schon in Stücke geschossen hat?“

Kanonenkugel-Jack wirbelte herum. „Hast du grad Miss Pimm gesagt?“

In diesem Moment ging die Kanone mit Getöse los. Eine große Wolke Schießpulver stieg in die Luft, und die Kanonenkugel segelte in den Hafen, wo sie in der Nähe eines Liebespaares in einem kippeligen grünen Ruderboot ins Wasser platschte. Die durchnässte junge Frau schüttelte drohend ihren Regenschirm in Richtung der *Donnerbüchse*, doch Kanonenkugel-Jack schien es nicht zu bemerken. Er starrte Claire an.

„Ich hab dir ’ne Frage gestellt, Matrosin“, sagte er und kniff die Augen zusammen. „Hast du den Namen Miss Eugenia Pimm in ’n Mund genommen?“

Claire war viel zu verängstigt, um noch ein Wort zu sagen, also trat Hilary vor. „Miss Pimm wird vermisst“, sagte sie, „und wir versuchen, sie zu finden. Wenn sie hier ist, sag es uns am besten sofort.“

Kanonenkugel-Jack richtete seinen starren Blick auf Hilary. „Deshalb seid ihr also hier“, sagte er. „Ich hab mich schon gefragt.“ Er legte Hilary die Hand auf die Schulter. „Tut mir leid, Schrecken. Eugenia is’ nich’ hier. Ich wünschte, sie wär’s – aber vielleicht beschnacken wir das lieber inner Kajüte.“

In der butterblumengelben Kajüte der *Donnerbüchse* setzte Kanonenkugel-Jack sich in einen bequemen Ohrensessel und legte sein Holzbein auf die Fußstütze. Hilary, Charlie und Claire balancierten auf umgedrehten Grogfässern, und der Wasserspeier kuschelte sich auf ein Kissen, das Kanonenkugel-Jack für ihn auf den Boden gelegt hatte. Ab und zu schwebten an den Stellen, wo Kanonenkugel-Jack es aus Versehen mit seinem Haken durchlöchert hatte, Federn in die Höhe.

Kanonenkugel-Jack selbst sah tatsächlich ziemlich bekümmert aus, und Hilary wusste nicht recht, wie man einen Piraten tröstete, ohne ihn in seiner Fürchterlichkeit zu beleidigen. „Möchtest du gern noch einen Keks?“, fragte sie und reichte ihm den Plätzchenteller, den Kanonenkugel-Jack für sie hergerichtet hatte.

„Aye“, sagte er unglücklich. Er kaute auf dem Keks herum. „Eugenia mag Süßigkeiten sehr gern, wisst ihr? Wir treffen uns einmal im Monat zum Abendessen, und sie isst immer mindestens zwei Schüsseln Schokoladenmousse. Is’ mein eigenes Rezept“, fügte er hinzu, „mit ’ner Prise Meersalz und ’nem Hauch Schießpulver.“

Hilary konnte sich die saubere und ordentliche Zauberin nicht recht vorstellen, wie sie mit einem Piraten zu Abend aß, ganz zu schweigen von Extraportionen schokoladigen Schießpulver-Desserts. „Ich hatte keine Ahnung, dass du und Miss Pimm so gut miteinander bekannt seid“, sagte sie.

„Aye, wir sind Freunde, seit wir uns auf Jaspers Hochzeit kennengelernt ha’m. Für mich war’s die Gelegenheit, mal mehr als den üblichen Zwieback mit Marmelade zuzubereiten, un’ Eugenia wollte mehr über Piraten wissen. Sie hat sich Sorgen gemacht, weißte? Sie wusste sehr gut, dass viele Halunken sie nich’ mögen. Da hatse mich gebeten, ihr zu erzähl’n, was man auf Hoher See so über sie sagt.“ Dabei sah Kanonenkugel-Jack sehr verlegen aus. „Is’ nich’ piratenhaft auszuplaudern, was einem Kameraden im Vertrau’n sagen, aber von denen is’ keiner so ein treuer Freund wie Eugenia – und keiner von denen hat je meine Schokoladenmousse gelobt.“

Hilary neigte sich auf ihrem Grogfass vor. „Was sagen die Halunken denn über Miss Pimm?“

„Nichts Außergewöhnliches, im Großen und Ganzen. Piraten mögen Zauberinnen nich’ so, das weißte ja. Wenn eine Dame aus der High Society das Sagen über deinen Schatz hat, is’ das für ’n stolzen Freibeuter nich’ so leicht zu ertragen.“ Kanonenkugel-Jack zuckte die Achseln. „Aber ich glaub, Eugenia hat sich mehr Sorgen um die Leutchen aus der High Society gemacht. Dieser verfluchte Admiral Westfield …“ Kanonenkugel-Jack unterbrach sich abrupt und biss kräftig in seinen Keks. „Tschuldige, Hilary, ich weiß, er is' dein Vater."

Hilary schaute angestrengt auf ihre Knie. „Ist schon gut."

„Auf jeden Fall", fuhr Kanonenkugel-Jack fort, „is' nich' ein Fitzelchen von der Magie gefunden worden, die er gestohlen hat. Sie lassen ihn natürlich nich' aus'm Kerker, aber Miss Pimm dachte, er hätte vielleicht Komplizen gehabt. Andere Leute aus der High Society, mein ich, die immer noch ganz viel Magie für sich selbst woll'n. Die können sie auch nicht besonders leiden ... hätten lieber gar keine Zauberin."

Charlie nickte. „Ich wette, sie sind schuld an ihrem Verschwinden", sagte er.

„Aye, vielleicht." Kanonenkugel-Jack kämmte sich mit den Fingern Kekskrümel aus dem Bart. „Sicher kann ich nur sagen, dass Eugenia gestern nich' zum Abendessen erschienen is'. Ich hatte meinen besten Karamellpudding gemacht un' alles. Nach einer Weile bin ich raus auf die Straße, um nach ihr Ausschau zu halten – sie kam normalerweise zu Fuß her, wisst ihr? Ging aber 'ne steife Brise gestern Abend, un' dann hätte mich noch fast 'ne Kutsche überfahr'n, also bin ich bald wieder zurück auf die *Donnerbüchse*. Heut' Morgen bin ich dann nach Pemberton un' hab ihre Räume durchsucht, aber ich hab sie nirgends gefunden." Er räusperte sich. „Un' das is' noch nicht mal das Schlimmste. Der Briefträger hat vor 'n paar Stunden diese Nachricht hier gebracht. Hat so meine Stimmung gedämpft, dass ich 'n bisschen böllern musste, um mich abzulenken." Er zog einen gefalteten Brief aus schwerem Papier aus der Tasche und gab ihn Hilary. „Lies das mal, Schrecken. Ich kann das Ding nicht mehr sehen."

Hilary nahm ihm den Brief ab und faltete ihn auseinander. Die Botschaft darin war recht kurz und in eleganter Handschrift geschrieben:

Lieber Kanonenkugel-Jack,
inzwischen wirst du entdeckt haben, dass Miss Eugenia Pimm verschwunden ist. Hat sie sich vielleicht auf dem Weg zu dir verlaufen? Ist sie zu einer entspannenden Woche Urlaub an der Küste aufgebrochen? Nein! Sie wurde entführt – und wir sind die Entführer.

Du scheinst uns kein vollkommen törichter Pirat zu sein, deshalb sind wir überzeugt, dass du unseren Anweisungen folgen wirst.

Wenn du willst, dass deine Freundin unverletzt bleibt, darfst du keinem sagen, was du letzte Nacht gesehen hast. Vielleicht hast du auch gar nichts gesehen. Das würde uns immens freuen.

Wenn du aber etwas Ungewöhnliches ausspioniert hast, wirst du sicherlich weise genug sein, Stillschweigen zu wahren. Du möchtest doch Miss Pimm keine Unannehmlichkeiten machen, oder?

Vielleicht planst du jetzt, wo wir uns vorgestellt haben, diese Nachricht den Behörden zu zeigen oder Miss Pimm selbst suchen zu gehen. Wenn du jedoch so etwas versuchst, wirst *du zu Seeungeheuer-Futter, das garantieren wir dir. Möglicherweise fällt es dir schwer, deine Zunge im Zaum zu halten. Sei aber versichert, dass wir uns ganz Augusta zu erkennen geben werden, wenn die Zeit reif ist.*

Wir bedauern, deine Dinnerpläne vereitelt zu haben.
Hochachtungsvoll,
die Meuterer

Als Hilary den Brief laut vorgelesen hatte, wurde es auf der *Donnerbüchse* so still und ruhig wie nach einem Kanonenschlag. Charlie drehte seinen Hut in den Händen, Claire schaukelte auf ihrem Grogfass vor und zurück, der Wasserspeier blinzelte ungläubig, und Kanonenkugel-Jacks Unterlippe zitterte. „Die Halunken glauben wohl, ich hätte geseh'n, wie sie Eugenia mitnehmen", sagte er. „Aber ich hab nix gesehen, ich schwör's!"

Hilary fühlte sich, als steckte ihr ein Stück Keks quer im Hals und kein Husten könnte es lösen. Sie begutachtete den Brief noch einmal und versuchte, auch nur den kleinsten Hoffnungsschimmer in der Botschaft der Entführer zu finden. „Wenigstens wissen wir jetzt, was Miss Pimm zugestoßen ist", sagte sie. „Außerdem kennen wir die Namen der Bösewichte: die Meuterer. Sie können ja nicht so schwer zu finden sein, oder?"

Aber Kanonenkugel-Jack schüttelte den Kopf. „Tut mir leid, ich muss sagen, ich hab noch nie von denen gehört. Hab schon so manchen Galgenvogel auf Hoher See getroffen, aber von denen nannten sich keine *die Meuterer.*" Er dachte kurz nach. „Allerdings hat mir auch keiner von denen seine Visitenkarte gegeben, also kann ich nich' sicher sagen, wie sie hießen."

„Ich habe auch noch nie von ihnen gehört", sagte Charlie. „Jasper hat sie nie erwähnt, und du weißt, wie oft er von all den Bösewichten spricht, die er gern im Kampf besiegen würde."

Hilary runzelte die Stirn. „Tja, in dem Fall ..."

„In dem Fall", rief der Wasserspeier, „werden wir Miss Pimm niemals finden! Oh, ich kann den Gedanken nicht ertragen!" Er vergrub den Kopf in seinem Kissen.

„Keine Sorge, kleines Tier." Kanonenkugel-Jack beugte sich hinab, um dem Wasserspeier die Flügel zu streicheln. „Der Schrecken wird Eugenia retten un' diese Gauner über die Planke schicken. Stimmt's, Schrecken?"

Hilary wünschte, sie wäre so zuversichtlich wie Kanonenkugel-Jack. Miss Pimm schien in noch größerer Gefahr zu sein, als Hilary angenommen hatte – aber je gefährlicher Miss Pimms Lage war, desto mehr brauchte sie Hilarys Hilfe. Und egal, was Kapitän Schwarzzahn und seine Kumpane sagten: Hilary war nicht die Sorte Piratin, die vor einer Herausforderung zurückschreckte. „Natürlich werde ich sie retten", sagte sie. „Vielleicht werden diese Meuterer nicht so leicht zu finden sein, aber wir werden sie trotzdem aufspüren – und wir werden sie auch besiegen. Eine durchweichte Bande von

Meuterern hat keine Chance gegen die furchterregendsten Piraten der Hohen See!“ Sie nickte Charlie und Claire entschlossen zu. Sie nickten zurück, auch wenn keiner der beiden ganz überzeugt von der eigenen Fürchterlichkeit zu sein schien.

„Da hastes, Wasserspeier. Haste das gehört?“ Kanonenkugel-Jack schenkte Hilary ein goldzahniges Lächeln. „Ich weiß, der Schrecken des Südens wird uns nich’ enttäuschen.“

PIRATIN HILARY WESTFIELD
SCHRECKEN DES SÜDENS

Liebe Miss Greyson,
wir sind wohlbehalten in Pemberton angekommen und ich konnte mir endlich ein bisschen Zeit zum Schreiben nehmen. Leider konnten wir Miss Pimm in ihrer gefährlichen Lage noch nicht beistehen, denn sie wurde entführt! Ich nehme an, Ihr habt inzwischen alles über das Verbrechen gehört, aber Ihr wisst vielleicht noch nicht, dass Miss Pimm von ruchlosen Bösewichten verschleppt wurde, die sich selbst die Meuterer nennen. Normalerweise beinhaltet Meuterei, dass man seinen Kapitän auf einer einsamen Insel aussetzt und sein Schiff kapert, keineswegs aber, eine Zauberin zu entführen. Daher kann ich mir nicht vorstellen, wer diese Gauner sein könnten oder was sie vorhaben. Ich muss aber zugeben, dass sie einen angemessen erschreckenden Namen für ihre Organisation gewählt haben. Allein schon, wenn ich ihn nur schreibe, läuft mir ein Schauder über den Rücken.
Da ich Miss Pimm nicht zur Seite stehen kann, habe ich beschlossen, sie stattdessen zu retten. Ich habe nicht vor, eine Bande von Meuterern frei im Königreich herumstreifen und meine Bekannten schnappen zu lassen. Natürlich hoffe ich, der FGECP wird beeindruckt von mir sein, wenn ich Erfolg habe. Ihr werdet Euch sicherlich Sorgen machen, wenn Ihr das lest, aber ich versichere Euch, wir sind in Sicherheit: Kanonenkugel-Jack lässt uns die Nacht auf

seinem Hausboot verbringen. Von hier aus werden wir auf die Suche nach den Meuterern gehen. Habt Ihr eine Ahnung, wo sich Meuterer herumtreiben könnten?
Ich hoffe, Ihr werdet nicht zu böse auf mich sein, aber ich muss Euch um einen Gefallen bitten: Könntet Ihr Eurer goldenen Häkelnadel befehlen, in Miss Pimms Richtung zu zeigen, und mir dann das Ergebnis mitteilen? Ich weiß, Ihr seid sehr gut darin, Leute mithilfe der Magie zu finden, wie ich schon leidvoll am eigenen Leib erfahren musste. Ich würde es selbst versuchen, aber ich habe nicht die Kraft für so einen großen Zauber. Ihr hingegen habt das größte magische Talent von allen, die ich kenne – abgesehen von Miss Pimm natürlich –, deshalb glaube ich, Ihr habt die beste Chance, etwas Nützliches herauszufinden.
(Apropos Magie: Könnt Ihr Euch einen Grund dafür vorstellen, warum ein magischer Gegenstand jemandem in der Hand explodiert? Bitte macht Euch keine Sorgen; ich frage das für eine Freundin.)
Charlie hat uns einen deftigen Fischeintopf zum Abendessen gemacht, Claire hat Kanonenkugel-Jack ins Bett gesteckt und der Wasserspeier wartet ungeduldig darauf, dass ich ihm helfe, seine Memoiren zu schreiben, deshalb muss ich rennen. Wenn Ihr diesen Brief bekommt, werde ich den Meuterern schon dicht auf den Fersen sein, aber ich hoffe, Ihr werdet mir bald zurückschreiben. Mit etwas Glück wird der Postbote mich finden können.

Arr! und viele liebe Grüße von
Hilary

Der fast ganz ehrbare Club der Piraten
Seit 153 Jahren auf den Weltmeeren zu Hause

DIE ABTRÜNNIGE

KAJÜTE DES PRÄSIDENTEN

Bescheid über unpiratenhaftes Verhalten

Piratin Westfield,
als du letzte Woche mein Schiff verlassen hast, glaubte ich, wir hätten eine Übereinkunft getroffen, was dein Verhalten angeht. Du hattest eingewilligt, deinen guten Ruf im Club wiederherzustellen, indem du eine der kühnen und wagemutigen Aufgaben erfüllst, die ich persönlich für dich ausgewählt hatte. Vielleicht kannst du daher meine Sorge verstehen, als ich im neuesten Seeräuber gelesen habe, dass du und deine fragwürdig furchterregende Crew mitnichten aufgebrochen seid, um das Seeungeheuer von Summerstead zu töten oder einen Piratenkönig im Kampf zu besiegen. Stattdessen hast du beschlossen, die verschwundene Zauberin zu retten.
Piratin Westfield, lass mich offen sein. Wenn das Verschwinden der Zauberin auch höchst alarmierend ist, so ist eine Einmischung in diese Angelegenheit doch in keiner Weise angemessen für Piraten. Ich hoffe, du bist dir bereits dessen bewusst, dass Piraten traditionell weder für erfolgreiche Rettungsaktionen bekannt sind noch geben sie sich große Mühe, Regierungsangehörigen zu helfen. Ich verstehe, dass dir Miss Pimm wichtig ist, aber deinem genauso wie auch meinem Ruf zuliebe muss ich dir empfehlen, dieses Abenteuer aufzugeben. Erfülle eine der Aufgaben, die ich dir übertragen habe, und überlasse die Rückgewinnung der Zauberin den überaus fähigen Inspektoren der Königin.
Dann ist da noch das leidige Problem mit deiner Crew. Ich freue mich zu hören, dass immerhin einer deiner Kameraden ein Pirat

des Clubs ist, wenn ich auch leider sagen muss, dass sein Name nicht besonders große Furcht bei den Halunken auf Hoher See auslöst. Deine anderen Gefährten, ein Schulmädchen und ein Wasserspeier, stehen nicht auf der Liste der zugelassenen Crewmitglieder des FGECP. (Dürfte ich einen Schiffskoch mit rauer Stimme und einen schmuddeligen Schiffsjungen als Ersatz vorschlagen?) Um das Ganze noch schlimmer zu machen, reist ihr zu Fuß und per Kutsche, statt mit dem Schiff, und du hast dir noch keinen Papagei besorgt. Ich hoffe, du wirst dir so schnell wie möglich ein seetüchtiges Schiff zusammenschnorren! Und könntest du deinen Wasserspeier bitte dazu überreden, auf deiner Schulter zu sitzen und auf den Namen Polly zu hören?
Ich freue mich auf den Moment, wenn du mir den Kopf eines Seeungeheuers auf den Schreibtisch lieferst, Piratin Westfield. Doch da dieser Moment augenblicklich in weiter Ferne zu liegen scheint, muss ich dir deine

[ ] erste Warnung [x] zweite Warnung [ ] dritte Warnung aussprechen.

Arr!

Kapitän Rupert Schwarzzahn
Präsident des FGECP

Kapitel Sechs

Mist!", sagte Hilary. Sie faltete Kapitän Schwarzzahns Brief zusammen und hieb mit der Faust auf Kanonenkugel-Jacks Esstisch, dass feuchte Klumpen Haferbrei durch die Kabine segelten. „Ich glaube, ich würde die *Abtrünnige* jetzt gern im Schlund eines Seeungeheuers versenken."

Der Wasserspeier schaute von seinem Teller mit Seidenspinnern auf. „Was ist los?", fragte er. „Was hat Kapitän Schwarzzahn gesagt? Und kann mir bitte jemand den Haferbrei von der Schnauze wischen?"

„Tut mir leid, Wasserspeier." Hilary rubbelte ihn mit einem Stück Stoff sauber, das Kanonenkugel-Jack ihr gereicht hatte. „Kapitän Schwarzzahn scheint nur nicht von unserer Kühnheit und unserem Wagemut beeindruckt zu sein. Er sagt, man rettet in der Piratengemeinschaft einfach keine Zauberinnen. Und er will, dass ich statt Claire einen schmuddeligen Schiffsjungen anheuere!" Der Wasserspeier war über diese Nachricht so entsetzt, dass Hilary ihm lieber nichts von Kapitän Schwarzzahns Meinung zu dem Papagei sagen wollte.

Ihr gegenüber steckte Claire den Löffel kerzengerade in ihren Haferbrei. „Nein, so was!", sagte sie. „Ich bin voll und ganz in der Lage, schmuddelig zu sein, wenn das diesem Schwarzzahn lieber ist. Und ich möchte mal sehen, wie ein Schiffsjunge auf Kommando ohnmächtig wird oder seine Feinde mit einer Sticknadel sticht!"

„Keine Sorge", sagte Hilary. „Ich habe nicht vor, dich zu ersetzen. Und ich werde die Suche nach Miss Pimm nicht aufgeben, nur weil irgendein aufgeblasener Herr Pirat glaubt, ich würde scheitern." Hilary starrte finster auf einen gräulichen Klumpen Haferbrei, der auf dem Tisch festzutrocknen begann. „Ich hatte gehofft, Kapitän Schwarzzahn würde von selbst erkennen, dass eine Freundin zu retten eine äußerst piratenhafte Sache ist. Aber jetzt werde ich ihm wohl schreiben müssen, um es ihm zu erklären."

Charlie hatte Hilary den Brief aus der Hand genommen, und während er ihn las, wurde sein Gesicht so hart wie der Haferbrei. „Er findet also, mein Name löse keine Furcht in den Herzen der Halunken aus, was? Darüber sollte er besser noch einmal nachdenken." Charlie schwang seinen Löffel wie ein Schwert. „Meinst du, ich könnte den alten Schwarzzahn in einem Duell besiegen? Das könnte ich doch, oder?"

„Aye, vielleicht", sagte Kanonenkugel-Jack, „aber nicht mit diesem Ding." Er nahm Charlie den Löffel aus der Hand und begann, Haferbreiklumpen vom Tisch zu kratzen. „Mach dir nichts draus, Schrecken. Kapitän Schwarzzahn mag vielleicht ein bisschen aufgeblasen sein, aber er is' trotzdem 'n guter Käpt'n. Hatte ihn sogar vor einiger Zeit hier auf der *Donnerbüchse* zum Abendessen, un' er hat mir erzählt, wie er deinen Mumm bewundert. Sagte, es täte ihm furchtbar leid, dass er dich für 'ne Schelte zu sich gerufen hat."

Hilary verschränkte die Arme. „Dann ist es ein Jammer, dass er sich verpflichtet gefühlt hat, mich trotzdem zu schelten."

„Is' nich' immer einfach, der Präsident eines Clubs von Schurken und Halunken zu sein", sagte Kanonenkugel-Jack. „Aber ich glaube, es is' verkehrt, dich zu bitten, die Suche nach Miss Pimm aufzugeben. Geh du mal und zeig ihm, was du kannst. Ich setz mich für dich ein, wenn du Ärger kriegst."

Kanonenkugel-Jack räumte gerade das Frühstücksgeschirr vom Tisch, als Hilary ein vertrauter roter Schemen ins Auge fiel. Sie schob die karierten Vorhänge zur Seite und drückte die Nase ans Bullauge. Auch ohne ihr Fernglas konnte sie gut einige Inspektoren der Königin erkennen, die gerade den Hügel hinab auf den Hafen zumarschiert kamen. Offenbar waren es nur zwei, doch sie gingen schnell und hielten kein einziges Mal an, um ihre Lupen zu schwenken oder mit ihren Staubpinseln zu wedeln. Hilary seufzte. „Die Inspektoren der Königin sind auf dem Weg hierher", sagte sie, als Kanonenkugel-Jack aus der Kombüse zurückkam. „Irgendwann mussten sie dich ja finden."

Kanonenkugel-Jack ließ sich schwer auf ein Grogfass sinken. „Und was wollen die Inspektoren von mir?"

„Sie glauben, du hättest Miss Pimm entführt“, sagte Hilary. „Du bist der einzige Verdächtige auf ihrer Liste, und sie wollen dich zum Verhör abholen.“

„Die sollen mich fragen, was sie wollen“, sagte Kanonenkugel-Jack. „Ich antworte ihnen mit Kanonen.“

Claire hatte die Inspektoren durch ihr eigenes Bullauge beobachtet und runzelte jetzt die Stirn. „Ich kann nicht fassen, dass sie immer noch nicht wissen, wo die *Donnerbüchse* liegt. Jetzt sind sie gerade in dieses große blaue Gebäude am Rand der Bucht gegangen.“

„Der *Adler*?“ Kanonenkugel-Jack schaute in die Richtung, in die Claire zeigte. „Aye, das is’ unser hiesiges Gasthaus. Vielleicht haben eure Inspektoren sich einen anderen Halunken gesucht, den sie belästigen können.“

Hilary hielt gute zehn Minuten Ausschau, doch die Inspektoren tauchten nicht wieder aus dem Gasthaus auf. „Glaubt ihr, sie haben da drin wirklich etwas gefunden?“

Charlie zuckte die Achseln. „Sie stäuben wahrscheinlich jeden Zentimeter des ganzen Hauses ein.“

„Oder sie machen ein Schläfchen“, mutmaßte der Wasserspeier.

„Vielleicht“, sagte Hilary, „aber ich wüsste trotzdem gern, was los ist. Ehrlich gesagt würde ich vor Scham im Erdboden versinken, wenn Mr Hastings Männer es vor mir geschafft hätten, die Meuterer aufzuspüren.“ Sie stand auf. „Sollen wir den Inspektoren einen Besuch abstatten?“

Charlie und Claire stimmten ihr zu, dass ein Ausflug zum Adler nicht schaden konnte. Also sammelten sie ihre Sachen zusammen und dankten Kanonenkugel-Jack für seine Gastfreundschaft.

„Seid ihr ganz sicher, dass ihr mich nicht mitnehm' wollt?", fragte er, während er sie den Landungssteg entlang begleitete. „Ich würde diese Inspektoren gern fragen, warum sie mich für 'nen Verdächtigen halten. Wissen die nich', dass ich Eugenia nicht mal ein Haar krümmen würde?"

„Ich glaube nicht, dass sie eine besonders hohe Meinung von Piraten haben", sagte Hilary. „Und ich wünschte, du könntest mitkommen, aber es ist viel zu gefährlich. Wenn die Inspektoren herausfinden, wer du bist, werfen sie dich sicher in den Kerker. Und falls die Meuterer erfahren, dass du in ihren Angelegenheiten herumgestochert hast, machen sie vielleicht ihre Drohungen wahr." Allein der Gedanke machte Hilary Magenschmerzen.

„Also gut, Schrecken", sagte Kanonenkugel-Jack. „Dann fahre ich mit der *Donnerbüchse* ein paar Tage aufs Meer hinaus, bis sich der Sturm gelegt hat. Aber wenn ich schon nich' mit euch kommen kann, will ich dir wenigstens das da geben." Er drückte ihr einen kleinen Lederbeutel in die Hand. „Die brauchste vielleicht, um Eugenia zu retten."

Hilary entknotete die Bänder des Beutels und schaute hinein. Ein kleines Häufchen Goldmünzen leuchtete zu ihr herauf, und die Ohren des Wasserspeiers zuckten, wie sie es immer taten, wenn er in die Nähe von magischen Gegenständen kam. „Das ist doch dein Schatz!“, sagte sie verblüfft. „Brauchst du ihn nicht selbst?“

„Ich hab noch viel mehr davon, ich kann dir natürlich nur nich’ sagen, wo ich ihn vergraben hab.“ Kanonenkugel-Jack hob seine Augenklappe an und zwinkerte. „Ich habe auch noch ’n paar Kekse in den Beutel getan, falls ihr ’nen Imbiss braucht.“

Kanonenkugel-Jack streckte Hilary die Hand hin, doch Hilary ignorierte sie und umarmte ihn stattdessen ganz und gar unpiratenhaft. „Danke“, sagte sie. „Du bist ein netter Pirat – auch wenn ich niemals deinen Ruf schmälern würde, indem ich es jemandem erzähle. Ich werde dir schreiben, wenn wir etwas erfahren. Und falls diese Meuterer dir Ärger machen, hoffe ich, du zerschießt sie in kleine Stücke.“

Die Piraten erreichten gerade den Gasthof, als die Inspektoren der Königin zur Tür herauskamen. Als die Inspektoren Hilary und ihre Crew entdeckten, schauten sie verkniffen. Hilary erkannte einen der Herren als den Inspektor, mit dem sie am Vortag auf der Straße nach Pemberton gesprochen hatte, denn sein Vergrößerungsglas war offenbar hastig geflickt worden, und er sah besonders verstimmt aus.

„Geht fort, Piraten!“, sagte er verdrossen. „Wenn ihr hier seid, um unsere Zeugin zu bedrohen, kommt ihr zu spät. Mr Sturgeon und ich haben unsere letzte Befragung schon durchgeführt."

„Eure Zeugin?" Hilary blickte Charlie und Claire mit hochgezogenen Augenbrauen an. „Meint Ihr die Person, die gesehen haben will, wie Miss Pimm hier am Gasthof verschwunden ist?"

Der Inspektor namens Sturgeon starrte finster vor sich hin. „Natürlich nicht", sagte er.

„Und sie geht auch bald", fügte sein Partner hinzu.

Hilary grinste. „Ich wäre daran interessiert, mit Eurer Zeugin zu sprechen", sagte sie. „Wenn Ihr also bitte beiseitetreten wollt ..."

Doch Mr Sturgeon versperrte ihr den Weg. „Für dich ist das Betreten verboten, Pirat", sagte er. „Genau wie für diese anderen Kinder." Er wedelte mit der Hand zu Charlie und Claire hinüber, die ziemlich mörderisch aussahen. „Und wenn diese teuflische Steinkreatur nicht aufhört, mir in die Finger zu beißen, lasse ich euch alle miteinander in den Kerker werfen."

Der Wasserspeier fletschte die Zähne. „Na gut", sagte er, während er sich in Hilarys Tasche zurückzog, „aber Euch wird nicht gefallen, was ich in meinen Memoiren über Euch zu sagen habe."

Claire nahm Hilary an der Schulter. „Wir können nicht einfach gehen, oder? Weil die Zeugin uns vielleicht sagen kann, was mit Miss Pimm passiert ist?"

„Natürlich nicht", sagte Hilary. „Aufgeben ist wohl kaum piratenhaft. Aber lass mich kurz nachdenken." Sie zog Kanonenkugel-Jacks Beutel mit den Münzen aus der Tasche und wog ihn in der Hand.

Charlie zog am Kragen seines Piratenmantels. „Was überlegst du, Schrecken?"

„Kein Grund zur Sorge, Pirat Dove", sagte Hilary. „Ich bin mir fast sicher, dass dieser Plan funktionieren wird."

„Fast?", fragte Charlie.

Hilary stellte sich breitbeinig hin, schüttelte eine magische Münze in ihre Handfläche und flüsterte ein paar Wörter, die die Inspektoren der Königin nicht hören konnten. Im nächsten Augenblick glitt zu Hilarys Entzücken ihr Schwert aus seiner Scheide, schwebte vor die Inspektoren und richtete die Spitze auf ihre Brust, als sie versuchten, sich zu bewegen. Claire klatschte in die Hände, und sogar Charlie sah ganz beeindruckt aus.

Hilarys Arme fühlten sich von der Magie schwach an, und sie keuchte angestrengt, aber sie hatte noch genug Kraft übrig, um zu grinsen. „Wenn Ihr Euch auch nur einen Zentimeter von diesem Fleck bewegt", erklärte sie den Inspektoren, „wird mein Schwert Euch durchbohren. Bleibt also besser, wo Ihr seid, bis ich zurückkomme, um es einzusammeln." Die Inspektoren wollten gerade nicken, erstarrten aber sofort, als das Schwert sich näher an ihre Köpfe bewegte. „Ich richte der Zeugin Eure Grüße aus."

Als die Piraten im Gasthof in Sicherheit waren, lehnte sich Hilary an die Wand, um Luft zu holen. „Das war genial!“, rief Claire. „Und du hast nichts explodieren lassen! Ich koche ganz einfach vor Neid!“

„Ich bin erstaunt, dass du genug Kraft dafür hattest“, sagte Charlie. „Ich hätte gedacht, man bräuchte furchtbar viel Magie, um jemanden zu durchbohren.“

„Vielleicht habe ich ein bisschen übertrieben“, gab Hilary zu. „Ich habe mein Schwert nur gebeten, drohend vor den Inspektoren zu schweben – aber ich hoffe, sie sind zu nervös, um seine Grenzen zu testen.“ Sie richtete sich wieder auf und steckte ihre magischen Münzen weg. „So, seht ihr hier jemanden, der aussieht wie eine Zeugin?“

Der kleine Raum im Erdgeschoss war leer bis auf eine gequält aussehende Wirtin, die kein Geheimnis aus ihrer Missbilligung machte, als sich die Piraten näherten. „Erst Inspektoren der Königin“, sagte sie, „und jetzt Piraten. Ich hoffe wirklich, Ihr seid nicht zum Plündern hier. Ich lasse nicht zu, dass der Ruf des *Adlers* von Piratenangriffen ruiniert wird; das würde die falsche Sorte Kunden anziehen.“

Hilary versicherte der Wirtin, dass ihre Piratencrew nicht zur plündernden Sorte gehörte. „Um genau zu sein“, sagte sie, „kommen wir, um dieselbe junge Dame zu sprechen, die die Inspektoren gerade besucht haben. Könnt Ihr uns sagen, wo sie ist?“

Die Wirtin schaute durch ein Fenster. „Miss Tilbury reist gerade ab“, sagte sie. „Wenn Ihr Euch beeilt, erwischt Ihr sie vielleicht noch am Hinterausgang.“

Claire starrte sie an. „Sagtet Ihr Miss Tilbury?“

„Das ist richtig“, sagte die Wirtin. „Miss Philomena Tilbury.“

Die Farbe wich Claire aus dem Gesicht, und Hilary konnte es ihr nicht verdenken. Philomena Tilbury mochte aus einer der nobelsten Familien Augustas stammen, doch sie war die unfreundlichste Schülerin an Miss Pimms Mädcheninternat gewesen und hatte immer diebische Freude daran gehabt, die anderen Mädchen mit ihrer magischen Häkelnadel zu bedrohen. Eine besondere Abneigung hatte sie gegen Claire, die mit einem Stipendium an der Schule war, und von Hilary hielt sie nicht viel mehr.

„Philomena ist die Zeugin?“, rief Claire, als die Piraten zur Rückseite des Gasthofes eilten. „Wir waren sie doch gerade endlich los! Sie ist im Frühling 17 geworden und hat die Schule verlassen, um in die High Society einzutreten! Was tut sie bloß wieder hier in Pemberton?“

„Genau das würde ich sehr gern herausfinden“, sagte Hilary. Sie umrundete die Ecke, hinter der eine schwarze Kutsche mit dem goldenen Wappen der Tilburys auf dem Weg wartete. Vier elegante, cremefarbene Pferde kauten höflich auf Karotten, während ein Kutscher in pfauenblauer Livree sich mit einem halben Dutzend Koffern, Reisetaschen und Päckchen abmühte. Als Hilary sich räusperte, zuckte der Kutscher zusammen und ein Durcheinander von Hutschachteln stürzte um ihn herum zu Boden.

Die Kutschentür schwang auf und Philomena kam heraus. „Ich habe dir doch schon hundertmal gesagt, dass du vorsichtiger mit meinen Hüten sein sollst, Lewis! Wenn du sie weiterhin unbedingt in der Gegend herumwerfen musst, werde ich Mama alles erzählen müssen, und das wird sie zweifellos wütend machen. Aber man darf wohl nicht zu viel erwarten, wenn man bloß mit seinem zweitbesten Kutscher reist."

„Es tut mir so leid, Miss", sagte Lewis, der aussah, als würde er am liebsten in eine von Philomenas Hutschachteln steigen und dort bleiben, bis die Gefahr vorüber war. „Es ist nur – na ja, die Piraten haben mich so erschreckt, Miss."

„Piraten?" Philomena wandte sich um und starrte Hilary an. Ihre Haare waren zu einem festen kleinen Knoten aufgedreht, und ihr Mund war zu einem festen kleinen missbilligenden Strich verzogen, der noch fester wurde, als sie die Gruppe vor sich erblickte.

„Lewis hat leider recht." Hilary setzte den Wasserspeier ab, und die vier Piraten sammelten sich um Philomena und den zitternden Lewis. „Es ist ewig her, seit wir uns das letzte Mal gesehen haben, nicht? Ich freue mich so, dass wir dich erwischt haben, bevor du den Süden verlässt."

„Miss Hilary Westfield", sagte Philomena. „Was tust du denn hier?"

Hilary trat vor, eine Hand an ihren magischen Münzen, denn sie hatte aus ihren Duellübungen mit Charlie gelernt, dass man bei gewissen Gegnern besser vorsichtig war. „Wir suchen Miss Pimm“, sagte sie, „und wir glauben, du weißt etwas darüber, was mit ihr passiert ist.“

Philomena schoss einen Blick der reinsten Verärgerung auf sie ab. „Das stimmt“, sagte sie, „aber ich habe den Inspektoren der Königin schon alles gesagt, und ich wüsste nicht, warum ich Piraten auch nur ein einziges Wort verraten sollte. Oder Töchtern von Fischhändlern“, fügte sie mit einem scharfen Blick auf Claire hinzu. „Lewis, bitte schick diese Eindringlinge sofort weg.“

Lewis trat von einem Fuß auf den anderen. „Ähm, Miss“, sagte er, „ich glaube, einer von ihnen hat ein Schwert. Und der Blick von dem Kleinen mit den Flügeln gefällt mir gar nicht.“

„Schon gut, Philomena“, sagte Hilary. „Lewis muss uns nicht wegschicken. Falls er es tut, werde ich den Inspektoren der Königin davon erzählen, wie wenig dir an Miss Pimm liegt. Als wir uns das letzte Mal gesehen haben, warst du gerade ziemlich wütend auf die Zauberin, weil sie dir deine magische Häkelnadel weggenommen hat. Du hast einen Tobsuchtsanfall bekommen und bist aus dem Zimmer gestürmt.“

„Und jetzt“, sagte Claire, „tauchst du am Schauplatz des Verschwindens der armen Miss Pimm auf. Meinst du nicht, die Inspektoren würden das verdächtig finden?“

Der Wasserspeier schaute zu Philomena auf. „Wenn

sie nichts sagt, darf ich sie dann beißen?", fragte er. „Oh, Hilary, bitte?"

Philomena trat einen Schritt von den Zähnen des Wasserspeiers zurück. „Na schön", sagte sie. „Ich sage euch genau, was ich den Inspektoren zu Protokoll gegeben habe, wenn ihr Piraten mir versprecht, mich danach in Ruhe zu lassen. Ich muss zurück nach Tilbury Park, und ich wurde schon genug aufgehalten."

Hilary nickte. „Also gut. Was ist mit Miss Pimm passiert?"

Philomena setzte sich auf eine Hutschachtel. „Ich war gestern Morgen um genau zehn Uhr mit ihr verabredet. Sie wollte mir meine magische Häkelnadel wiedergeben, die sie letztes Jahr weggeschlossen hatte – vielen Dank auch, Hilary", fügte sie ätzend hinzu. „Jetzt hatte sie endlich eingewilligt, mir wieder einen magischen Gegenstand zuzugestehen. Und das ist auch mein volles Recht!" Philomena schaute von der Hutschachtel herauf. „Ich habe die kindischen Spielchen abgelegt. Schließlich werde ich demnächst in die High Society aufgenommen, und warum sollte ich dann keine goldene Häkelnadel haben, genau wie alle anderen Mädchen von Miss Pimms Internat?"

Claire steckte ihre verbrannte Hand in die Tasche ihres Kleides.

„Jedenfalls", fuhr Philomena fort, „reisten Lewis und ich von Tilbury Park hier herunter und kamen gestern Morgen kurz vor zehn in Pemberton an. Ich war erleichtert, dass ich nicht zu spät kam, denn ihr wisst, wie sehr Miss Pimm Pünktlichkeit schätzt. Ich wartete vor ihrem Büro, aber sie ist nicht erschienen. Erst dachte ich, sie wäre in einer Zauberinnen-Angelegenheit aufgehalten woren, doch dann beobachtete ich einen schrecklichen, bösartigen Piraten, der aus ihrem Büro kam. Als er die Tür öffnete, sah ich, dass Miss Pimm nicht an ihrem Schreibtisch saß, und wusste sofort, dass etwas einfach Furchtbares passiert war. Deshalb schickte ich auf der Stelle eine Nachricht an die Inspektoren der Königin." Sie schaute mit finsterem Blick zu Hilary auf. „Ich schwöre dir, das ist alles, was ich weiß. Ich habe keine Ahnung, wie dieser miese Pirat Miss Pimm verschwinden lassen konnte, aber ich bin mir sicher, dass er dafür verantwortlich ist."

„Dieser miese Pirat", sagte Hilary, „ist zufällig ein Freund von uns – und auch ein Freund von Miss Pimm. Er ist vollkommen unschuldig. So oder so ist Miss Pimm Freitagabend verschwunden, nicht Samstagmorgen. Warum sollte ein Entführer zum Schauplatz des Verbrechens zurückkehren?"

Philomena runzelte die Stirn. Dann verschränkte sie die Arme. „Um die Beweise zu verstecken, natürlich!"

Hilary stellte fest, dass Philomena immer noch genauso zum Verzweifeln war wie zu ihrer gemeinsamen Schulzeit. Obendrein schien ihre Geschichte nicht im Mindesten hilfreich zu sein. Sie war nicht einmal in Pemberton gewesen, als Miss Pimm verschwand! Kein Wunder, dass die Untersuchung der Inspektoren so schlecht vorwärtsging. „Hast du je von einer Bande namens *die Meuterer* gehört?“, fragte Hilary.

Philomena zog die Nase kraus. „Ich nehme an, das ist einer von euren widerlichen Piratenausdrücken. Ehrlich, Miss Westfield, ich bin schockiert von deiner ungehobelten Seefahrersprache. Ich kann mir nicht vorstellen, wie enttäuscht dein Vater wäre, wenn er dich so sprechen hörte.“

Hilarys schöner Piratenmantel fühlte sich plötzlich viel zu eng und unerträglich warm an. Philomena war auch im besten Fall kaum als *nett* zu bezeichnen, aber Admiral Westfield zu erwähnen war selbst für ihre Verhältnisse herzlos. Hilary wünschte, sie hätte ihr Schwert nicht auf der anderen Seite des Hauses in der Luft hängen lassen. Wäre es unpiratenhaft, wenn sie Philomena stattdessen einen ordentlichen Schubs versetzte?

„Ich habe eine Frage“, schaltete sich Charlie ein. „Wenn du nur für einen Tag nach Pemberton gekommen bist, warum hast du dann so viel Gepäck?“ Er pikste mit der Schwertspitze gegen ein Paket.

Philomena lachte und schnappte das Paket weg. „Ein Junge deiner Abstammung kann sich wohl kaum vorstellen, mit wie viel Kleidung man reisen muss, wenn man nicht aussehen will wie ein schlampiger Bürger.“

Charlie zuckte zusammen.

„Ignorier sie, Pirat Dove“, sagte Hilary. „Du hast vollkommen recht. Nicht einmal meine verflixte Mama nimmt ihren ganzen Kleiderschrank mit, wenn sie für ein paar Tage ihre Freundinnen besucht." Sie schaute zurück auf den Gasthof. „Wenn ich die Wirtin fragen würde, wie lange du hier warst, Philomena, was würde sie mir dann sagen?"

Ohne ein Wort stand Philomena von ihrer Hutschachtel auf. Lewis hustete, als wollte er etwas anmerken, doch Philomena warf ihm einen bösen Blick zu, und er schaute betreten zu Boden.

Hilary musterte den Gepäckhaufen. „Ich habe den Verdacht, dass du mindestens eine Woche hier warst. Das heißt, du warst an dem Abend, an dem Miss Pimm verschwand, sehr wohl hier."

Philomena sah wütend aus, doch sie stritt es nicht ab, und Hilary hätte beinahe direkt hier auf der Straße einen Freudentanz vollführt. „Du hast uns angelogen", sagte sie, „und ich bin sicher, du hast auch die Inspektoren angelogen. Liegt das daran, weil du Miss Pimm selbst entführt hast?" Hilary machte noch einen Schritt auf Philomena zu. „Bist du ein Meuterer?"

Charlie hob sein Schwert, und der Wasserspeier fletschte die Zähne. „Ach, du meine Güte", sagte Claire und zog noch eine Reihe Maschen aus ihrer Strickjacke.

„Hör auf!", schrie Philomena. Sie schaute sich in der Gasse um und senkte die Stimme. „Also gut, ihr widerlichen Piraten. Es ist wahr, dass ich schon seit Tagen in Pemberton bin. Aber ich schwöre, ich habe Miss Pimm nicht entführt."

„Beweise es!“, knurrte der Wasserspeier.

Dies schien zu genügen, um Lewis zu Tode zu ängstigen. „Vielleicht erzählt Ihr es ihnen, Miss?“, sagte er. „Von dem jungen Sir Anselm Feathering?“

Philomena bedachte Lewis mit einem Blick, als würde sie ihm gern fest auf den Fuß treten.

„Wer ist der junge Sir Amsel Feathering?“, fragte der Wasserspeier. „Er ist doch kein Vogel, oder?“ Der Wasserspeier mochte Vögel ganz und gar nicht, denn sie hatten die Neigung, sich auf seinen Kopf zu setzen.

Claire rang die Hände. „Du kannst doch sicherlich nicht Sir Anselm Feathering meinen, den begehrtesten Junggesellen von Augusta?“ Ihre Augen wurden groß. „Man sagt, er sei furchtbar reich und gut aussehend.“

„Das ist mir vollkommen egal“, sagte Hilary. „Was hat das mit den Meuterern zu tun?“

Philomena verdrehte die Augen. „Überhaupt nichts“, sagte sie, „aber jetzt, wo ihr Piraten eure Nasen in meine Angelegenheiten gesteckt habt, muss ich wohl ein Geständnis machen.“ Sie streckte den Rücken und hob das Kinn so vorteilhaft wie möglich. „Ich war diese Woche in Pemberton, um mich auf meinen Einführungsball in die High Society vorzubereiten.“

„Wirklich?“, fragte Hilary wenig überrascht. „Du gibst dein Debüt? Das soll ein Geständnis sein?“

„Also, das ist ja wohl keine Neuigkeit!“, sagte Claire. „In der High Society schwirren schon seit Wochen Gerüchte über dein Debüt herum.“

„Wie nett von dir, das zu sagen, Miss Dupree“, sagte Philomena ganz und gar nicht erfreut. „Ihr müsst schwören, niemandem zu verraten, dass ich während des Balls meine Verlobung bekannt geben werde. Ich werde in einem Jahr Sir Anselm Feathering heiraten.“

Claire starrte sie mit offenem Mund an. „Der begehrteste Junggeselle von Augusta heiratet dich?“

„Ein offener Mund, Miss Dupree, ist passender für Heringe als für junge Damen. Meine Mama stirbt fast vor Eifer, unsere Hochzeitspläne auf die glanzvollste Art zu verkünden, und wenn jemand vor dem Ball von unseren Plänen erfährt, wird sie mich wahrscheinlich höchstpersönlich in den Kerker schicken.“ Philomena presste die behandschuhten Finger an die Schläfen, als hätte der bloße Gedanke an ihre Mutter Kopfschmerzen ausgelöst. „Ich habe die vergangene Woche mit Einkäufen für meine Aussteuer verbracht. Ihr wisst sicher, wie viel besser die Geschäfte in Pemberton sind als bei uns im Norden.“

Hilary und Claire gaben beide widerstrebend zu, dass das der Fall war, doch Charlie blieb skeptisch. „Sie erwartet doch nicht ernsthaft von uns, dass wir glauben, sie könnte Miss Pimm nicht entführt haben, weil sie zu beschäftigt mit einkaufen war“, sagte er zu Hilary.

„Ich erwarte nichts dergleichen“, schnappte Philomena. „Aber ihr sagtet, Miss Pimm sei am Freitagabend verschwunden. Tja, zu der Zeit habe ich mit Sir Anselm Feathering hier im Gasthof zu Abend gegessen.“ Sie wurde rot, und einen Augenblick lang sah sie wie ein nervöses Schulmädchen aus. „Es war natürlich alles völlig sittsam, doch wir mussten uns an der Wirtin vorbeischleichen. Wenn uns jemand ohne Begleitung beim Abendessen gesehen hätte, hätte mir Mama den Kopf abgerissen. Wie sie es übrigens mit euch allen tun wird, wenn ihr es auch nur einer Menschenseele erzählt."

Hilary machte ein paar Schritte rückwärts. Konnte es sein, dass Philomena die Wahrheit sagte? Sie wirkte ehrlich nervös, doch wenn Hilary eines auf Hoher See gelernt hatte, dann dass es gefährlich war, jemanden beim Wort zu nehmen. „Vielleicht", sagte sie, „werde ich Sir Feathering selbst einen Besuch abstatten. Wenn du uns einen Haufen Lügen erzählt hast, dürfte er das im Nullkommanichts aufklären können."

Philomena erblasste. „Hilary Westfield, du wirst nichts dergleichen tun!"

„Wirklich?" Hilary schenkte Philomena ihren piratenhaftesten Blick. „Warum nicht?"

„Weil ..." Philomena zögerte. „Weil die Featherings eine der besten Familien in Augusta sind, und ich werde nicht zulassen, dass du in ihren Angelegenheiten herumstocherst."

„Eine Piratin", sagte Hilary, „kann herumstochern, wo immer sie will. Und genau das habe ich vor, ob es dir gefällt oder nicht."

Philomena beförderte eine Haarnadel aus ihrem Handtäschchen und stach damit so wütend nach ihrem

Haarknoten, dass der Wasserspeier hinter Hilarys Beine hopste. „Wage es ja nicht, auch nur ein Wort zu Feathering zu sagen!“, blaffte sie. „Es wird dir rein gar nichts nützen. Wenn du jemandem gegenüber misstrauisch sein solltest, dann deinem abscheulichen alten Piratenfreund. Ich nehme an, er hat diesen Drohbrief der Meuterer selbst geschrieben.“

Philomena schoss ein triumphierendes kleines Lächeln auf Hilary ab, doch die starrte sie nur an. „Woher weißt du von der Botschaft der Meuterer?“, fragte sie. „Ich habe sie dir gegenüber nie erwähnt.“

„Sie ist ein Bösewicht!“, schrie der Wasserspeier. „Ich wusste es!“

„Um Himmels willen, ich bin nichts dergleichen.“ Das Lächeln war aus Philomenas Gesicht gewichen. „Alle wissen, dass Entführer den Leuten immer Drohbriefe schreiben, und ich bin mir sicher, diese Meuterer sind da nicht anders.“ Sie kletterte in ihre Kutsche. „So, und jetzt wäre ich euch dankbar, wenn ihr alle zu irgendeinem lecken Ruderboot eilen und mich in Ruhe lassen würdet – für immer, wenn ihr es einrichten könnt.“

„Und wenn wir das nicht tun würden?“, fragte Hilary.

„In diesem Fall“, erwiderte Philomena, „fahre ich direkt in Miss Pimms Internat und bitte Inspektor Hastings, euch alle zu verhaften. Er ist ein schrecklich zuvorkommender Herr.“ Sie knallte die Kutschentür zu. „Beeil dich mit meinen Sachen, Lewis! Ich habe schon genug Zeit verschwendet, und Mama wird rasend, wenn wir zu spät kommen."

Lewis nickte und stammelte eine Entschuldigung. Wenige Augenblicke später brauste die Tilbury-Kutsche davon und ließ die Piraten in einer eleganten und imposanten Staubwolke stehen.

„Ich mag sie nicht", sagte der Wasserspeier.

Hilary trat mit dem Stiefel in die Erde und wirbelte eine weit weniger elegante Staubwolke auf. „Sie kam mir schrecklich verdächtig vor", sagte Hilary. „Aber selbst wenn sie ein Meuterer ist, können wir es nicht beweisen, und wir haben immer noch keine Ahnung, wo Miss Pimm sein könnte."

„Vielleicht kann uns die Wirtin helfen", sagte Claire. Doch als sie sich wieder in den Gasthof und um die Wirtin drängten, zeigte sich, dass sie das keineswegs konnte. Weder hatte sie bei Miss Tilbury ein verdächtiges Verhalten beobachten können noch hatte sie die Zauberin durch das Gasthaus gehen sehen. Als Hilary fragte, ob Miss Tilbury am Freitagabend ausgegangen sei, versteifte sich die Wirtin und sagte recht energisch, sie würde sich niemals mit einer Bande von Piraten in ein Gespräch über ihre Gäste einlassen, egal, wie ehrbar diese Piraten auch sein mochten.

„Was nun, Schrecken?", fragte Charlie, als die Wirtin sie zur Vordertür hinausscheuchte. „Gibt es sonst noch jemanden, der wissen könnte, was Philomena im Schilde führt?"

Hilary freute sich zu sehen, dass ihr Schwert immer noch vor den Inspektoren in der Luft schwebte. Sie holte es aus der Luft und wedelte ein paar Mal damit in die Richtung der Inspektoren, während sie die Straße entlangliefen. „Ich denke, wir sollten mit Sir Feathering sprechen“, sagte sie schließlich. „Philomena sah absolut erschrocken aus, als ich das vorschlug. Falls er an dem Abend, als Miss Pimm verschwand, mit Philomena zusammen war, weiß er vielleicht etwas Nützliches.“

Charlie nickte. „Wenn Philomena nicht will, dass wir mit diesem Feathering sprechen, dann scheint er mir genau die Person zu sein, die wir uns vorknöpfen sollten.“ Er seufzte und staubte seinen Piratenhut ab. „Selbst wenn er furchtbar reich und gut aussehend ist.“

„Es heißt, er wohnt auf Burg Feathering“, sagte Claire und wurde ein bisschen rot. „Ich glaube, das ist in der Nähe von Queensport.“

„Dann machen wir uns sofort auf den Weg“, sagte Hilary. „Und wir sollten uns besser ein angemessenes Piratenschiff für unsere Reise suchen. Wenn wir Miss Pimm nicht an Bord eines prächtigen Schiffes retten, wird Kapitän Schwarzzahn sicher trotzdem enttäuscht sein.“

Charlie grinste. „Das wird kein Problem, Schrecken. Wenn du eine erstklassige Galeone brauchst, weiß ich genau, wo wir eine finden.“

Piratin Hilary Westfield
Schrecken des Südens

Lieber Kapitän Schwarzzahn,
ich verstehe, dass Ihr nicht die Sorte Pirat seid, die oft Fehler macht. Als Ihr mich in Eurem letzten Brief des unpiratenhaften Verhaltens bezichtigt habt, habt Ihr Euch meiner Meinung nach allerdings sehr geirrt. Seit wir uns auf der Abtrünnigen getroffen haben, bin ich eine vorbildliche Piratin. Umso mehr hoffe ich, dass Ihr, wenn Ihr diesen Brief zu Ende gelesen habt, Eure Warnung zurücknehmen werdet.
Ihr habt durchaus recht, dass Piraten traditionellerweise nicht dafür bekannt sind, Zauberinnen zu retten. Nun, ich nehme an, ich bin nicht gerade eine traditionelle Piratin. Ich bemühe mich aber nach Kräften, den Verhaltensregeln des FGECP zu folgen. Deshalb bin ich mir sicher, dass es ein voll und ganz angemessenes Verhalten für jeden Halunken ist, Freunden in der Not zu helfen. Würdet Ihr nicht auch alles tun, was Ihr könnt, um Euren Gefährten in schwierigen Zeiten beizustehen? Und würdet Ihr nicht alle Bösewichte bekämpfen, die sie bedrohen? Natürlich würdet Ihr das – Ihr seid ein Pirat! Wenn auch Miss Pimm streng genommen keiner meiner Kameraden ist, ist sie doch eine gute Freundin, also ist sie zu retten sehr piratenhaft.
Was Euren Vorschlag angeht, die Suche den so überaus fähigen königlichen Inspektoren zu überlassen, kann ich nur sagen, dass ich einige Inspektoren gesehen habe, und keiner wirkte auf mich besonders fähig.

Ihr werdet sicherlich erfreut sein zu hören, dass ich Eurem Befehl gefolgt bin und mir ein seetüchtiges Schiff besorgt habe. Meine Crew und ich sind nach Wimbly-on-the-Marsh gereist, wo wir ein höchst imposantes Schiff gefunden haben. Sobald wir ein paar kleine Reparaturen durchgeführt haben, werden wir Segel setzen. In diesem Sinne hoffe ich, Euch hinlänglich davon überzeugt zu haben, dass ich mit jedem Zoll eine Piratin bin.

Arr!
Piratin Hilary Westfield, Schrecken des Südens

P.S.: Es tut mir leid, Sir, aber der Wasserspeier lässt Euch ausrichten, dass jeder, der versucht, ihn Polly zu nennen, Glück hat, wenn er mit dem Leben davonkommt.

AUS DER ILLUSTRIERTEN QUEENSPORT-GAZETTE
DAS TOR ZUR ZIVILISIERTEN WELT!

MISSBRAUCH VON MAGIE ALARMIEREND HOCH

Queensport, Augusta – Miss Eugenia Pimm, Zauberin des Nordens, ist erst vor wenigen Tagen spurlos aus ihrem Haus in Pemberton verschwunden. Doch schon jetzt gerät die Nutzung der Magie durch die Bürger des Königreiches ziemlich außer Kontrolle. Ohne die gebieterische Stimme der Zauberin, die bei Fehltritten in ganz Augusta erklang, geschehen alle Arten von magischen Streichen, Verbrechen und Eklats.

Nur zwei Tage vor dem Kohlfest von Little Shearwater haben eine oder mehrere unbekannte Personen mithilfe von Magie Lord Otto Braithwaites beeindruckendsten Kohlkopf in ein recht anstößiges Rosa gefärbt und ihn auf die Größe einer Erbse geschrumpft. „Dieser Kohlkopf hätte sicher den ersten Preis gewonnen", klagte Lord Otto, „und nun ist er so klein, dass ich ihn kaum noch sehe! Ich fürchte, ich bin in magischen Dingen nicht geschickt genug, um ihm seine richtige Größe und Farbe wiederzugeben. Vielleicht bekomme ich immerhin einen Preis in der Kategorie ‚außergewöhnlichster Kohlkopf'. Trotzdem wünschte ich, die Zauberin hätte sich einen weniger unpassenden Moment für ihr Verschwinden ausgesucht. Sie hätte den Missetäter streng zurechtgewiesen, da bin ich mir sicher."

Lord Ottos Geschichte könnte noch ein glückliches Ende nehmen, doch das gilt sicherlich nicht für die traurige Begebenheit, die sich letzten Samstag in Westfield House während des Maskenballs zugetragen hat. Dort hatte die berühmt-berüchtigte Miss Elsie Carter das Augenmerk eines gewissen jungen Gentleman aus der High Society auf sich gezogen, welcher sie prompt um die ersten drei Tänze des Abends bat. Dies jedoch brachte einen eifersüchtigen weiblichen Gast dazu, Miss Carters Kopfbedeckung aus Truthahnfedern in einen echten Truthahn zu verwandeln, der nach Miss Carters aufwendiger Frisur pickte, ohne sich im Geringsten um Anstand und Sitte zu scheren. Der Gentleman aus der High Society floh auf der Stelle aus Miss Carters Gesellschaft, und Miss Carter selbst leidet an recht garstigen Kopfschmerzen. Die für den bösen Streich verantwortliche junge Dame konnte jedoch nicht ermittelt werden, und der Truthahn schaffte es, in die Flure von Westfield House zu entkommen.

„Meine Nerven sind zerrüttet“, sagte Mrs Ophelia Westfield, die nach diesem bedauerlichen Vorfall in ihren Kleiderschrank stieg und durch die geschlossene Tür mit unserem Reporter sprach. „Ich mochte diese Zauberin eigentlich nie besonders, aber ich wünschte wirklich, sie könnte mir helfen, diese bösartige Bestie zu fangen, die frei in meinem Haus herumläuft! Ich glaube, ich höre sie sogar in diesem Moment gackern.“

Mrs Westfield kann Grund zur Hoffnung haben, dass die Zauberin bald gerettet wird, denn die *Gazette* hat erfahren, dass sich ihre Tochter, Piratin Hilary Westfield, auf die Suche nach Miss Pimm begeben hat. Da die königlichen Inspektoren die Zauberin noch nicht finden konnten, ruhen alle Hoffnungen des Königreiches auf eine Rückkehr in eine höfliche Gesellschaftsform nun auf Piratin Hilary Westfields Fähigkeiten. Einige Bürger haben sogar berichtet, dass sie den Klang der Reime der Zauberin vermissen, die über die Hügel und durch die Täler von Augusta dröhnten. Wir wünschen Piratin Westfield alles Gute und freuen uns darauf, ihren Erfolg zu feiern – oder gegebenenfalls ihr Scheitern zu beklagen.

Aus der bescheidenen Feder von Eloise Greyson

Liebe Hilary,
danke für deinen Brief. Ich muss zugeben, dass ich ein paar schlaflose Nächte hatte, seit ich von deinem Plan erfahren habe, Miss Pimm zu retten. Doch ich bin nicht mehr deine Gouvernante, also werde ich dich nicht ermahnen, vorsichtig zu sein, dein Schwert zu schärfen und ordentlich zu frühstücken, bevor du in den Kampf ziehst (obwohl ich es wirklich gern täte).

Ich muss dir leider sagen, dass ich dir über die Identität der Meuterer überhaupt nichts sagen kann. Ich habe noch nie von ihnen gehört, und alle Nachschlagewerke, die ich zu diesem Thema konsultiert habe, waren überhaupt nicht hilfreich. Diese Meuterer müssen eine ziemlich neue Bande sein, denn selbst die neueste Ausgabe des Wer ist wer der Schufte von Augusta erwähnt sie nicht.

Außerdem habe ich versucht, mit meiner goldenen Häkelnadel nach Miss Pimm zu suchen, wie du mich gebeten hast. Doch auch damit hatte ich leider kein Glück. Die Häkelnadel kann mich nur zu Personen führen, die in der Nähe sind, und Miss Pimm muss ziemlich weit von Otterpool Harbor entfernt sein. Dafür beneide ich sie sogar – mir kommt es vor, als wäre ich

hier schon seit einer Ewigkeit vertäut! In den Tagen seit deinem Aufbruch sind drei von Jaspers ehemaligen Crewmitgliedern gekommen, um mir bei den Arbeiten auf der Taube zur Hand zu gehen. Sie sind eine durchaus unterhaltsame Gesellschaft. Allerdings ärgere ich mich ziemlich über Jasper, der mir noch auf keinen meiner Briefe geantwortet hat. (Ich habe ihm sechs geschickt.) Er ist ein lieber Pirat, aber ein Briefeschreiber zum Verzweifeln.
Ich freue mich darauf, mehr über deine Reise zu erfahren, Hilary, und ich habe vollstes Vertrauen, dass du Miss Pimm sicher nach Hause bringen wirst. Bitte grüße deine Crew recht herzlich von mir.

In Liebe,
Miss Greyson

Kapitel Sieben

Das Schiff hieß *Kleine Taube*, und es lag in der seichten Bucht hinter Jaspers Haus vor Anker. Charlie hatte natürlich gescherzt, als er es eine erstklassige Galeone nannte: Es war kaum größer als das Beiboot der *Taube*, seine Segel waren zerrissen und mottenzerfressen und der Rumpf brauchte dringend einen neuen Anstrich. Hilary hatte es sich durchaus ein bisschen prächtiger vorgestellt, doch sie ging davon aus, dass es nach einigen Reparaturen vollkommen ausreichend für die Reise nach Queensport sein würde.

In den folgenden Tagen strich und hämmerte Charlie. Hilary schmirgelte und besserte aus. Claire versuchte, ihnen mit Kanonenkugel-Jacks magischen Münzen zu helfen, aber sie schaffte es nur, vier Stück hintereinander explodieren zu lassen. Danach verschwand sie in Jaspers Bungalow und produzierte in einem Nähanfall einen kompletten Satz neuer Segel, auch wenn sie trotzdem eher frustriert wirkte.

Schließlich beschloss Hilary, obwohl die *Kleine Taube* bei der geringsten Herausforderung knarrte und ächzte, dass sie seetüchtig genug war. Als die Piraten aus Little Herring Cove aufbrachen, blähten sich die schönen neuen Segel des Schiffes in der Brise, und die Totenkopfflagge flatterte so unheilvoll, dass niemand auf Hoher See ihr Vorleben als Jaspers geblümtes Spültuch erahnen würde, meinte Hilary.

„Arr!", schrie der Wasserspeier aus seinem Hochsitz im Obstkorb, den Hilary zu einem provisorischen Wasserspeiernest umgestaltet hatte. „Erzittert vor der *Kleinen Taube* und ihrer wagemutigen Piratencrew! Erzittert vor ihren scharfen Schwertern – und ihren noch schärferen Zähnen!" Der Wasserspeier schaute Hilary über die Schulter an. „Klang das gut? Meinst du, es ist beeindruckend genug?"

„Ich finde es absolut perfekt. Alle Bösewichte und Erpresser von Augusta werden sich vor Angst unter ihren Bettdecken verkriechen." Hilary beugte sich vor, um den Wasserspeier hinter den Ohren zu kraulen. Die *Kleine Taube* war nicht gerade das geräumigste Piratenschiff auf Hoher See, und das Wasserspeiernest war nur eine Armeslänge vom Ruder entfernt. Für eine Kabine war kein Platz, also würden sie an Deck unterm Sternenhimmel schlafen müssen, und es gab zwar eine Planke, über die man Bösewichte schicken konnte, doch sie war ziemlich kurz. Jasper hatte keine überzähligen Kanonen zu Hause gehabt. Deswegen hatte Hilary mehrere Armvoll Kochgeschirr auf die *Kleine Taube* gehäuft, in der Hoffnung, dass angreifende Schiffe beim Anblick einer durch die Luft wirbelnden Stielpfanne fliehen würden. Und Charlie hatte ein paar Pfund Schiffszwieback gefunden, der fürs Frühstück und Abendessen gedacht war, im Notfall aber auch als kleine, kompakte Waffe dienen konnte.

Auch wenn die *Kleine Taube* lange nicht so prächtig war wie die *Abtrünnige* – und erst recht nicht wie die *Taube* –, war Hilary froh, endlich wieder auf einem Piratenschiff zu sein. Die Meeresbrise kribbelte ihr salzig in der Nase und zog ihr die Haare aus dem Zopf, während sie durch die Pemberton Bay segelten. Für Hilary gab es nichts Schöneres, und einen Moment lang vergaß sie Philomena, die Meuterer und Kapitän Schwarzzahn ganz. Beinahe hätte sie sogar vergessen, dass sie Miss Pimm finden wollte. Sie war eine Piratin, Kapitän ihres eigenen Schiffes, und nichts in ganz Augusta konnte besser sein.

Vom Heck der *Kleinen Taube* hallte ein gedämpfter Knall herüber. „Das ist bestimmt wieder Claire", sagte Hilary zu dem Wasserspeier. „Ich wusste, ich hätte ihr die Ersatzmünze nicht geben sollen."

Der Wasserspeier schüttelte den Kopf. „Arme Claire. Ich hoffe nur, sie wünscht sich nie etwas, während sie mir den Kopf streichelt. Ich glaube nicht, dass es mir gefallen würde, in Stücke zu zerspringen."

„Oh, Mist!", sagte Claire, die jetzt ein wenig bleich zum Bug des Schiffes wankte. Sie hatte sich einen von Jaspers dicken Gartenhandschuhen über die rechte Hand gezogen, damit die magischen Münzen sie nicht verletzen konnten, doch die Innenfläche des Handschuhs rauchte ein wenig. „Ich wollte ein bisschen Magie benutzen, um seefester zu werden. Es ist ewig her, seit ich auf so einem kleinen Boot war. Das Meer ist erstaunlich wackelig, findet ihr nicht? Aber ich glaube, ich war wieder zu hoffnungsvoll." Seufzend blickte sie auf ihren rauchenden Handschuh hinab. „Wäre ich doch nur nicht ganz so furchtbar schlecht in Magie! Oder im Stehenbleiben", fügte sie hinzu und klammerte sich am Rand des Wasserspeiernestes fest, als die *Kleine Taube* über eine Welle hüpfte.

„Das Schwanken wird nach einer Weile besser", sagte der Wasserspeier, „wovor du dich aber wirklich hüten solltest, ist das Moos. Es ist sehr kitzlig, wenn es dir hinter den Ohren wächst."

Claire schaute in die Takelage, wo Charlie ein Seemannslied pfiff. Dann machte sie ein paar Schritte näher an Hilary heran. „Glaubst du, Charlie kann mich nicht besonders leiden?", flüsterte sie. „Ich möchte gern mit ihm befreundet sein, aber er sieht immer schrecklich nervös aus, wenn ich mit ihm spreche. Außerdem schien es ihm gar nicht zu gefallen, als mir die magischen Gegenstände explodiert sind." Sie zog die Augenbrauen zusammen. „Ich bin nicht sehr gut darin, neue Freunde zu gewinnen. Aber ich bin ziemlich gut darin, eine Freundin zu *sein*."

Hilary nahm eine Hand vom Steuerrad und legte Claire den Arm um die Schultern. „Du bist eine wunderbare Freundin", sagte sie. „Und Charlie ist auch ein sehr guter Freund, aber er fühlt sich vor dem scharfen Ende eines Schwertes wohler als in der Gegenwart von Mädchen aus der High Society. Du darfst ihm keinen Vorwurf machen, weil er vor Magie zurückschreckt. Seine Eltern wurden wegen ihres magischen Schatzes versenkt, weißt du?“ Hilary fügte nicht hinzu, dass es Admiral Westfield gewesen war, der ihr Schiff auf den Meeresgrund geschickt hatte. Wenn sie es nicht sagte, war es vielleicht nicht so schrecklich wahr.

Claire kniff die Augen zu. „Oh, das wusste ich alles nicht!“, flüsterte sie. „Wie furchtbar!“ Dann öffnete sie die Augen wieder und nickte. „Am Ende dieser Reise“, sagte sie fest, „werden Charlie und ich die besten Freunde sein. Wenn nicht, darfst du mich über die Planke schicken.“

Allein beim Gedanken daran umklammerte Hilary das Steuerrad fester. „Ich werde nichts dergleichen tun!“, sagte sie.

„Nicht?“ Claire sah eindeutig erleichtert aus. „Aber ich dachte, das sei die übliche Strafe für Halunken, die ihre Schwüre brechen. Glaubst du nicht, dein Kapitän Schwarzzahn hat eine Regel zu dem Thema?“

Die *Kleine Taube* ächzte, als sie sich in Richtung Steuerbord neigte. „Wahrscheinlich schon“, gab Hilary zu, „aber ich kann einfach keine Piratin sein, die ihre liebsten Freunde in die Hohe See platschen lässt. Egal, was der FGECP dazu zu sagen hat.“ Vielleicht war der Schrecken des Südens herzlos genug, den eigenen Vater in den königlichen Kerker zu schicken, aber sie würde niemals, niemals ihre Gefährten aussetzen.

Die Hohe See kam Hilary viel größer vor als in ihrer Erinnerung, allerdings war die *Kleine Taube* auch wirklich winzig. Selbst mit dem besten Wind des Königreiches in den Segeln bewegte sie sich langsamer über die Wellen, als es Hilary lieb war. Doch Kanonenkugel-Jacks Münzen zu benutzen, um die *Kleine Taube* auf Queensport zuzuschubsen, kam nicht infrage, wenn sie noch genug Kraft haben wollte, um Kapitän zu sein. Größere Schiffe rauschten mit doppelter Geschwindigkeit an ihnen vorbei. Einmal raste ein Schiff, das der *Taube* verdächtig ähnlich sah, in der Gegenrichtung am Horizont entlang. Aber es konnte nicht die *Taube* sein, schließlich lag sie am anderen Ende des Königreiches vor Anker. Bis Hilary es geschafft hatte, ihr Fernrohr aus der Tasche zu ziehen, war das Schiff auch schon wieder außer Sicht. Mehrere Stunden später meinte sie, ein kleines Boot voller Herren in roten Jacketts im Kielwasser der *Kleinen Taube* zu sehen, doch als sie noch einmal hinschaute, war das Boot mit der Küstenlinie verschmolzen.

Sie waren schon seit ein paar Tagen auf See, als ein Boot, an dem eine weiße Flagge mit dem goldenen Emblem der Königin wehte, schnell näherkam. „Arr!“, rief der Wasserspeier. „Da segelt ein Halunke auf uns zu!“ Er lehnte sich über den Rand des Wasserspeiernestes und musterte das Boot. „Ist der Postbote ein Halunke?“

„Wahrscheinlich nicht", sagte Hilary. „Jedenfalls solltest du ihn besser nicht beißen. Vielleicht hat er einen Entschuldigungsbrief von Kapitän Schwarzzahn dabei."

Das Boot des Postboten war hoch mit Segeltuchtaschen und braunen, papierumwickelten Paketen beladen, und der Postbote selbst winkte eifrig, als er Hilary erblickte. „Ahoi, Piratin Westfield!", rief er. „Wenn Ihr so freundlich wärt, Euren Anker zu werfen, hätte ich ein paar Briefe an Euch zu liefern."

Hilary warf den Anker der *Kleinen Taube* aus, und der Postbote wühlte in einer seiner riesigen Segeltuchtaschen und tauchte nach kurzer Zeit triumphierend mit zwei dicken Umschlägen in der Hand wieder daraus auf. Charlie lehnte sich über die Reling der *Kleinen Taube*, sodass sie besorgniserregend kippte, und der Postbote reichte ihm die Briefe.

Charlie untersuchte die Umschläge. „Die sind für dich, Schrecken", sagte er und gab sie Hilary, „aber ich glaube nicht, dass sie von Schwarzzahn sind."

Beide Briefe waren auf feinem, dickem Papier gedruckt, aber nur einer war an den Schrecken des Südens adressiert. Der andere war an die hochverehrte Miss Hilary Westfield adressiert, vormals Westfield House, momentan auf Hoher See, und Hilary seufzte aus tiefstem Herzen, als sie ihn sah. „Er ist von Mutter", sagte sie, schlitzte den Umschlag mit ihrem Schwert auf und warf einen Blick auf die Anlage. „Schon wieder eine Einladung zu einem langweiligen Ball. Sie sagt, wenn ich kurz mit dem Säbelrasseln aufhören könnte, würde ich in der High Society sicher für Furore sorgen."

„Wahrscheinlich hat sie sogar recht", sagte Charlie. „Du wärst auf jeden Fall das erste Mädchen aus der High Society, das sich ein Schwert übers Ballkleid schnallt."

„Das klingt allerdings verführerisch", sagte Hilary, „aber ich gehe nicht hin. Arme Mutter. Sicherlich wäre sie mit einer Tochter, die es länger als eine halbe Minute in einem Kleid aushalten könnte, viel glücklicher gewesen." Sie steckte die Karte weg und wandte ihre Aufmerksamkeit dem anderen Umschlag zu, der in eleganter Handschrift adressiert und mit blauem Wachs versiegelt war. „Wenn das noch eine Einladung zu einem Ball ist, schreie ich", sagte sie.

Liebe Hilary,

wir haben erfahren, dass du mit deiner Piratencrew in See gestochen bist, um Miss Eugenia Pimm zu retten. Wie du dir vorstellen kannst, missfällt uns das in höchstem Maße. Wir haben viel Mühe investiert, um Miss Pimm zu entführen, und sind einfach nicht bereit, sie herzugeben – vor allem nicht einem albernen kleinen Mädchen, das sich selbst Schrecken des Südens nennt. Du bist für uns jetzt schon seit einiger Zeit ein fürchterliches Ärgernis, und wir werden nicht zulassen, dass du schon wieder unsere Pläne durchkreuzt. Deshalb hoffen wir, du wirst uns den einfachen Gefallen tun, deine Suche nach Miss Pimm sofort aufzugeben.

Falls du dumm genug sein solltest, unsere Bitte zu ignorieren, werden wir gezwungen sein, Maßnahmen zu ergreifen, und wir sind nicht für unsere Freundlichkeit bekannt. (Um genau zu sein, sind wir im Moment für gar nichts bekannt, aber bitte glaube uns, wenn wir sagen, dass sich das bald ändern wird.) Du willst doch nicht, dass sich deine Freunde auf der falschen Seite eines Schwertes wiederfinden, oder, Piratin Westfield? Wir würden es bedauern, wenn wir sie durchbohren müssten.

Mit bedrohlichen Grüßen
Die Meuterer

„Was steht da?“ Der Wasserspeier hüpfte in seinem Nest auf und ab. „Der Brief sieht sehr offiziell aus. Sind es gute Nachrichten? Hat die Königin endlich doch noch einen Tag des Wasserspeiers ausgerufen?“

„Leider ist es nichts annähernd so Wunderbares“, sagte Hilary. Während sie den Brief laut vorlas, zog auf Charlies Gesicht ein Sturm auf, Claire biss die Zähne zusammen und die Steinflügel des Wasserspeiers flatterten immer entrüsteter.

„Sie halten dich für ein Ärgernis?“, schrie der Wasserspeier. „Du bist *viel* schlimmer als ein Ärgernis, Hilary! Und mich erwähnen sie nicht einmal! Diese Meuterer haben vielleicht Nerven!“

„Es ist ziemlich ungerecht“, sagte Hilary, „dass sie alles über mich wissen, während ich überhaupt nichts über sie weiß.“ Sie wollte den Postboten fragen, ob er sich an das Aussehen der Person, die den Brief aufgegeben hatte, erinnern konnte, doch er war schon wieder davongeeilt.

„Sie können dich nicht so gut kennen“, sagte Claire tröstend. „Sie nennen dich schließlich ein albernes kleines Mädchen, und das bist du ganz bestimmt nicht!“

„Das stimmt allerdings“, sagte Charlie. „Ich nehme nicht an, dass die Meuterer auf Nettigkeit spezialisiert sind. Aber weißt du, die Tatsache, dass sie sich die Mühe gemacht haben, dir überhaupt einen Brief zu schreiben, ist außerordentlich schmeichelhaft. Das heißt, wir haben sie irgendwie aufgescheucht. Sie fürchten, dass wir sie finden könnten, und sie wollen uns im Gegenzug ordentlich Angst einjagen.“ Er beugte sich herab, um Hilarys Gesichtsausdruck zu mustern. „Was macht dir Sorgen, Schrecken? Du nimmst diese Bösewichte doch nicht ernst?“

Falls die Meuterer nur versuchten, ihnen Angst zu machen, wollte Hilary ihnen ungern die Genugtuung verschaffen, dass es ihnen gelang. Doch sie konnte das Herz des Wasserspeiers in seiner kleinen Steinbrust klimpern hören, und sie bemerkte erschrocken, dass sich ihr eigenes Herz Schlag für Schlag anpasste. „Mir gefällt gar nicht, wie sie über meine Freunde sprechen“, sagte Hilary, „das ist alles. Ich will nicht, dass einem von euch meinetwegen etwas passiert.“

„Rede keinen Unsinn!“, sagte Charlie. „Geht es beim Piratsein nicht um die Gefahr?“

„Doch“, gab Hilary zu, „natürlich, aber …“

„Tja, dann – wenn wir in Gefahr sind, heißt das, wir sind bessere Piraten als je zuvor.“ Charlie sah ziemlich stolz auf sich aus, weil ihm dieses Argument eingefallen war. „Abgesehen davon können wir ganz gut auf uns selbst aufpassen.“

„Wenn ein Meuterer daherkommt und mit seinem Schwert vor mir herumwedelt“, sagte Claire, „schicke ich ihn auf den Meeresgrund.“ Sie nickte energisch. „Ich bin mir nicht ganz sicher, wie ich das anstellen werde, aber ich werde es tun. Charlie hat ganz recht; du musst dir keine Sorgen um uns machen.“

Der Wasserspeier schaute zu Hilary auf. „Du kannst dir Sorgen um mich machen, wenn du möchtest“, sagte er. „Ich glaube nicht, dass es beim Wasserspeiersein um die Gefahr geht.“

Hilary umarmte ihn fest. „Was immer auch passieren mag, ich werde dafür sorgen, dass dir kein Meuterer-Schwert zu nahe kommt“, versprach sie ihm.

Die Stimmung auf der *Kleinen Taube* wurde bald wieder fröhlich, denn Charlie und Claire tauschten Geschichten darüber aus, was sie tun würden, um die Entführer zu besiegen, wenn sie sie endlich gefunden hatten. Hilary stimmte nicht ein, denn sie dachte immer noch über den Brief der Meuterer nach. Die Drohung gegen ihre Freunde hatte sie beunruhigt, aber sie hatte nicht vor, Claire oder Charlie von der Stelle zu erzählen, die sie am meisten beschäftigte: „Wir werden nicht zulassen, dass du schon wieder unsere Pläne durchkreuzt" hatten die Meuterer auf ihre elegante Art geschrieben. Das bedeutete, dass Hilary ihre Pläne vorher schon mindestens einmal durchkreuzt hatte. Doch wie hätte sie so etwas tun können? Der einzige Bösewicht, dem sie bisher einen echten Strich durch die Rechnung gemacht hatte, war ihr eigener Vater.

Konnte Kapitän Westfield ein Meuterer sein? Aber wie hätte er Miss Pimm, hinter Schloss und Riegel im königlichen Kerker von Queensport sitzend, entführen können? Abgesehen davon hätte er sich sicherlich niemals die Mühe gemacht, Hilary danach einen Brief zu schreiben. Die Handschrift des Admirals war zudem kaum elegant zu nennen; sie hüpfte über das Papier wie eine missvergnügte Kröte. Hilary war sich sicher, dass der Brief der Meuterer nicht von ihm war. Dennoch gefiel ihr die ganze Sache überhaupt nicht. Sie wusste, sie sollte zum Kerker eilen und Admiral Westfield fragen, was er über die Meuterer wusste – aber vielleicht war der Schrecken des Südens doch nicht ganz so kühn und wagemutig, wie sie gehofft hatte. Sie konnte im Notfall eine ganze Galeone voller Meuterer abwehren, um Miss Pimm zu retten. Doch ihrem Vater unter die Augen zu treten war eine ganz andere Art von Kampf, und Hilary wusste nicht, wie man so einen Kampf gewann.

DIE INSPEKTOREN DER KÖNIGIN
KÖNIGREICH AUGUSTA

FLEISS, LOGIK, DISKRETION

BERICHT
AN IHRE KÖNIGLICHE HOHEIT KÖNIGIN ADELAIDE
BETREFFEND
Das VERSCHWINDEN von MISS EUGENIA PIMM

Bericht Nr. 2
BEREICHSINSPEKTOR: John Hastings
ORT: Pemberton, Augusta
FALLSTATUS: ziemlich verwirrend

Bemerkungen des Inspektors: Eure Hoheit, ich muss leider berichten, dass sich uns die Zauberin des Nordens immer noch entzieht. Ich glaube aber, dass wir einen gewissen Fortschritt zu ihrem Auffinden zu verzeichnen haben, und ich kann Euch mit Stolz die folgende Theorie präsentieren:
Miss Eugenia Pimm wurde von Piraten entführt.
Wir haben einige Gründe zur Annahme, dass diese Theorie korrekt ist. Erstens sind Piraten berüchtigt für ihre schlechten Manieren. Es ist extrem unhöflich, eine Person zu entführen – vor allem eine Person, die sowohl eine Dame der High Society als auch Staatsbe-

dienstete ist. Allerdings hat man mir gesagt, dass sich Piraten nicht im Geringsten um Höflichkeit scheren. Zweitens: Als meine Inspektoren eine gründliche Durchsuchung der Straße von Pemberton vornahmen, fanden sie ungefähr eine Meile von der Pemberton Bay entfernt zwei höchst interessante Gegenstände. Besagte Gegenstände lagen nebeneinander am Straßenrand, als wären sie fallen gelassen worden (oder vielleicht wurden sie aus einer schnell fahrenden Kutsche geworfen – in der Nähe befinden sich auf der Straße tiefe Wagenspuren). Einer der Gegenstände ist eine goldene Anstecknadel in Form eines tanzenden Schafs: Wir glauben, dieses Schmuckstück gehört der Zauberin selbst. Der andere Gegenstand ist eine ansehnliche schwarze Augenklappe mit grünen Seidenbändern. Ihr Besitzer ist momentan unbekannt, doch wir glauben, diese Augenklappe gehört höchstwahrscheinlich einem Piraten. Ich habe den Verdacht, dass sich die Zauberin gewehrt hat, als dieser Pirat versuchte, sie zu entführen, und ihm dabei die Augenklappe abriss. In dem Handgemenge löste sich jedoch die Anstecknadel, und der Pirat überwältigte die Zauberin und beförderte sie in seine Kutsche. (Ich habe gehört, Eure Hoheit, dass Piraten normalerweise per Schiff und nicht in der Kutsche reisen, doch ich habe meine Männer gebeten, diesen Punkt weiterzuverfolgen.)

Schließlich berichten mir meine Männer, dass der Pirat Kanonenkugel-Jack – unser Hauptverdächtiger in dieser Ermittlung – aus seinem gewohnten Gewässer in der Pemberton Bay verschwunden ist. Ich habe mehrere Inspektoren auf der Suche nach dieser Kanaille auf Hohe

See geschickt. Zusätzliche Inspektoren sind immer noch dem Schrecken des Irgendwas auf der Spur. Es ist anzunehmen, dass es sich hierbei um eine Bekannte von Kanonenkugel-Jack handelt. Nachdem sie in meinem Büro ein Tohuwabohu veranstaltet hat, führte sie meine Männer auf eine falsche Spur und bedrohte sie mit magischen Waffen. Daher habe ich keine Zweifel, dass sie sowohl eine Schurkin als auch ein Bösewicht ist. Im Augenblick reist sie auf einem sehr eigenartigen Schiff in Richtung Queensport.
Ich glaube, Eure Hoheit, dass wir diesen Fall bald geknackt haben werden.

Gezeichnet
John Hastings
Kapitän der königlichen Inspektoren

Bürger von Augusta!

Seid Ihr es leid,
AUF DAS WIEDERAUFTAUCHEN
der Zauberin zu warten?

Wünscht Ihr Euch eine
RÜCKKEHR ZU ORDNUNG UND ANSTAND
im Königreich?

Würdet Ihr gerne verhindern,
dass weitere **MAGISCHE SCHWINDELEIEN** geschehen?

Dann schließt Euch uns an, wenn wir die Königin bitten,

OHNE VERZÖGERUNG
EINE NEUE ZAUBERIN
ZU BENENNEN!

SCHÜTZT DIE MAGIE UNSERES KÖNIGREICHES!

SCHÜTZT DIE ZUKUNFT UNSERES KÖNIGREICHES!

Dieses Pamphlet wurde von der Gruppe
Bürger für Magische Aufsicht erstellt, einer Abteilung
der *Koalition Überfürsorglicher Mütter.*

Kapitel Acht

Aus der Ferne schien sich Burg Feathering direkt aus dem Meer zu erheben. Hilary nahm an, dass es einmal ein prachtvolles Gebäude gewesen sein musste, das den Rand der Klippe gegen Stürme und Halunken verteidigte. Inzwischen sackten seine Steinwände zu den Wellen hin ab, als hätten sie beschlossen, vom Meer verschlungen zu werden sei ein weit ehrwürdigeres Schicksal, als zu Staub zu zerfallen. Es schien unmöglich, dass wirklich jemand an so einem feuchten und alten Ort wohnen konnte, doch die Featherings waren offensichtlich anwesend, denn auf jedem der vier Ecktürme flatterte ein purpurnes Banner im Wind.

Als sie näher kamen, zog Hilary ihr Fernglas heraus und suchte die Felswand der Klippe ab. Die Felsen waren von den Wellen poliert, und es gab anscheinend keine Stelle, an der ein Piratenschiff anlegen konnte. „Ich weiß nicht, wie wir dort hinaufkommen sollen“, sagte sie. „Vielleicht, wenn wir um die Klippe herumsegeln …“

Da durchnässte sie plötzlich ein gewaltiger Schwall Wasser von der Hutfeder bis zu den Schuhschnallen, und die *Kleine Taube* schwankte gefährlich hin und her.

„Scheibenkleister!“, schrie Claire, als sie den Halt verlor. „Was in aller Welt war das?“

Hilary griff nach ihrem Schwert. Rauchfahnen stiegen hinter der Klippe auf, und die Luft roch streng nach Schießpulver. „Ich könnte mich irren“, sagte sie, „aber ich bin mir fast sicher, das war eine Kanonenkugel.“

„Heiliger Klabautermann“, sagte der Wasserspeier, während er sich schüttelte. „Oh, Hilary, ich glaube, ich habe ein bisschen Meer in die Schnauze bekommen!“

Charlie hatte sein Schwert schon gezogen und hielt nach jemandem Ausschau, mit dem er sich duellieren konnte. Claire schnappte sich die schwere Bratpfanne, die Jasper oft benutzte, um sich morgens seine Pfannkuchen zu machen. „Wer sollte auf uns schießen wollen?“, fragte sie. „Glaubst du, das sind die Meuterer?“

Falls die Meuterer innerhalb weniger Tage von Drohbriefen zu Kanonenschüssen übergegangen waren, waren sie sogar noch gefährlicher, als Hilary gedacht hatte. „Ich kann nicht sehen, wer auf uns feuert“, rief sie zurück, „aber ich glaube, sie sind hinter der Klippe. Um Himmels willen, duckt euch!“

Eine weitere Kanonenkugel klatschte vor dem Schiff ins Wasser und hätte dabei fast das Wasserspeiernest gestreift. Der Wasserspeier schrie auf und vergrub sich, so gut er konnte, unter seinem Hut.

Dann drang eine schwache, aber grimmige Stimme durch den Rauch. „Ahoi!“, rief sie. „Wer wagt es, sich Burg Feathering zu nähern?“

„Antwortet dem Schurken nicht“, sagte Hilary zu ihren Gefährten. Als sowohl sie als auch die *Kleine Taube* aufgehört hatten zu zittern, packte sie das Steuerrad des Schiffes und segelte direkt auf die Klippe zu. Vielleicht hatte sie keine Kanone, aber wenn sie nur nahe genug herankam, konnte sie auch mit einem wohlgezielten Stück Schiffszwieback einiges ausrichten.

Die schwache, grimmige Stimme ertönte erneut. „Waffen fallen lassen!“, befahl sie. „Oder ihr zieht den Zorn eines Piraten auf euch!“ Sie zögerte. „Und könntest du bitte auch deine Bratpfanne fallen lassen?“

Claire wurde rot und senkte das Kochgeschirr, doch weder Charlie noch Hilary legten ihre Schwerter nieder. Stattdessen starrten sie auf das elegante Schiff, das von der anderen Seite der Klippe auf sie zuraste. Sein Bug glänzte so weiß wie die Wellenkämme, und seine makellosen Segel sahen aus, als hätte sie nie eine Brise besudelt. Doch oben am Mast wehte eine eindrucksvolle Totenkopfflagge, und an Deck standen kleine Eisenkanonen aufgereiht. Zwei der Kanonen rauchten noch von den Schüssen, die die *Kleine Taube* erschüttert hatten.

„Das sollen Piraten sein?“ Charlie runzelte die Stirn. „Das ist das seltsamste Piratenschiff, das ich je gesehen habe.“

Noch seltsamer, fand Hilary, war das Mädchen, das auf dem Bugspriet saß. Es war klein und stämmig und trug ein weißes Rüschenkleid, in dem es eher wie eine Eistorte aus einer von Queensports feinsten Konditoreien aussah. Doch die Füße des Mädchens baumelten in glänzenden Piratenstiefeln hin und her, und seine roten Haare waren ein fröhliches Wirrwarr unter dem Piratenhut. Es sah sicherlich nicht wie ein Bösewicht aus, allerdings hatte es die *Kleine Taube* beinahe in einen Trümmerhaufen verwandelt, und Hilary hatte nicht vor, es diesen Fehler noch einmal machen zu lassen.

„Du musst in der Tat eine sehr kühne Piratin sein", rief Hilary, „wenn du Kanonen auf den Schrecken des Südens und ihre Crew abfeuerst. Aber wir sind doppelt so kühn, und wir lassen unsere Waffen nicht fallen, also ergib dich am besten sofort."

Das Mädchen griff unter die Satinschärpe um seine Taille, zog ein Fernglas hervor und spähte damit zur *Kleine Taube* hinüber. Dann schnappte es kurz nach Luft, dass es beinahe von ihrem Bugspriet gepurzelt wäre. Als es das Gleichgewicht wieder hatte, zog es sich wieder auf sein Schiff hoch und eilte zu dem anderen Seemann an Bord, einem großen, rothaarigen jungen Mann, der hinter den Kanonen stand. Eine Weile wedelte das Mädchen ziemlich wild mit den Armen, und der junge Mann lachte und nickte. Dann segelte das kleine weiße Schiff direkt auf die *Kleine Taube* zu.

Hilary griff ihr Schwert fester. „Es sieht nicht so aus, als würden sie sich ergeben", sagte sie. „Das müssen furchtbar dumme Piraten sein, wenn sie glauben, sie könnten sich im Kampf gegen den Schrecken des Südens behaupten."

„Du glaubst doch nicht, dass sie uns versenken werden, oder?", sagte Claire. „Es wäre furchtbar peinlich, von einem Mädchen in einem Partykleid versenkt zu werden." Sie wrang Wasser aus ihrem feuchten Rock, sodass er noch zerknitterter und abgetragener aussah als sonst. „Ich glaube, Schiffbruch zu erleiden und unterzugehen ist schon grässlich genug, auch ohne dabei gedemütigt zu werden."

„Sie würden es nicht wagen, uns zu versenken", sagte Charlie, „und wenn sie es doch versuchen, müssen wir sie einfach zuerst versenken." Doch er sah besorgt aus und wechselte sein Schwert immer wieder von einer Hand in die andere, während das Piratenschiff näher kam.

Holz knirschte und Metall quietschte, als das Piratenschiff längsseits der *Kleinen Taube* ging, und der rothaarige junge Mann warf den Anker. „Ihr könnt wirklich eure Schwerter senken, wenn ihr wollt", sagte das Mädchen in dem weißen Kleid. „Aber ihr müsst natürlich nicht. Oh, ich kann nicht fassen, dass ich auf Hilary Westfield gefeuert habe! Wie furchtbar!" Sie verzog das Gesicht. „Du bist doch Piratin Hilary Westfield, oder?"

Hilary zögerte einen Moment, bevor sie ihr Schwert senkte. „Ja", sagte sie. „Die bin ich."

„Ich habe dir doch gesagt, dass es wirklich der Schrecken ist!" Das Mädchen drehte sich zu dem jungen Mann um, und ihre sich bauschenden Röcke wirbelten mit ihr.

„Das hast du“, sagte der junge Mann lächelnd. „Aber vielleicht solltest du dich vorstellen. Es tut mir sehr leid“, sagte er an Hilary gewandt. „Meine kleine Schwester vergisst manchmal ihre Manieren.“

Das Mädchen verdrehte die Augen. „Wie oft muss ich dir noch erklären“, sagte sie, „dass Piraten nur auf ihre Manieren achten, wenn es ihnen passt. Aber von mir aus.“ Sie lehnte sich über die Reling ihres Schiffes und streckte Hilary die Hand entgegen. „Ich bin Alice Feathering, und das ist mein Schiff, die *Sturmflut.*“ Sie tätschelte die glänzend weiße Bordwand der *Sturmflut.* „Und das ist mein Bruder Anselm, aber er ist alt und langweilig. Er glaubt, er soll auf mich aufpassen, auch wenn jeder weiß, dass Piraten keine Aufpasser brauchen. Ich hätte ihn schon vor Ewigkeiten über die Planke schicken sollen.“

„Es ist mir eine Ehre, dich kennenzulernen, Piratin Westfield“, sagte Anselm Feathering. „Alice hat mir erzählt, dass du die beste Freibeuterin auf Hoher See bist.“

Hilary war so überrascht, dass sie beinahe vergessen hätte, Anselm die Hand zu schütteln. Sie hatte nicht erwartet, den begehrtesten Junggesellen von Augusta auf einem Piratenschiff anzutreffen, und noch viel weniger hatte sie erwartet, dass er so nett sein würde. Sir Anselm Feathering sah tatsächlich wie ein vollkommen normaler und ziemlich freundlicher junger Mann aus. Er war blasser als seine Schwester, doch er hatte genauso viele Sommersprossen auf der Nase. Seine Kleidung war beinahe so schick wie die von Alice, allerdings mit etwas weniger Rüschen, und er hatte sich auf eine irgendwie schneidige Art ein Taschentuch um den Kopf gebunden. „Bist du selbst auch Freibeuter?“, fragte Hilary ihn.

Anselm lachte und strich über sein Taschentuch. „Leider nicht“, sagte er, „aber Alice lässt mich nicht auf ihr Schiff, wenn ich nicht wenigstens so aussehe. Das ist das beste Einstecktuch meines Vaters. Ich kann es hoffentlich zurücklegen, bevor er es herausfindet. Aber mir graut davor, das Ding zu bügeln.“

Hilary nickte. „Kein guter Pirat bügelt gern“, sagte sie. „Und ich freue mich auch, dich kennenzulernen. Dies ist mein erster Maat, Pirat Charlie Dove. Er wird bald der Schrecken des Nordens sein. Neben ihm steht Claire Dupree, Piratenassistentin.“ Charlie hob grüßend sein Schwert, und Claire knickste. „Und das …“

Doch Alice Feathering unterbrach sie. „Oh, das muss dein Wasserspeier sein!“, sagte sie. „Hallo, Wasserspeier! Ich habe schon viel von dir gehört. Man sagt, du wärst die furchterregendste Bestie im ganzen Königreich.“

„Sagt man das? Ehrlich?“ Der Wasserspeier beugte sich in seinem Nest vor. „Haben sie auch meinen Hut erwähnt?“

Alice lächelte Hilary schüchtern zu. „Ich kann nicht fassen, dass du zur Burg Feathering gekommen bist“, sagte sie. „Ich wollte schon immer Piratin werden, aber meine Eltern sagten, das sei einfach nicht schicklich. Und dann wurdest du Piratin, also habe ich ihnen gesagt, dass das unbedingt schicklich sei, und zwar sogar für Mädchen aus der High Society! Ich kann es nicht erwarten, in den FGECP einzutreten, aber ich bin noch nicht alt genug." Wieder tätschelte sie stolz die *Sturmflut*. „Also übe ich, bis es soweit ist."

„Du kannst auf jeden Fall schon sehr gut mit Kanonen umgehen", sagte Charlie. Er wischte das Wasser weg, das ihm von der Hutkrempe auf die Nase tropfte.

Alices Gesicht wurde fast so rot wie ihre Haare. „Das tut mir wirklich schrecklich leid", sagte sie. „Hier um Burg Fearthering stöbern nicht viele Besucher herum, und ich hatte gehofft, ihr wärt vielleicht Kanaillen." Sie seufzte. „Ich habe ewig darauf gewartet, dass einmal eine Kanaille an uns vorbeisegelt. Es ist nicht leicht, Piratenkämpfe zu üben, wenn man niemanden hat, mit dem man kämpfen kann, und Anselm möchte sich nicht so gern mit mir duellieren."

„Alice ist eine viel bessere Piratin, als ich je einer sein werde, fürchte ich", sagte Anselm, „aber ich bin ein besserer Gastgeber. Wie wäre es, wenn ihr alle hereinkommt und euch abtrocknet? Ich bin mir fast sicher, der Kamin in der großen Halle bricht nicht zusammen, wenn wir ein Feuer anzünden."

Die Featherings führten die Piraten um die Klippe herum zu einem kleinen Dock, wo sie die *Kleine Taube* neben der *Sturmflut* vertäuten. Jemand hatte einst Treppenstufen in die Felswand gehauen, doch sie waren nach Generationen von Wind und Wellen sehr abgenutzt. Hilary tat ihr Bestes, sie hinaufzuklettern, ohne den Wasserspeier allzu unangenehm anzurempeln.

„Willkommen auf unserem geliebten Schutthaufen", sagte Anselm, als sie alle oben auf der Klippe angekommen waren und sich um die Eingangstür von Burg Feathering versammelten. Ein goldener Türklopfer in Form eines Bärenkopfes starrte sie an. Er war der einzige Teil der Burg, der weniger als tausend Jahre alt aussah. „Geht bitte vorsichtig durch den Eingangsbereich, damit ihr keine Stücke aus der Wand oder der Decke löst. Sie werden zwar größtenteils von Magie an Ort und Stelle gehalten, aber ab und zu verlieren wir einen Kamin oder ein Stück von einer Zinne."

Claire starrte ihn an. „Warum um alles in der Welt renoviert ihr nicht?"

„Nach Meinung unserer Eltern", sagte Anselm, „ist ein Zuhause nicht wahrlich prächtig und erhaben, wenn es nicht an den Rändern ein bisschen ausfranst. Das hat zu ein paar recht abenteuerlichen Dinnerpartys geführt. Man sagt, die Königin selbst sei beinahe von einem herabstürzenden Erkerturm erschlagen worden."

„Da ist mir Jaspers Bungalow eindeutig lieber", flüsterte Charlie Hilary zu, während sie durch den hohen Eingangsbereich aus Stein gingen. „Er ist vielleicht nicht prächtig und erhaben, aber wenigstens steht er meistens senkrecht."

Das einzige Mitglied ihrer Gruppe, das Burg Feathering wirklich zu schätzen schien, war der Wasserspeier. „Diese Steine sind sogar noch älter als ich“, sagte er und verbeugte sich vor einem imposanten Stück Fels, das im Eingangsbereich Wache stand. „Es ist mir eine Ehre, Euch kennenzulernen, Sir. Mein Mitgefühl wegen dem Moos.“

Sie wanden sich durch die verschlungenen, höhlenartigen Hallen der Burg und tauchten endlich in einem Raum mit hoher Decke wieder auf, der groß genug aussah, um Miss Greysons ganze schwimmende Buchhandlung darin unterzubringen. An den Wänden reihten sich jedoch keine Bücher aneinander, sondern alte Ölgemälde von ehrwürdigen Männern und Frauen. Angesichts der Fülle von Rüschen und Krausen an den Kleidern der porträtierten Leute erriet Hilary, dass dies vorige Generationen von Featherings sein mussten. Wolken jagten über die Löcher im Dach, als Anselm zu der zugigen Feuerstelle ging und einen langen, goldenen Schürhaken nahm, der an der Wand lehnte. „Wir hätten gern ein gemütliches Feuer, bitte“, sagte er, indem er den Schürhaken mit beiden Händen hielt. „Im Kamin, wenn es dir nichts ausmacht. Nichts allzu Gefährliches.“ Innerhalb von Augenblicken loderten Flammen um die Holzscheite im Kamin, und Anselm wischte sich die Stirn mit seinem Taschentuch ab.

„Das war ein beeindruckendes Stück Magie“, sagte Hilary. „Du musst sehr gut ausgebildet sein.“

„Es hilft“, sagte Anselm, „wenn der magische Gegenstand so groß ist wie dieser Schürhaken. Und dafür kannst du Ururgroßvater Feathering danken, der der geizigste Mann in ganz Augusta war.“ Er zeigte auf eines der Ölgemälde, von dem ein grausam aussehender Herr finster auf jeden hinabstarrte, der es wagte, unter seinem Bilderrahmen vorbeizugehen. „Er hat kaum Magie benutzt, soviel ich gehört habe, aber er hortete sie extrem gern.“ Anselm zuckte die Achseln. „Magie“, sagte er zu dem Schürhaken, „könntest du uns auch noch ein paar warme Decken für unsere Gäste bringen? Das ist das Mindeste, was wir tun können, nachdem wir sie unter Wasser gesetzt haben.“

Hilary zog die Augenbrauen hoch, als sie den riesigen Stapel Decken sah, der vor Anselm erschien. Er wirkte nicht einmal besonders müde. „Achte nicht auf ihn“, sagte Alice zu Hilary, als sie ihr eine herrlich weiche blaue Decke reichte. „Er muss immer unbedingt vor allen Besuchern angeben, die hier vorbeikommen.“ Sie wickelte den Wasserspeier in eine flauschige rosa Decke. „Aber warum kommt ihr überhaupt hier vorbei? Seid ihr unterwegs zu einem verwegenen Abenteuer? Habt ihr noch einen verborgenen Schatz gefunden?“

„Eigentlich“, sagte Hilary, „suchen wir jemanden. Die Zauberin des Nordens, um genau zu sein.“

Anselm setzte sich neben den Wasserspeier vor das Feuer. „Das ist furchtbar nett von dir“, sagte er zu Hilary. „Ich wusste nicht, dass Piraten so etwas tun.“

„Äh, normalerweise tun sie das auch nicht“, sagte Hilary. „Ich denke, man könnte es einen Sonderauftrag nennen.“

„Leider ist die Zauberin nicht hier“, sagte Alice und ließ sich auf den Deckenstapel fallen. „Und sie hat Glück, dass sie es nicht ist. Mutter und Vater halten nicht viel von ihr, und wenn sie zu Besuch käme, würden sie wahrscheinlich versuchen, sie unter einem wackligen Teil der Burg zu zerquetschen.“

„Alice!“, sagte Anselm strafend.

„Aber es stimmt doch!“ Alice trat sich ihre Piratenstiefel von den Füßen.

„Na gut“, sagte Anselm, „vielleicht schon. Mutter und Vater sagen, es sei schrecklich störend, wenn einem ständig eine Zauberin über die Schulter schaut, während man Magie anwendet.“ Er zuckte die Achseln. „Ich persönlich finde es viel störender, in einem Haus zu wohnen, das jeden Moment über einem zusammenstürzen kann.“

„Das finde ich auch“, sagte Charlie und beäugte misstrauisch ein bröckelndes Stück Dach.

Hilary musterte Anselm, während er die flauschige rosa Decke um die Flügel des Wasserspeiers zurechtsteckte. Es kam ihr äußerst unwahrscheinlich vor, dass er wirklich ein Mädchen wie Philomena heiraten würde. Sicherlich hatte sie sich die ganze Geschichte bloß ausgedacht, um die Piraten von ihrer Boshaftigkeit abzulenken. Am ärgerlichsten war, dass ihr Plan auch noch aufgegangen war, denn sie hatten beinahe eine Woche damit verschwendet, die *Kleine Taube* flottzumachen und zu Burg Feathering zu segeln. „Verflixte Philomena", brummelte Hilary in ihre Decke.

Anselm blickte auf. „Was hast du gesagt?"

„Oh!", sagte Hilary. „Nichts. Es ist nur …" – sie nahm an, es könnte nicht schaden zu fragen – „Anselm, kennst du zufälligerweise eine junge Dame namens Philomena Tilbury?"

Anselm wurde plötzlich von einem Hustenanfall übermannt.

„Miss Tilbury!", krähte Alice. „Anselm mag sie sehr. Ich allerdings nicht", fügte sie hinzu. „Sie erinnert mich an diese Quallen, die stechen. Immer, wenn sie mit Anselm zusammen ist, ist sie äußerst lieb, aber sobald er geht, kommen ihre Tentakel heraus." Alice wackelte mit den Fingern. „Und bald muss ich mich mit einer Qualle als Schwägerin herumschlagen."

„Alice!" Der begehrteste Junggeselle von Augusta sah plötzlich tatsächlich sehr verschämt aus. „Das ist nicht lustig!", sagte er, während Alice in Gekicher zerfloss. Er setzte sich ein wenig aufrechter hin und stocherte im Feuer. „Zufällig", sagte er zu Hilary, „habe ich tatsächlich das Vergnügen, Miss Tilbury zu kennen. Wie meine Schwester so unhöflich verraten hat, haben wir vor zu heiraten."

Charlie zog die Augenbrauen zusammen. „Und du magst sie?"

Anselm lächelte und stützte das Kinn auf die Hand, als wäre an Philomena zu denken etwas, das er wirklich genoss. „Ungemein“, sagte er. „Ich nehme an, sie kann ein bisschen kratzbürstig sein, Alice, aber wenn du in einer Familie aufgewachsen wärst, die so streng ist wie ihre, wärst du auch kratzbürstig. Tatsächlich bewundere ich ihre Widerstandsfähigkeit.“

„Aber hauptsächlich“, sagte Alice, „bewundert er ihre Haare.“

Anselm nickte. „Ihre Haare sind sehr golden, nicht wahr?“

Der Wasserspeier prustete in seine Decke. „Tut mir leid“, sagte er. „Ich habe mich wohl an einer Spinne verschluckt.“

„Also kennst du Philomena, Piratin Westfield?“, fragte Anselm. „Aber das …“, er runzelte die Stirn, „das hat doch nichts mit der Zauberin zu tun, oder?“

„Leider doch“, antwortete Hilary. Sie war ziemlich erschüttert von dem verzückten Ausdruck, der jedes Mal über Anselms Gesicht ging, wenn er Philomenas Namen sagte, aber sie durfte sich von solchen Schrecknissen nicht ablenken lassen; sie musste weiterdrängen. „Wir glauben, Philomena könnte in das Verschwinden von Miss Pimm verwickelt sein. Kannst du uns vielleicht sagen, wo sie letzten Freitagabend war?“

„Sie war mit mir zusammen!“, rief Anselm sofort. „Wir haben an eben diesem Tag gemeinsam zu Abend gegessen! Ich erinnere mich besonders gut, weil Philomenas Haar an Freitagen besonders golden ist – obwohl ihr Dienstage fast genauso gut stehen."

Alice nickte. „Ich erinnere mich auch", sagte sie, „denn *jemand* ließ sich von mir den ganzen Weg bis nach Pemberton segeln, um Miss Tilbury zu sehen. Und dann hielt *jemand* es nicht einmal für nötig, mich zum Abendessen einzuladen!"

Ein Holzscheit im Kamin zerfiel zu Asche, und Hilary hatte das Gefühl, als zerfiele ihre Hoffnung darauf, Miss Pimm zu finden, mit ihm. Falls Philomena und Anselm wirklich den ganzen Abend zusammen gegessen hatten, konnte Philomena nicht davongeschlichen sein, um Miss Pimm zu entführen. Aber wenn sie es nicht getan hatte, wer dann? „So viel also zu Philomenas Boshaftigkeit", sagte sie und zog sich ihre Decke fester um die Schultern. „Dann stehen wir wohl wieder dort, wo wir angefangen haben."

Claire seufzte dramatisch. „Was bedeutet: überhaupt nirgends."

„Aber nein!", rief Alice. „Ihr habt mich noch nicht gefragt, ob ich etwas über das Verschwinden der Zauberin weiß, oder?"

Hilary starrte sie an. „Also weißt du etwas?"

„Sie weiß nicht – au!" Anselm unterbrach sich, als Alice ihm einen Stoß mit dem Ellbogen versetzte.

„Eigentlich", sagte sie, „weiß ich sehr wohl etwas. Und vielen Dank, dass du gefragt hast, Schrecken. Sonst hat das niemand getan, weißt du? Und Anselm sagt, ich darf den Inspektoren der Königin nicht sagen, was ich gesehen habe."

„Weil ich nicht will, dass du sie mit deinen albernen Geschichten belästigst", sagte Anselm, während er sich die Stelle rieb, wo ihn Alices Ellbogen getroffen hatte. „Es tut mir leid, Piratin Westfield. Alice hat eine besondere Schwäche dafür, sich Dinge auszudenken."

„Ich denke mir gar nichts aus!", sagte Alice. „Hilary wird mir glauben, auch wenn du es nicht tust." Sie beugte sich vor und packte Hilarys Hände.

„Miss Pimm", sagte sie flüsternd, „wurde von einem Geisterschiff entführt."

Hilary seufzte. Kein Wunder, dass Anselm seiner Schwester verboten hatte, die Geschichte den Inspektoren zu erzählen. Jeder wusste, dass Geister nur auf den Buchseiten von frostigen Gruselmärchen hausten. Alice sah jedoch so ernst aus, dass Hilary es nicht ertragen konnte, sie zu enttäuschen. „Das klingt … ziemlich ungewöhnlich", sagte sie schließlich. „Aber ein guter Pirat muss jede Möglichkeit in Betracht ziehen. Vielleicht erzählst du mir einfach, was du gesehen hast."

„Solange es nicht zu gruslig ist", fügte der Wasserspeier hinzu.

Alice warf Anselm ein triumphierendes Lächeln zu. „Dann fange ich am Anfang an", sagte sie. „Es passierte letzten Freitag gegen sechs Uhr am Abend. Mein lieber Bruder hatte mich gerade sitzen lassen, nachdem ich Ewigkeiten damit verbracht habe, ihn auf der *Sturmflut* den ganzen Weg nach Pemberton zu segeln, weil er zu geizig ist, um den Zug zu nehmen. Ich dümpelte zu Tode gelangweilt in der Pemberton Bay herum und dachte mir, ich könnte auch ein bisschen auf Erkundungsfahrt gehen."

„Du meinst, du hast dich verfahren", sagte Anselm.

Alice machte schmale Augen. „Piraten verfahren sich nie", sagte sie, „und es war nicht meine Schuld, dass mein Steuermann davonspaziert war, um den ganzen Abend auf die Haare einer jungen Dame zu starren. Jedenfalls war ich auf *Erkundungsfahrt*, als die *Sturmflut* an einer Bucht vorbeikam, die ich vorher noch nie gesehen hatte. Überall hingen Blätter und Ranken, fast wie ein Vorhang, deshalb war sie schwer zu entdecken. Doch als ich durch den Vorhang segelte, überlief mich ein fürchterlicher Schauder." Sie machte eine effektvolle Pause und schaute sich im Raum um. „Und mir wurde klar, dass ich nicht allein war."

Der Wasserspeier zappelte sich aus seiner Decke und hopste auf Hilarys Schoß.

„Wer war da noch?", fragte Claire flüsternd.

„Na, das Geisterschiff natürlich!", sagte Alice. „Schwarzgrau, wie ein riesiger Schatten, war es hinter den Blättern und Ranken versteckt, versteht ihr? Es machte ein furchtbares knarrendes Geräusch im Wind, und seine Fackeln leuchteten. Aber es war niemand an Bord."

Im Kamin knackte ein Ast, und alle zuckten zusammen.

„Gut, dass ich Piratin bin“, sagte Alice, „sonst hätte ich wirklich Angst bekommen. Ich segelte die *Sturmflut,* so schnell ich konnte, zurück in den Hafen von Pemberton, und das Geisterschiff war rücksichtsvoll genug, mir nicht zu folgen. Als Anselm endlich mit seinem Abendessen fertig war, wollte ich ihm die kleine Bucht und das Geisterschiff zeigen. Aber es war fort.“

Claire holte hörbar Luft, und sogar Hilary schauderte unwillkürlich.

Charlie war damit beschäftigt gewesen, die Kniffe seines Piratenhutes zu schärfen, und blickte jetzt auf. „Bist du sicher, dass es ein Geisterschiff war?“, fragte er Alice.

„Natürlich“, sagte sie. „Nur Geister würden auf so gruselige Art herumsegeln. Im ersten Moment dachte ich wirklich, ich hätte mir das Ganze eingebildet, aber am nächsten Tag hörten wir, dass die Zauberin aus Pemberton verschwunden war. Ich wusste sofort, dass das Geisterschiff sie erwischt haben muss. Das ist die einzig mögliche Erklärung.“

„Du hast die Zauberin nicht an Bord des Schiffes gehen sehen?“, fragte Hilary.

„Na ja – nein.“ Alice schob die Unterlippe vor. „Das wohl nicht. Aber findest du es nicht merkwürdig, dass genau an dem Abend, als sie verschwand, ein Geisterschiff erschien?“

„Das *ist* merkwürdig“, sagte Hilary, so nett sie konnte. Ihr Besuch bei den Featherings stellte sich als Fehlschlag auf ganzer Linie heraus: Sie hatte weniger als je zuvor auch nur die geringste Idee, wer die Meuterer sein konnten. Doch das war kein Grund, Alice zu enttäuschen. „Danke", sagte sie, „dass du uns deine Geschichte erzählt hast. Vielleicht wird sie uns nützen."

Anselm steichelte die Flügel des Wasserspeiers. „Ich glaube, wir könnten alle eine fröhlichere Geschichte vertragen", sagte er. „Piratin Westfield, würdest du uns erzählen, wie du den Schatz der Zauberin gefunden hast? Das muss ein aufregendes Abenteuer gewesen sein."

„Oh, das war es!", sagte der Wasserspeier fröhlich. „Na los, Hilary! Erzähl ihnen, wie ich das Königreich gerettet habe!"

Doch genau in diesem Moment hallte das wilde Knurren eines Bären durch Burg Feathering, und Anselm sprang auf. „Das ist der Türklopfer", erklärte er im Hinausgehen. „Großmutter Feathering, hat ihn aus Spaß eines Tages verzaubert. Es ist ganz amüsant, aber es verschreckt tendenziell die Gäste."

Kurz darauf kam Anselm mit besorgtem Gesicht in den Saal zurück. „Es tut mir leid, Piratin Westfield", sagte er, „aber hier ist jemand, der dich sucht, und er scheint mir ziemlich schlecht gelaunt zu sein. Er sagt, sein Name sei Twigget."

„Twigget?" Hilary stand auf und steckte den Wasserspeier wieder in die Tasche. „Oh, Mist, das ist Kapitän Schwarzzahns Maat. Ich kann mir nicht vorstellen, was er jetzt schon wieder von mir will."

„Wir müssen ihm nur sagen, dass er wieder gehen soll", sagte Charlie, stand auf und folgte Hilary aus dem Saal.

„Das stimmt", sagte Claire, als sie ihnen eilig folgte. „Wenn er dich sehen will, muss er es angemessen machen und eine Botschaft schicken, in der er dich um das Vergnügen deiner Gesellschaft bittet."

„Leider scheren sich Piraten wenig um Etikette", sagte Hialry. Sie zog die knarrende Haustür auf und sah Mr Twigget in seinem zerlumpten Streifenhemd, der an den Türmen von Burg Feathering hinaufschaute, als fürchtete er, sie könnten jeden Moment auf ihn herabstürzen. Hilary wünschte sich beinahe, sie täten es.

„Hallo Mr Twigget", sagte sie und bemühte sich, möglichst kühn und wagemutig zu klingen. „Ich habe gehört, Ihr wollt mich sprechen?"

Mr Twigget räusperte sich. „Aye, Miss Westfield. Ich hab ganz schön lange gebraucht, um Euch zu finden. War ein Glück, dass ich Euer Schiff da unten vertäut geseh'n hab. Der Kapitän wird nich' zufrieden sein, wenn wir zu spät kommen."

„Ich wüsste nicht, wozu Ihr zu spät kommen solltet", sagte Hilary. „Allerdings bin ich mir ziemlich sicher, dass ich nicht dazu eingeladen wurde. Wenn Ihr mich jetzt bitte entschuldigen wollt …"

Doch Mr Twigget legte eine schwielige Hand auf Hilarys Schulter. „Tschuldigung, Miss", sagte er leise, „aber Kapitän Schwarzzahn wartet unten im *Salzigen*

Keks auf Euch, und je länger ich brauch, um Euch hinzubringen, desto schlimmer wird seine Laune. Es ist auch so schon ein Marsch von einer guten Stunde bis dahin. Wenn Ihr Eure Berechtigung als Piratin behalten wollt, kommt Ihr also besser mit."

Charlie zog sein Schwert. „Mir gefällt es nicht, wenn jemand meinen Kapitän wegschleppt", sagte er. „Egal, für wen er arbeitet. Soll ich diesen angeschwemmten Piraten durchbohren, Hilary?"

Mr Twiggets knochige Finger gruben sich kaum spürbar in Hilarys Schulter. Er schien nicht vorzuhaben, ihr wehzutun, aber sie hatte keinerlei Zweifel, dass er es konnte. Kapitän Schwarzzahn stellte schließlich nur die furchterregendsten Piraten des Königreiches ein. „Nein", sagte Hilary, „ich glaube nicht, dass es weise wäre, jemanden zu durchbohren. Die Featherings waren so freundliche Gastgeber. Es wäre eine Schande, wenn wir vor ihrer Tür eine Schweinerei veranstalten würden."

Daraufhin entspannten sich Mr Twiggets Finger deutlich.

„Dann kommen wir mit", sagte Claire. „Ich werde diesem Kapitän Schwarzzahn meinen vernichtendsten Blick schenken."

„Und ich schenke ihm noch ein bisschen mehr", sagte Charlie und tätschelte dabei sein Schwert.

Doch Mr Twigget schüttelte den Kopf. „Die junge Miss soll allein kommen", sagte er.

Ehrlich gesagt war Hilary darüber ziemlich erleichtert.

Es wäre natürlich viel netter gewesen, ihre Crewkameraden an ihrer Seite zu haben, wenn sie sich Kapitän Schwarzzahn stellte. Doch sie konnte nicht zulassen, dass Charlie seinen Ruf schädigte, wenn er der Schrecken des Nordens werden wollte, und es war vollkommen klar, dass Schwarzzahn sowieso schon sehr wenig für Claire übrig hatte. „Wenn ihr beiden die *Kleine Taube* nach Queensport Harbor segeln könntet“, sagte Hilary zu ihnen, „dann kommen der Wasserspeier und ich so schnell nach, wie wir können. Und bitte entschuldigt mich bei den Featherings.“

Die Ärmel von Claires Strickjacke waren so weit aufgedröselt, dass sie kaum noch ihre Ellbogen bedeckten. „Oh, Hilary“, sagte sie, „bist du sicher, dass du das alleine schaffst?“

„Ziemlich sicher.“ Hilary schenkte ihr das tapferste Lächeln, das sie zustande brachte. „Wenn Ihr mich jetzt bitte loslassen würdet, Mr Twigget. Ihr werdet feststellen, dass es nicht nötig ist, mich wie eine Gefangene nach Queensport zu schleppen. Ich glaube, Kapitän Schwarzzahn und ich haben eine Menge zu besprechen.“

DER FAST GANZ EHRBARE CLUB DER PIRATEN
SEIT 153 JAHREN AUF DEN WELTMEEREN ZU HAUSE

DIE ABTRÜNNIGE

KAJÜTE DES PRÄSIDENTEN

BESCHEID ÜBER UNPIRATENHAFTES VERHALTEN

Piratin Westfield:
Ich habe deine Antwort auf meinen Brief erhalten und bin ernstlich besorgt. Wir müssen sofort reden.
Wie Mr Twigget dir zweifellos gesagt haben wird, bevor er dir diesen Bescheid übergab, habe ich Vorkehrungen getroffen, dass wir uns in meiner Lieblingsgrogschenke treffen, dem Salzigen Keks. Komm ohne Verzögerung und komm allein. Mr Twigget kennt den Weg.
Ich sollte wohl erwähnen, dass dies deine

[ ] erste Warnung [ ] zweite Warnung [x] dritte Warnung
ist.

Arr!

Kapitän Rupert Schwarzzahn
Präsident des FGECP

Kapitel Neun

Mr Twigget führte Hilary durch die schmalen, dunklen Gassen um den Hafen von Queensport. Weder Admiral Westfield noch Miss Greyson hatten Hilary je erlaubt, dort hinzugehen. Während sie sich in den engen Gassen an Seeleuten und Fischverkäufern vorbeizwängte und eilig um Ecken bog, um Mr Twigget nicht aus den Augen zu verlieren, fühlte sie sich eher, als würde sie von einem Seeungeheuer verdaut. Langsam begann sie allerdings zu glauben, dass im Schlund eines Seeungeheuers zu stecken ein angenehmerer Zeitvertreib wäre, als Kapitän Schwarzzahn zu treffen. Mit Twigget Schritt zu halten erwies sich schon als ungemütlich genug. Als er endlich langsamer wurde und stehen blieb, lehnte sich Hilary an eine raue Steinwand, um wieder zu Atem zu kommen.

„Wir haben keine Zeit zum Trödeln“, sagte Mr Twigget. „Der Kapitän muss bald nach Gunpowder Island zurück, und er will anfangen, das Schiff zu beladen, also steh besser stramm!“ Er klopfte an eine schwere Holztür in der Steinwand. Über der Tür hing ein Eisenschild, das geformt war wie ein Stück Schiffszwieback.

Die Tür öffnete sich, und ein Pirat in einem schick

bestickten Mantel trat heraus. „Ein herzliches Willkommen im *Salzigen Keks*, liebe Kameraden“, sagte er, worauf er sich tief verbeugte und mit der Hand durch die Luft wirbelte. Dann stellte er sich ziemlich plötzlich wieder aufrecht hin und schenkte Hilary einen hochnäsigen Blick. „Wer ist das?“

„Das is ’n kleines Mädchen, das der Kapitän sprechen will“, sagte Mr Trigget.

„Ach, seid still“, sagte Hilary, was dazu führte, dass Mr Twigget bemerkenswert verlegen aussah. „Ich bin natürlich Piratin“, erklärte sie dem Burschen in dem schicken Mantel. „Piratin Hilary Westfield, Schrecken des Südens. Vielleicht habt Ihr von mir gehört.“

Der modische Pirat strich seine Ärmel glatt. „Vielleicht“, gab er zu. „Wie dem auch sei, kommt herein, ihr beide. Ihr findet Kapitän Schwarzzahn an seinem üblichen Tisch.“

Obwohl es gerade einmal kurz nach Mittag war, war es in der Grogschenke dunkel wie in einem Schiffsladeraum. Dickwandige Glaslaternen flackerten an den Wänden und beleuchteten die narbigen Gesichter der Piraten, die prustend um Holztische herumsaßen. Der *Salzige Keks* war eindeutig eine kultivierte Grogschenke – eine ganze Truppe von schick gekleideten Freibeutern kreiste mit Krügen voll Grog und hoch mit Brot und Käse beladenen Tabletts von Tisch zu Tisch. Dennoch roch es deutlich nach Pirat, und Hilary konnte nicht umhin, die Schwertscharten an den Wänden zu bemerken.

Ohne ein Wort führte Mr Twigget Hilary zu einem langen Tisch in der hintersten, dunkelsten Ecke der Schenke, wo Kapitän Schwarzzahn und seine Kameraden Karten spielten. Dann räusperte sich Mr Twigget. „Hilary Westfield ist jetzt da, Käpt'n", sagte er und zerrte Hilary vor sich.

Kapitän Schwarzzahn legte seine Karten auf den Tisch und spießte sie mit einem Dolch auf. „Danke, Twigget", sagte er. „Bitte nimm Platz, Piratin Westfield."

Hilary setzte sich. Sie nahm ihre Segeltuchtasche auf den Schoß und legte dem Wasserspeier die Hände über den Kopf, damit er nicht herauskletterte. Dann trat sie mit den Absätzen gegen die Stuhlbeine und hoffte, Kapitän Schwarzzahn konnte nicht hören, wie laut ihr Herz hämmerte. Einen unerträglichen Moment lang schwieg er. Dann nahm er einen Schluck aus seiner Karaffe und tupfte sich den Grog vom Schnurrbart.

„Ich nehme nicht an", sagte Schwarzzahn endlich, „dass du da in deiner Tasche den Kopf eines Seeungeheuers hast? Oder vielleicht eine weiße Flagge von einem Piratenkönig, der sich ergeben hat?"

Hilary schaute auf die Tischfläche hinab, die von Hunderten von Piratenhaken zerkratzt war. „Ihr wisst ganz genau, dass es nicht so ist."

„Dann hast du wieder einmal meine Befehle missachtet", sagte Schwarzzahn. „Aber das hast du natürlich bereits in deiner Korrespondenz erklärt." Er zog ein feuchtes und zerknittertes Stück Papier mit Hilarys

Handschrift heraus und glättete es vor sich auf dem Tisch. „Ich muss sagen, ich bewundere deinen Mut. Die meisten Halunken würden es nicht wagen, den Präsidenten des Piratenclubs über die wahre Natur der Piraterie zu belehren."

Hilary erwiderte seinen Blick. „Nun, Sir", sagte sie, „Ihr habt mir doch gesagt, ich solle kühn und wagemutig sein."

Kapitän Schwarzzahn lachte, doch der Klang war wenig beruhigend. „Ich habe dir außerdem gesagt, du sollst mich beeindrucken", sagte er. „Stattdessen forderst du mich jedes Mal heraus. Es steht dir nicht an festzulegen, was piratenhaft ist und was nicht." Er nahm noch einen Schluck Grog. „Aber ich bin kein Tyrann, Piratin Westfield. Ich sehe nun, dass du alles, was ich dir verbieten würde, nur umso eifriger tun würdest. Deshalb bin ich bereit, über dein Argument nachzudenken. Unter deinen speziellen Umständen könnte die Zauberin zu retten tatsächlich piratenhaft sein."

„Könnte es?" Hilary beugte sich vor. „Oh, danke, Käpt'n ..."

„Ich bin noch nicht fertig, Piratin! Die Zauberin in angemessen säbelrasselnder Manier zu retten bringt dir vielleicht den Respekt einer Handvoll Galgenstricke. Aber an der Rettung der Zauberin zu scheitern ist nicht im Geringsten piratenhaft. Ich kann mir nicht vorstellen, dass dein Ruf so einen Schlag überleben würde – genauso wenig natürlich wie deine Mitgliedschaft im Club.

Bist du dir absolut sicher, dass du dieses Risiko eingehen kannst?"

„Natürlich!", sagte Hilary. Wenn sie überzeugt genug klang, würde Kapitän Schwarzzahn sie vielleicht nicht noch weiter befragen. „Tatsächlich sind meine Gefährten und ich sogar schon ziemlich weit gekommen auf unserer Suche nach Miss Pimm."

„Wirklich!" Kapitän Schwarzzahn verschränkte die Arme. „Ihr wisst sicher, wo sie ist?"

„Na ja, nicht direkt", sagte Hilary, „aber ..."

„Ah. Dann wisst ihr vielleicht, wer sie entführt hat? Seid ihr überzeugt, dass ihr die Bösewichte besiegen könnt?"

Die Totenköpfe, die auf die Rückseite von Kapitän Schwarzzahns Spielkarten gedruckt waren, grinsten Hilary an, und ihr höhnischer Gesichtsausdruck gefiel Hilary gar nicht. „Sie nennen sich *die Meuterer*, Sir", sagte sie. „Wenn ich sie erst aufgespürt habe, dürfte es kein Problem mehr sein, die Zauberin zu finden."

„Aber du weißt nicht, wer diese Meuterer sein könnten."

Hilary starrte ihn an, doch sie konnte kein Wort sagen.

„Ganz genau", sagte Kapitän Schwarzzahn. „Du suchst die Zauberin jetzt schon eine ganze Weile, und mir scheint, du hast keine einzige nützliche Information aufgetan."

„Dann muss ich eben einfach weitersuchen", sagte Hilary. „Wenn der Club mir so gern helfen möchte, kann ich vielleicht Eure Kameraden fragen, ob sie von dieser ruchlosen Bande gehört haben …“

Doch Kapitän Schwarzzahn hob die Hand. „Leider können wir dir dabei nicht helfen“, sagte er. „Die Zauberin ist genau an dem Abend verschwunden, als wir unsere Mittsommer-Picknicks auf Gunpowder Island veranstaltet haben. Selbstverständlich hatte der ganze Club seine ungeteilte Aufmerksamkeit darauf gerichtet. Wir waren alle ziemlich mit dem aufregenden Staffelrennen im Schwimmen beschäftigt.“ Er warf Hilary einen bedeutsamen Blick zu. „Aber das wüsstest du natürlich, wenn du dort gewesen wärst.“

Hilary seufzte. „Mir war nicht bewusst, dass es besonders kühn und wagemutig ist, an einem Picknick teilzunehmen.“

Kapitän Schwarzzahn ignorierte das. „Ich habe dich schon dreimal verwarnt, Piratin Westfield, und noch eine Warnung bekommst du nicht. Aber du hast immer noch Zeit, es dir anders zu überlegen. Wenn du deine Suche aufgibst und auf eine vom Club für gut befundene Mission gehst, wird jeder Halunke im Königreich deinen Namen bejubeln. Du wirst die besten Schätze in Augusta plündern dürfen. Und ich“, sagte er, „werde nicht wie ein Dummkopf dastehen, weil ich dir vertraut habe. Wenn du aber darauf bestehst, die Zauberin zu verfolgen, bin ich mir ziemlich sicher, dass du scheitern wirst. Ich kann mir nicht vorstellen, wie du auf Hoher See je wieder mit erhobenem Kopf erscheinen kannst –

vorausgesetzt natürlich, dass du nicht auf deren Grund liegst."

Hilary rückte ihren Stuhl vom Tisch ab und stand auf. „Vielleicht vergesst Ihr, dass ich der Schrecken des Südens bin", sagte sie. „Ich gebe keine Suche auf, und ich lasse meine Freunde nicht im Stich."

„Mir scheint", schnarrte Kapitän Schwarzzahn, „der Schrecken des Südens sollte weise genug sein zu wissen, wann er keine Hoffnung auf Erfolg hat. Du willst deinen Titel doch behalten, oder?"

Hilary nahm Kapitän Schwarzzahns Groghumpen und knallte ihn auf den Tisch, dass der Grog über alle Spielkarten spritzte. „Wenn ich es nicht besser wüsste", sagte sie lauter als beabsichtigt, „würde ich glauben, Ihr wollt gar nicht, dass ich die Zauberin finde."

Einen Moment lang fiel Schweigen über den *Salzigen Keks*. Alle Piraten drehten sich zu Hilary um. Dann ging ein Zischen durch die Grogschenke, als würde jeder einzelne Pirat sein Schwert ziehen. Der verschüttete Grog tropfte klebrig auf Hilarys Stiefel, und sie merkte, dass die Schwerter alle auf sie gerichtet waren.

„Kapitän Schwarzzahn", rief ein Pirat, „wer ist dieser Tunichtgut, der hier so meuterisch aufmuckt?"

„Sollen wir Eure Ehre verteidigen?", fragte ein anderer.

„Aye!", schrien mehrere weitere Piraten im Chor.

„Ruhig, Kameraden! Das wird nicht nötig sein", sagte Kapitän Schwarzzahn. Einige der näher stehenden

Piraten rückten schon gegen Hilary vor, und die Worte des Kapitäns gingen in dem Tumult unter. Sie griff nach ihrem Schwert und stellte entsetzt fest, dass ihre Beine zitterten, als wäre sie eine Landratte an ihrem ersten Tag auf See. Charlie hatte ihr so viel im Schwertkampf beigebracht, wie er konnte. Hilary bezweifelte aber, dass sie es mit einer Grogschenke voller wütender Piraten aufnehmen und dann mit allen Gliedmaßen daraus hervorgehen konnte.

Der Wasserspeier schob sich ein Stück aus der Segeltuchtasche heraus und musterte die näher kommenden Piraten. „Ähm, Hilary“, sagte er, „ich könnte mich irren, aber ich habe den Eindruck, diese Halunken wollen uns durchbohren.“

„Ja“, sagte Hilary. „Ich glaube, du hast recht.“

Der Wasserspeier warf ihr einen nervösen Blick zu. „Du musst mich doch nicht benutzen, oder? Zum Schutz, meine ich?“ Er zögerte. „Vielleicht tut es mir auch gar nicht zu sehr weh.“

„Keine Sorge, dazu wird es nicht kommen“, sagte Hilary, „und ich breche meine Versprechen gegenüber meinen Freunden nicht so leicht wie Kapitän Schwarzzahn das gerne hätte.“ Sie hob ihr Schwert, als sich ein Pirat mit einem Papagei auf der Schulter vor ihr aufbaute. Weder der Pirat noch der Papagei sahen besonders erfreut aus, ihre Bekanntschaft zu machen. „Wenn du mich anrührst“, sagte Hilary zu dem Piraten, „lasse ich deine Kniebundhose vom Fahnenmast vor dem Palast der Königin flattern, und dasselbe gilt für die Schwanzfedern deines Freundes." Sie zeigte mit der Klinge auf den Papagei. „Und jetzt geh sofort zur Seite!"

Aber der Pirat ging nicht zur Seite. Stattdessen holte er mit dem Schwert nach Hilary aus, schnitt ihr das Zopfende ab und schlug ihr das Schwert aus der Hand, dass es scheppernd in einer Grogpfütze auf dem Boden landete. „Du machst mir keine Angst, du kleiner Halunke", sagte er. „Wenn du nicht immer noch ein Clubmitglied wärst, hätt' ich dich schon in Stücke geschnitten."

Plötzlich wurde die schwere Tür des *Salzigen Kekses* aufgerissen, knallte an die Wand, und ein Durcheinander von Piratengeräuschen entstand unter den Männern, die dem Eingang am nächsten waren.

„Geht bitte zur Seite", sagte eine sehr korrekte Stimme. „Und wedle nicht mit diesem Dolch vor meiner Nase, junger Mann. Du stichst dir noch selbst das Auge aus, wenn du nicht vorsichtig bist – ah, und ich sehe, das warst du auch nicht."

Der Pirat mit dem Papagei auf der Schulter wirbelte herum, um zu sehen, was das für ein Aufruhr war. Kapitän Schwarzzahn runzelte die Stirn. „Wer in aller Welt könnte das sein?", murmelte er.

Hilary ließ den Atem herausströmen, den sie seit fast einer Minute angehalten hatte. „Eine Freundin", sagte sie, während sie ihr Schwert aufhob, „wenn auch leider eine, die Ihr nicht gutheißt."

Das Meer der Piraten begann sich zu teilen, und Miss Greyson marschierte forsch mitten hindurch. „Sagt nicht ‚Arr!' zu mir, mein lieber Freund", sagte sie zu einem kleinen, beleibten Piraten. „Das ist nicht notwendig. Ich versichere Euch, ich habe schon Schulmädchen gesehen, die furchterregender waren."

Der kleine, beleibte Pirat sank in sich zusammen und starrte Miss Greyson an. Genau wie alle anderen. Sie trug ihre besten Reisekleider und hielt ihre magische Häkelnadel in der Hand – zum Schutz gegen die Piraten, nahm Hilary an, obwohl sie sie ganz sicher nicht zu brauchen schien. Ein paar Schritte hinter ihr folgten Charlie und Claire. Charlie hatte sein Schwert gezogen und Claire drohte jedem Piraten mit einer Haarnadel, der es wagte, eine Waffe auf sie zu richten. Am Ende der Prozession kam der schicke Pirat, der ihnen die Tür geöffnet hatte. Er sah jetzt nur noch halb so hochnäsig aus wie vorher und dafür doppelt so rückgratlos. Hilary fragte sich, was Miss Greyson wohl zu ihm gesagt hatte.

„Entschuldigung", sagte Miss Greyson, als sie sich an dem Piraten mit dem Papagei auf der Schulter vorbeidrängelte. Dann entdeckte sie Hilary und umarmte sie stürmisch. „Geht es dir gut?", fragte sie. „Und der Wasserspeier, wie geht es dem?"

Hilary konnte sich nicht entscheiden, ob sie erleichtert sein oder sich zu Tode schämen sollte. Demnächst würden alle Schurken und Halunken auf Hoher See darüber lachen, wie der Schrecken des Südens von ihrer

Gouvernante gerettet worden war. Es war ein Wunder, dass Kapitän Schwarzzahn sie nicht auf der Stelle aus dem Club ausschloss. „Uns geht es hervorragend“, sagte Hilary zu den Falten in Miss Greysons Reisejacke. „Könntet Ihr mich bitte loslassen? Ich glaube, Ihr zerquetscht meine Fürchterlichkeit.“

„Natürlich. Das tut mir leid.“ Miss Greyson trat zurück. „Und das, nehme ich an, ist Kapitän Schwarzzahn.“ Sie musterte den Kapitän von oben bis unten. „Ich finde gar nicht so sehr, dass Ihr wie eine Seegurke ausseht.“

Bevor Kapitän Schwarzzahn jedoch etwas erwidern konnte, hatte Miss Greyson Hilary schon bei der Hand genommen und führte sie zur Tür. „Es war mir ein Vergnügen, Euch alle kennenzulernen“, sagte sie zu den versammelten Piraten, „aber leider müssen der Schrecken und ich sofort aufbrechen. Wir haben sehr viel zu besprechen.“

„Und ich“, sagte Hilary, „muss eine Zauberin retten.“ Sie nickte Kapitän Schwarzzahn zu, doch der starrte ihr nur nach, als Miss Greyson sie, Claire und Charlie aus dem *Salzigen Keks* hinaus auf die Straße scheuchte.

„So“, sagte Miss Greyson, während sie ihre weißen Glacéhandschuhe abklopfte. „Ich kann nicht sagen, dass mir dieses Etablissement gefällt. Dieser Bursche an der Tür war recht ordentlich gekleidet, aber er hatte nicht die passenden Manieren dazu.“

Hilary starrte sie an. „Bitte sagt mir, dass Ihr nicht den

ganzen Weg von Queensport hierhergereist seid, um Euch über Piratenetikette zu beschweren", sagte sie. „Was tut Ihr überhaupt hier? Und warum seid Ihr nicht auf der *Taube*?"

Miss Greyson presste die Lippen zusammen. Normalerweise war ihre frührere Gouvernante makellos gekleidet. Doch heute, im frischen Nachmittagslicht, sah sie ganz zerzaust aus: Der Kragen ihrer Jacke war fleckig, ihr Kleid ungebügelt, und als sie einen Schritt nach vorn machte, konnte Hilary sehen, dass einer ihrer Schnürsenkel offen war.

„Wir müssen reden", sagte Miss Greyson schließlich, „Aber nicht hier, wo zu viele fragwürdige Personen in der Nähe sind." Sie schaute zum *Salzigen Keks* hinüber, vor dessen Eingangstür sich eine kleine Gruppe schlecht rasierter Piraten versammelt hatte.

„Unser Schiff liegt im Hafen von Queensport vor Anker", bot Charlie an. „Wir könnten dorthin gehen."

Miss Greyson nickte womöglich noch nachdrücklicher als sonst. „Ja", sagte sie, „ich glaube, das würde genügen." Dann hob sie ohne ein weiteres Wort der Erklärung ihre Röcke an und begann, in Richtung Hafen zu eilen. Ihr Schnürsenkel schleifte hinter ihr her und Hilary hatte keine andere Wahl, als ihr zu folgen.

Miss Greyson hastete so flink durch die gewundenen Gassen, dass die anderen Mühe hatten, mit ihr Schritt zu halten. „Wie habt ihr sie gefunden?", fragte

Hilary Charlie, während sie über das Kopfsteinpflaster eilten.

„Reines Glück“, sagte er. „Claire und ich sind mit der *Kleinen Taube* in den Hafen von Queensport gesegelt, genau wie du gesagt hast. Dann wollten wir diese Schenke, den *Salzigen Keks* suchen, denn da wollte dich dieser Twigget-Bursche ja hinbringen. Aber wir konnten sie nicht finden und endeten vor dem Bahnhof mitten in der Stadt.“

„Wir wollten jemanden nach dem Weg fragen“, schaltete sich Claire ein. „In dem Augenblick kam ein Zug an, und die erste Person, die aus dem Waggon stieg, war Miss Greyson! Wir rannten natürlich hin, um sie zu begrüßen. Sie war furchtbar überrascht, uns zu sehen.“

„Als wir ihr erzählten, dass du losgezogen bist, um Kapitän Schwarzzahn zu treffen“, sagte Charlie, „wurde sie ganz ernst und gouvernantenhaft und sagte, sie müsse sofort mit dir sprechen. Dann zog sie ihre Häkelnadel heraus und ließ sich von ihr zum *Salzigen Keks* führen. Zum Glück war die Schenke ganz in der Nähe.“

„Etwas Schlimmes muss passiert sein“, flüsterte Hilary. „Ich habe sie noch nie so verstört gesehen – nicht einmal, als ich während der Geschichtsstunde eine Kaulquappe in ihre Teetasse gesetzt habe.“

Sie bogen um eine Ecke und kamen in den Hafen, wo Miss Greyson mit verschränkten Armen auf sie wartete. Charlie führte sie zum Anleger, wo er die *Kleine Taube* vertäut hatte, und sie kletterten alle an Bord. Mit Miss

Greyson und dem Wasserspeier, der bei Hilary bleiben wollte und sich weigerte, in sein bequemes Nest zu steigen, wurde es ziemlich eng.

Hilary holte eine Flasche Ingwerbier aus dem Lagerraum der *Kleinen Taube* und goss ein wenig davon in die abgestoßene gelbe Teetasse, die sie aus Jaspers Bungalow geliehen hatte. „So“, sagte sie und gab Miss Greyson die Tasse, „erzählt uns bitte, was passiert ist.“

Miss Greyson schloss die Hände um ihre Teetasse. „Es geht um Jasper“, sagte sie schließlich. „Ich glaube, er ist in sehr großer Gefahr.“

„Aber er ist auf seiner Konferenz für freiberufliche Piraten!“, sagte Hilary. „Oder nicht?“

Miss Greyson nahm zögernd einen Schluck Ingwerbier. „Ich habe nicht die geringste Ahnung, wo er ist. Er hat mir versprochen, mir zu schreiben, sobald er auf der Konferenz angekommen ist, aber ich habe nichts von ihm gehört. Erst dachte ich, er hätte es vergessen oder dass der Postbote seinen Brief verloren hätte. Also schrieb ich ihm mehrere Nachrichten, um mich zu vergewissern, dass er eine gute Reise hatte.“ Miss Greyson setzte ihre Teetasse ab. „Ich hielt es für das Klügste.“

„Aber Ihr habt keine Antwort bekommen?“, fragte Hilary.

„Doch“, sagte Miss Greyson, „ich habe eine bekommen – aber sie war nicht von Jasper. Ich glaube, ich zeige dir das elende Ding besser.“ Aus ihrer Reisetasche zog sie einen Umschlag, der in einer vertrauten, eleganten

Handschrift adressiert und mit einem gebrochenen blauen Siegel gestempelt war.

Hilary fühlte sich mit einem Mal sehr schwach und der Wasserspeier wurde schwer in ihren Armen. „Die Meuterer“, sagte sie.

Miss Greyson gab Hilary den Brief. „Sie sagen, sie haben Jasper in ihrer Gewalt, und wenn ich versuche, ihm zu schreiben oder nach ihm zu suchen, werden sie …“ – sie zögerte – „na ja, ich kann den Gedanken nicht ertragen, aber sie werden ihn auf höchst ungehörige Art behandeln.“

Hilary versuchte, sich auf den Brief der Meuterer zu konzentrieren, doch die Wörter verschwammen vor ihren Augen wie kleine, bösartige Fische. Es war aber auch nicht so wichtig, denn sie konnte sich ihre Drohungen nur allzu gut vorstellen.

„Was ist mit den anderen freiberuflichen Piraten?“, fragte Charlie. Seine Stimme zitterte ein bisschen, und er räusperte sich. „Wurden sie auch entführt?“

„Es gibt keine anderen Piraten“, sagte Miss Greyson rasch. „Jaspers alte Crewkameraden, die mir auf der *Taube* zur Hand gegangen sind, haben alle freiberuflichen Piraten kontaktiert, die sie kennen. Kein einziger von ihnen wusste etwas von so einer Konferenz.“ Sie trank den Rest ihres Ingwerbieres aus. „Ich fürchte, das Ganze war nur eine Falle.“

Claire schauderte. „Wie schrecklich!“

„Da bin ich ganz deiner Meinung“, sagte Miss Greyson.

„Dank deinem Brief, Hilary, wusste ich, dass diese speziellen Bösewichte dieselben waren, die auch Miss Pimm entführt haben. Deswegen sind wir mit der *Taube* sofort nach Pemberton gesegelt. Ich wollte die Inspektoren der Königin um Hilfe bitten, und ich nahm den Brief als Beweisstück mit. Doch ein fürchterlicher kleiner Mann namens Hastings sagte mir, er habe nie von irgendwelchen Meuterern gehört und er könne die Zeit seiner Männer nicht mit so belanglosen Dingen wie der Suche nach Piraten verschwenden."

„Hilary hat Tee über ihn verschüttet", erzählte der Wasserspeier Miss Greyson. „Und ich bin froh darüber."

„Ich würde es wieder tun, wenn ich könnte", sagte Hilary grimmig. „Er wollte also wirklich keinen Finger rühren, um Jasper zu suchen?"

„Er hat mir nicht einmal gestattet, lange genug in seinem Büro zu bleiben, um ihn zu schelten", sagte Miss Greyson. „Ich war natürlich außer mir. Ich bat Jaspers Kameraden, auf die *Taube* aufzupassen, und reiste mit dem Zug nach Queensport. Hier wollte ich Mr Hastings Vorgesetzte davon überzeugen, meinen Fall zu übernehmen. Aber jetzt, wo ich euch alle gefunden habe, wird das vielleicht nicht nötig sein."

„Das wird es nicht", versicherte ihr Charlie. „Ich glaube, diese Inspektoren würden nicht einmal Salzwasser finden, wenn sie ins Meer fallen würden."

Hilarys Mund fühlte sich so trocken an, als hätte sie monatelang nichts anderes als Zwieback gegessen. „Ich glaube, das ist meine Schuld“, sagte sie. „Die Meuterer sagten mir, wenn ich weiterhin nach Miss Pimm suche, würden sie meinen Freunden etwas Schreckliches antun. Das haben sie nun wohl tatsächlich getan.“

„Natürlich ist es nicht deine Schuld!“ Claire legte Hilary den Arm um die Schultern. „Die Meuterer haben Jasper vor Tagen entführt, bevor du überhaupt angefangen hast, nach Miss Pimm zu suchen. Du darfst dich nicht verantwortlich fühlen.“

„Aber ich *bin* verantwortlich“, sagte Hilary. „Ich bin der Schrecken des Südens. Wenn ich nicht dafür sorgen kann, dass meine Kameraden in Sicherheit sind, kann ich sie zumindest retten, wenn sie entführt wurden.“ Sie schaute finster übers Wasser. „Auch wenn Kapitän Schwarzzahn nicht glaubt, dass ich es schaffe.“

Miss Greyson nickte. „Du hast ganz recht, Hilary. Wir müssen tun, was wir können, um Jasper zu finden – und Miss Pimm natürlich.“ Sie setzte sich ein wenig aufrechter hin. „Wir sollten also auf der Stelle aufhören, Trübsal zu blasen, und überlegen, wie wir sie retten könnten. Was habt ihr über die Meuterer herausgefunden?“

Charlie seufzte. „Nicht viel. Wir wissen, dass sie gemein sind und dass sie eine extravagante Schrift haben.“

„Wir dachten, Philomena Tilbury könnte vielleicht eine von ihnen sein“, fügte Claire hinzu. „Anscheinend ist sie aber zu sehr damit beschäftigt, mit Herren der High Society zu Abend zu essen, um eine Zauberin zu entführen.“

„Ich bin leider auch ratlos“, sagte Miss Greyson. „Wenn wir nicht wissen, wer diese Meuterer sind oder was sie planen, was können wir dann tun?“

Alle schauten Hilary an.

Das, wusste Hilary, war der Moment, wo sich ein Piratenkapitän eine geniale Lösung für sämtliche Probleme einfallen lassen sollte. Wenn Jasper hier gewesen wäre, hätte er sich aufs Stichwort geräuspert und einen schlauen Plan verkündet. Doch Jasper war meilenweit weg, entführt von Meuterern, und Hilary hatte keinen schlauen Plan zu verkünden. Ein beklommenes Schweigen hing über dem Schiff.

„Eines haben wir noch nicht versucht“, gab Hilary zu. Es war das Letzte auf der Welt, das sie tun wollte, und es half möglicherweise überhaupt nichts. Aber hatte sie jetzt, da Miss Pimm und Jasper beide in Gefahr waren, eine Wahl? Die Meuterer waren eindeutig die schlimmste Sorte Übeltäter, und Hilary kannte nur eine Person, die bösartig genug war, mit so einer Bande zu tun zu haben. Sie schaute in die angespannten Gesichter ihrer Crew und kratzte gerade genug Kühnheit und Wagemut zusammen, um ihren Plan zu verkünden. „Morgen früh“, sagte sie, „gehe ich zum königlichen Kerker und spreche mit meinem Vater.“

Ein Auszug aus *Der Wasserspeier: Eine Heldengeschichte.* Vom Wasserspeier

Niedergeschrieben von H. Westfield

Das Leben eines Wasserspeiers ist nicht immer so glamourös, wie man glauben mag. Über die Jahrhunderte habe ich als Hauswasserspeier in Westfield House gedient. Generationen von Westfields piksten mich, schnitten mir Grimassen und vergaßen, mich hinter den Ohren abzustauben. Kaum einer hat mich je gebeten, etwas Nützliches zu tun, obwohl Cecily Westfield immerhin einmal meine Magie benutzte, um das Haus vor einem Feuer zu schützen, das die halbe Nachbarschaft niederbrannte. Sie war eine der Netteren.

Doch dann gab es noch Reginald Westfield, der mich zwang, ihn jedes Mal vor dem Koch zu beschützen, wenn der ihn dabei erwischte, wie er Süßigkeiten aus der Speisekammer stahl. Seine Finger hinterließen klebrige Bonbonreste auf meiner Schnauze, aber entschuldigte er sich dafür? Nie! Ich denke auch nicht gerne an Lady Agatha Westfield zurück, die fast dreißig Jahre Ringelblumen in Töpfen auf meinem Kopf balancierte. Doch die meisten anderen ignorierten mich einfach, boten nie an, mir eine spannende Geschichte vorzulesen oder einen Imbiss zu bringen, doch sie belästigten mich auch nie mit lächerlichen magischen Bitten – bis James Westfield daherkam. James ignorierte mich nicht, und am Anfang dachte ich, er

sei für einen Westfield vielleicht gar nicht so schlecht. Als er noch sehr jung war, bat er mich, ihn vor den Jungs zu beschützen, die ihn in der Schule ärgerten, und ich tat mein Bestes. Doch als James älter wurde, forderte er andere Arten von Magie – ich sollte ihn zum größten Segler der Hohen See machen oder dafür sorgen, dass die anderen Jungs seine Befehle befolgten. Als ich ihm sagte, dass ich so etwas nicht könne, nannte er mich ein nutzloses Biest und sagte mir, wenn ich ihm nicht helfe, würde er sich einfach einen besseren magischen Gegenstand besorgen – einen, der nicht so redselig und dumm sei. Während er das sagte, lieber Leser, hatte er seine Hand auf meiner Schnauze, und ich wünschte, ich hätte ihn gebissen.
Nicht lange danach verließ James sein Zuhause, um sich der königlichen Marine anzuschließen. Ein paar Jahre später kam er zurück, brachte seine Frau und sein Baby mit, aber er besuchte meine Tür nie wieder. Jetzt residiert er im königlichen Kerker, und wenn es meiner Assistentin nichts ausmacht, dass ich das so sage: Ich hoffe, er bleibt dort mindestens die nächsten drei Jahrhunderte.

KÖNIGREICH AUGUSTA

BÜRO DES KÖNIGLICHEN BUCHFÜHRERS.

FORMULAR 40D: ANTRAG AUF BESUCH IM KÖNIGLICHEN KERKER

INSTRUKTIONEN: Bitte leserlich und mit Tinte schreiben. Dieses Formular zu Beginn des Besuchs dem Kerkerangestellten vorlegen. Dietriche, Waffen, magische Gegenstände und Bestechungsgelder sind im königlichen Kerker nicht gestattet.

NAME DES BESUCHERS: *Piratin Hilary Westfield*

NAME DES GEFANGENEN: *Admiral James Westfield*

VERBRECHEN DES GEFANGENEN: *versuchter Magiediebstahl, Komplott zum Sturz der Königin*

BEZIEHUNG DES BESUCHERS ZUM GEFANGENEN: *im Moment leider ziemlich beeinträchtigt*

DIES WIRD EIN (bitte eine Möglichkeit ankreuzen):

☒ GESCHÄFTSTERMIN ☐ ANSTANDSBESUCH
☐ WOHLTÄTIGKEITSBESUCH ☐ DONNERWETTER
☐ KOMPLOTT

SEID IHR EIN (bitte Zutreffendes ankreuzen):

☐ SCHUFT ☐ BÖSEWICHT
☐ FLÜCHTIGER ☒ PIRAT

Wird in der oben stehenden Zeile eine Möglichkeit angekreuzt, werdet Ihr euch dann am Ende Eures Besuchs im königlichen Kerker SELBST STELLEN? –
Ich bezweifle es ernsthaft.

Werdet Ihr während Eures Besuchs versuchen, DEN GEFANGENEN ZU BEFREIEN? – *Auf keinen Fall.*

Im folgenden Feld könnt Ihr ein kurzes GESUCH ZUR FREILASSUNG EURES GEFANGENEN verfassen. Seid bitte so eloquent wie möglich.
Meinetwegen kann der Gefangene bleiben, wo er ist.

Danke, dass Ihr Euch an die Regeln und Vorschriften des Königreiches Augusta haltet. Genießt Euren Aufenthalt im königlichen Kerker!

Kapitel Zehn

Obwohl Hilary darauf bestanden hatte, dass sie den Kerker sehr gut allein besuchen könne, hatte niemand darauf gehört. Jetzt folgten Miss Greyson, Charlie und Claire Hilary durch die Straßen von Queensport, und sie musste zugeben, dass sie sich mit ihrer Crew viel mehr wie der Schrecken des Südens fühlte. „Schließlich“, sagte sie zu dem Wasserspeier, der in der Tasche an ihrer Seite hin- und herschwang, „sind wir tapfere Freibeuter auf dem Weg zum Verhör des Bösewichts, den wir gefangen genommen haben. Was soll daran beängstigend sein?“

„Die Dunkelheit“, sagte der Wasserspeier, „und die Feuchtigkeit. Die Mäuse und der Schimmel.“ Er schauderte. „Ganz zu schweigen von deinem Vater.“

Hilary hatte erwartet, dass der königliche Kerker grau, finster und bedrohlich sein würde – so ähnlich wie Miss Pimms Mädcheninternat, nur mit mehr Bösewichten und weniger Gouvernanten. Als sie aber in die Auffahrt einbog, sah sie, dass der Kerker aus den gleichen blassgelben Ziegeln gebaut war wie der Palast der Königin und dass sich jemand ziemlich viel Mühe gegeben hatte, den Vorgarten präsentabel zu gestalten. Wie viele

Häuser in Queensport besaß auch der Kerker Flure mit Buntglasfenstern, wenn diese hier auch mit Eisengittern verstärkt waren. Auf jedem Fenster war eine andere Art Gauner oder Schuft abgebildet: Auf einer Scheibe goss ein Giftmischer etwas Grünes aus einem Flakon in einen Kelch, und ein Beutelschneider im nächsten Fenster versuchte, dem Giftmörder in die Tasche zu greifen.

„Es ist ziemlich hübsch, nicht wahr?", sagte Claire, als sie den Plattenweg entlanggingen und an die Tür klopften. „Ein bisschen zu hübsch, um wahr zu sein."

„Keine Angst", sagte Miss Greyson, „in den unterirdischen Kerkern ist es deutlich weniger angenehm." Vor Kurzem war Miss Greyson selbst irrtümlich für eine Kriminelle gehalten und in den Kerker geschickt worden, und sie versicherte ihnen, dass die Zellen wohl kaum luxuriös waren. „In den oberen Räumlichkeiten werden selbstverständlich keine Gefangenen eingesperrt – das würde die Atmosphäre stören, wisst ihr?"

Sie wurden von der Kerkerangestellten begrüßt, einer kleinen Frau mit runder Brille auf der Nase. „Willkommen im königlichen Kerker", sagte sie. „Waffen und magische Gegenstände hier hinein, bitte." Hilary und Charlie legten ihre Schwerter in den Korb, den die Frau ihnen hinhielt. Hilary ließ außerdem ihren magischen Gegenstand hineinklirren, Claire steuerte den Beutel mit den restlichen Münzen von Kanonenkugel-Jack bei, und Miss Greyson zog mit einem widerwilligen Seufzen ihre Häkelnadel aus ihrem Dutt. Die Angestellte sah leicht beunruhigt über den Inhalt des Korbes aus und noch beunruhigter über die Anwesenheit von Miss Greyson. „Ihr kommt mir schrecklich bekannt vor", sagte sie. „Könnte es sein, dass Ihr zufällig eine Flüchtige seid?"

„Ich bin Gouvernante, Buchhändlerin und Piratin", sagte Miss Greyson steif, „und obwohl ich einmal Gefangene war, bin ich jetzt rehabilitiert, vielen Dank."

Die Angestellte räusperte sich. „Also gut", sagte sie. „Habt Ihr Eure Besucherformulare dabei?"

Sie reichten der Angestellten alle die Papiere, die Miss Greyson ihnen am Abend zuvor zum Ausfüllen gegeben hatte, und die Angestellte schaute sie durch. Viermal hintereinander schnalzte sie mit der Zunge. Dann kehrte sie an ihren Schreibtisch zurück, fuhr mit dem Finger ein außergewöhnlich langes Stück Pergament entlang, blinzelte durch ihre runde Brille und schnalzte noch einmal mit der Zunge. „Leider kann ich Euch nicht allen den Zutritt erlauben", sagte sie. „Dieser Gefangene darf pro Tag nur zwei Besucher bekommen, und er hatte heute Morgen schon einen."

„Das war wahrscheinlich Mutter", sagte Hilary. „Ich dachte, sie käme nur jeden vierten Dienstag zu Besuch." Sie schaute Miss Greyson zu ihrer Linken an, dann Charlie und Claire zu ihrer Rechten, und fragte die Angestellte: „Seid Ihr ganz sicher, dass nur einer von uns eintreten darf?"

Die kleine Frau schaute Hilary über ihre Brille hinweg an. „Das sind die Regeln, Miss … ähm …“ Sie konsultierte Hilarys Formular. „Miss Piratin.“

Charlie trat vor und beugte sich über den Schreibtisch der Angestellten. „Dann ist es ja ein Glück“, sagte er, „dass wir Piraten uns nicht groß um Regeln scheren. Wir sind Hilarys Crew und wir müssen mit ihr gehen.“

„Zur Unterstützung“, fügte Miss Greyson hinzu.

„Und um Admiral Westfield böse anzuschauen“, sagte Claire. „Darauf freue ich mich schon den ganzen Morgen.“

Doch die Angestellte weigerte sich nachzugeben. „Nur Miss Piratin darf eintreten, Punktum! Ich werde ein sehr scharfes Auge auf den Rest von Euch werfen, um sicherzugehen, dass niemand davonwieselt.“

„Tut mir leid, Schrecken.“ Charlie drückte ihre Schulter. „Du schaffst das schon.“

„Danke, Pirat Dove“, sagte Hilary, die hoffte, dass er recht hatte.

Die Angestellte zeigte den Flur entlang auf eine Eisentür, auf der KERKER stand. „Wenn Ihr bitte durch diese Tür gehen wollt, Miss Piratin. Ihr habt doch keine Waffen in Eurer Tasche, oder? Vielleicht auch zusätzliche Magie?“

Hilary steckte die Hand in die Tasche und drückte den Wasserspeier nach unten. „Auf keinen Fall“, sagte sie. „Ich habe überhaupt keine magischen Gegenstände in dieser Tasche. Keinen einzigen.“

„Hey!“, sagte der Wasserspeier. „Vergisst du dabei nicht …“

Hilary pikste den Wasserspeier fest in die Seite und hustete heftig, um seine Proteste zu übertönen. Claire begann ebenfalls zu husten, und Hilary warf ihr einen dankbaren Blick zu. Miss Greyson verengte die Augen, sagte aber nichts. Bevor die Angestellte weiter nachforschen konnte, ging Hilary so mutig, wie sie konnte, durch die Tür, auf der KERKER stand.

Hinter der Tür befand sich eine feuchte, dunkle Wendeltreppe, die noch feuchter und dunkler wurde, je tiefer sie sich in die Erde drehte. Als Hilary an ihrem Fuß angekommen war, konnte sie kaum noch die Wände um sich sehen. Spüren konnte sie sie aber; die Steine fühlten sich unter ihren Fingern glitschig an, außer dort, wo sie moosbewachsen waren. Die Luft roch so faulig wie der Kielraum eines Schiffes. Hilary war nie gern unter Deck der *Taube* geklettert, aber wenigstens lauerten dort in der Dunkelheit keine Bösewichte. „Das gefällt mir gar nicht“, flüsterte sie dem Wasserspeier zu. „Glaubst du, wir machen einen furchtbaren Fehler?“

Sie hörte den Wasserspeier in seiner Tasche rumoren. „Da vorne ist Licht“, sagte er. „Wenigstens glaube ich das. Wasserspeier haben ein ausgezeichnetes Sehvermögen.“

Hilary machte ein paar behutsame Schritte vorwärts, und bald konnte sie eine Reihe brennender Laternen erkennen. Sie hingen an der Wand und darüber stand auf einem Schild:

ZUSATZLATERNEN

FREUNDLICHERWEISE ZUR VERFÜGUNG GESTELLT
VON EUREM KÖNIGLICHEN KERKER
BITTE NUR EINE LATERNE PRO BESUCHER

Hilary nahm die nächste Laterne von ihrem Haken und konnte jetzt in ihrem flackernden Licht die düstere Umgebung des Kerkers erkennen. Nur ein Weg führte weiter, also ging Hilary dort entlang. Mit ihrer Laterne leuchtete sie in jede Gefängniszelle, an der sie vorbeikam. Die meisten Zellen waren leer, aber ab und zu grinste sie ein schändliches Gesicht hinter den Gitterstäben an. Es waren Halsabschneider und Taschendiebe, Erpresser und Einbrecher, und ein paar sahen aus wie Piraten. Aber keiner war ihr Vater. Jedes Mal, wenn ihr Licht ein unbekanntes Gesicht traf, schwankte Hilary zwischen Entsetzen und Erleichterung.

Sie griff in ihre Tasche, wo der Wasserspeier tröstend den Schwanz um ihre Hand schlang. „Ein Pirat hat keine Angst, stimmt's?", fragte er.

„Das stimmt", sagte Hilary, auch wenn ihr nicht so recht gefiel, wie ihre Stimme dabei zitterte.

„Dann war wahrscheinlich kein Pirat je im königlichen Kerker", sagte der Wasserspeier. „Mich gruselt hier."

Der einzige andere Besucher des Kerkers war eine große Frau in Pfauenblau, die auf Hilary zueilte und sie beinahe umrannte, ohne sie eines Blickes zu würdigen. Eine Feder wippte an dem eleganten Hut der Dame, und sie trug einen verärgerten Gesichtsausdruck, der Hilary irgendwie bekannt vorkam, den sie aber nicht recht zuordnen konnte. Vielleicht war sie eine von Mrs Westfields vielen Freundinnen, oder sie hatte sie bei einem dieser endlosen High-Society-Bälle in Westfield House gesehen. Doch das Laternenlicht der Dame war schon um eine Ecke verschwunden, und Hilary hatte sowieso keine Lust, in dem feuchten Gang herumzustehen und mit Freundinnen ihrer Mutter höflich Konversation zu machen. Sie klopfte ihren Piratenmantel ab, wo die Frau ihn gestreift hatte, und setzte ihre Suche nach Admiral Westfield fort.

Sie fand ihn hinter der nächsten Ecke. Er ging in seiner Zelle auf und ab wie auf dem Deck seines schnellsten Schiffes, der *Schönen von Augusta*. Dabei summte er ein Matrosenlied. Hilary erkannte die Melodie sofort: Es war das Lied, das er immer summte, wenn er sich auf eine Seereise vorbereitete. Er trug seine Marineuniform, genau wie beim letzten Mal, als Hilary ihn gesehen hatte, und ihr Laternenlicht blitzte auf seinen blank polierten Messingknöpfen. Dann hörte der Admiral auf zu summen und starrte Hilary an.

Er sah älter aus als in Hilarys Erinnerung, aber nicht weniger einschüchternd, und er blinzelte in das Licht, als wüsste er nicht recht, wer sie war. Wenn er sie erkannte – *falls* er sie erkannte – würde er sie anschreien; da war sich Hilary ziemlich sicher. Wie oft hatte sie ihn schon Dutzende von Marineoffizieren entlassen gehört, weil sie seine braunen Stiefel poliert hatten, statt der schwarzen, oder weil sie seinen zweitbesten Kompass hatten ins Meer fallen lassen. Die gedemütigten Offiziere waren nie ohne eine Standpauke davongekommen, die noch schärfer war als Admiral Westfields Schwert, und keiner von ihnen hatte etwas auch nur annähernd so Verräterisches getan wie den Admiral gefangen zu nehmen und seine boshaften Pläne zu durchkreuzen. Hilary drückte den Schwanz des Wasserspeiers und machte sich auf das Schlimmste gefasst.

Dann kicherte Admiral Westfield, leise und grollend wie eine Welle, die sich am Ufer bricht, und Hilary wünschte beinahe, er würde doch lieber schreien. „Was ist denn das?“, sagte er. „Ist meine treu ergebene Tochter endlich gekommen, um mich zu besuchen? Hilary, mein Schatz, ich kann mich kaum an das letzte Mal erinnern, als wir uns gesprochen haben.“

Hilary bezweifelte, dass das der Fall war. Allerdings hatte ihr Vater sich bei mehreren Gelegenheiten nicht an ihren Namen erinnern können. „Bei unserem letzten Gespräch“, sagte sie, „hast du mir befohlen, dir Miss Pimms Schatz auszuhändigen. Du hast auch Magie benutzt, um meinen Freunden zu schaden, und mich verflucht, als dich der Schutzmann fortgeschleppt hat.“

„Ach ja, ich glaube, du hast recht." Admiral Westfield nickte. „Nun, ich sehe, du bist immer noch Piratin, bringst Schande über die Familie und so weiter. Ehrlich, mein Schatz, ich weiß nicht, was in dich gefahren ist. Segelst du immer noch mit diesem elenden Fletcher herum? Und mit dieser impertinenten Gouvernante?"

„Jasper und Miss Greyson sind weder elend noch impertinent, Vater." Hilary versuchte, leise zu sprechen, falls unter den anderen Bösewichten im Kerker Lauscher waren. „Aber wenn du es unbedingt wissen musst: Ich bin jetzt der Schrecken des Südens. Ich habe ein eigenes Schiff und auch eine eigene Piratencrew." Es war nicht nötig, Admiral Westfield Einzelheiten über die *Kleine Taube* zu verraten.

„Wirklich?", sagte er. „Und du wurdest noch nicht von der königlichen Marine beschossen? Ich schwöre es, diese Männer haben ihre Disziplin verloren, seit ich weg bin."

„Vielleicht", sagte Hilary, „haben sie Angst vor mir."

Admiral Westfield runzelte die Stirn. „Nein, nein, das kann es auf keinen Fall sein."

„Du Grobian!", schrie der Wasserspeier. „Du Schuft! Du schleimiger …"

„Also hast du immer noch diese lästige kleine Kreatur dabei", sagte Admiral Westfield. „Du solltest vorsichtiger damit sein. Sie beißt, weißt du?"

„Ganz sicher tue ich das", sagte der Wasserspeier. „Soll ich es demonstrieren?"

„Nicht jetzt, Wasserspeier", sagte Hilary. Sie hielt die Tasche in sicherem Abstand des Admirals, sonst würde er vielleicht wieder versuchen, sich den Wasserspeier zu schnappen und seine Magie zu benutzen. So etwas Schreckliches konnte Hilary nicht noch einmal zulassen. „Vater, ich bin nicht zum Plaudern hergekommen."

„Gut. Ich hasse plaudern. Es ist furchtbar belanglos." Admiral Westfield lehnte sich gegen die Gitterstäbe seiner Zelle. „Wenn du etwas zu sagen hast, sag es besser. Ich habe nicht den ganzen Tag Zeit, mein Schatz."

Hilary schien es, als hätte Admiral Westfield sehr wohl den ganzen Tag Zeit, doch es war wohl kaum eine Diskussion wert. „Miss Pimm ist verschwunden", sagte sie, „und Jasper ist auch weg. Ich verlange zu wissen, was mit ihnen passiert ist."

„Das verlangst du, ja?" Admiral Westfield kicherte herzhafter als je zuvor. „Ich habe davon gehört, dass diese alte Schachtel, die sich immer in alles einmischen musste, davongelaufen ist. Und es überrascht mich keineswegs, dass auch Fletcher verschwunden ist. Dieser Bursche könnte nicht einmal aus einer Grogflasche heraussegeln."

Der Wasserspeier zitterte, und Hilary umklammerte die Eisenstangen, um nicht zu schwanken. Es war wahrscheinlich gut, dass sie ihr Schwert hatte zurücklassen müssen, denn sie hätte dem Drang vermutlich nicht wiederstehen können, es auf ihren Vater zu richten. „Jasper", sagte sie heftig, „ist ein viel besserer Seemann, als du es je sein wirst, das weißt du genau. Und jetzt sag mir, was du getan hast."

Admiral Westfield trat zurück und hob die Hände. „Was ich *getan* habe?", fragte er. „Mein liebes Kind, das ist zu viel der Ehre. Ich bin hinter Gittern eingesperrt, seit meine verräterische Tochter meinen Namen in den Schmutz gezogen hat. Also hatte ich leider keine Zeit, hinter Zauberinnen und Piraten herzulaufen."

„Aber du weißt, wer Miss Pimm und Jasper entführt hat; da bin ich mir sicher. Wer sind die Meuterer? Sind das Freunde von dir?"

„Die Meuterer." Admiral Westfield lächelte. „Das ist ein guter Name, nicht wahr?"

„Oh, er ist schrecklich schändlich!", rief Hilary. „Sag mir, wer sie sind."

Mit einer schwieligen Hand löste Admiral Westfield Hilarys Finger von den Gitterstäben. „Ich kann mir vorstellen", sagte er, „dass sie es vorziehen, anonym zu bleiben."

„Und ich würde es vorziehen, sie auf den Grund des Meeres zu schicken."

„Das erscheint mir ziemlich ungerechtfertigt", sagte Admiral Westfield. „Schließlich waren sie freundlich genug, davon Abstand zu nehmen, dasselbe mit dir zu machen. Schau nicht so finster drein, mein Schatz, oder du wirst niemals auf einem Ball der High Society zum Tanz aufgefordert."

„Dann sollte ich meinen finsteren Blick wohl von jetzt

an öfter üben“, blaffte Hilary. „Weißt du, wer die Meuterer sind?“

„Natürlich“, sagte Admiral Westfield.

„Und wirst du mir irgendetwas über sie verraten? Wo sie sind oder was sie mit Miss Pimm und Jasper vorhaben?“

Admiral Westfield sah verwirrt aus. „Warum um alles in der Welt sollte ich das tun?“

„Ich weiß, es liegt nicht in deiner Natur, menschenfreundlich und nett zu sein“, sagte Hilary. „Aber wenn du mir hilfst, die Zauberin zu finden, ist die Königin sicherlich dankbar. Vielleicht musst du dann nicht den Rest deiner Tage in dieser Zelle sitzen und dem Moos beim Wachsen zuschauen. Wenn du mir aber nicht hilfst, werde ich dafür sorgen, dass die Königin dich ein für alle Mal weggesperrt lässt. Und ich werde Mutter sagen, dass sie aufhören soll, weiterhin ihre Zeit mit Besuchen zu verschwenden.“

Einen Moment lang schwieg Admiral Westfield. „Mein Schatz“, sagte er schließlich, „ich würde dir mit Freuden alles sagen, was ich weiß. Aber dem Schrecken des Südens gegenüber muss ich Stillschweigen wahren, das wirst du verstehen.“

Hilary biss die Zähne zusammen. Es war unglaublich dumm von ihr gewesen zu glauben, sie könnte auch nur eine winzige Information aus ihrem Vater herausquetschen. Sie hätten genauso gut Kapitäne feindlicher Schiffe bei einer Auseinandersetzung auf offener See sein können. „Ich nehme an, das heißt, du wirst mir auch nicht verraten, was du mit der Magie gemacht hast, die du gestohlen hast."

„Das nimmst du richtig an", sagte Admiral Westfield. „Ehrlich, wenn diese dummen Inspektoren sie bisher nicht gefunden haben, verdienen sie es auch nicht, oder was meinst du?"

Hilary versuchte sich vorzustellen, was Inspektor Hastings wohl mit einer Wagenladung magischer Gegenstände anfangen würde. Er würde sich wahrscheinlich neue Staubpinsel wünschen, was auf jeden Fall besser war als alles, was Admiral Westfield und seine Freunde womöglich planten. „Es ist ein Jammer, dass du mir nicht sagen willst, was du weißt, Vater", sagte sie. „Du glaubst doch hoffentlich nicht, dass mich das davon abhalten wird, deine Freunde zu finden und sie zu dir in den Kerker zu schicken. Es wird nett für dich, hier unten ein bisschen Gesellschaft zu bekommen."

„Oh, ich bin mir sicher, du wirst dein Bestes versuchen", sagte Admiral Westfield. „Aber du kannst nicht ernsthaft annehmen, dass du die Meuterer davon abhalten kannst" – er hustete – „ähm, zu tun, was auch immer sie vorhaben."

Hilary schaute ihn wütend an. „Dich habe ich schließlich auch aufgehalten, oder?"

„Pures Glück", sagte Admiral Westfield achselzuckend. „Du hast vielleicht Jasper Fletcher getäuscht, aber auch unter diesem Piratenputz kannst du mich nicht hinters Licht führen. Du bist schließlich meine Tochter – eine Westfield, ein Mädchen der High Society!" Bei der Vorstellung lächelte er beifällig. „Ganz sicher bist du kein Schrecken."

Hilary machte einen Schritt rückwärts. „Du irrst dich", sagte sie.

„Ehrlich gesagt", sagte der Admiral, „denke ich eher, dass ich recht habe. Ich kann mir nicht vorstellen, dass sich eine wahrlich furchterregende Piratin die Mühe machen würde, ihren Vater im Kerker zu besuchen – und doch bist du hier." Admiral Westfield zog die Augenbrauen hoch, als wäre ihm gerade ein interessanter Gedanke gekommen. „Ist es möglich, mein Schatz, dass du es bereust, mich weggesperrt zu haben?"

Einen Moment war es im Kerker so still und leise wie die Luft nach einem Kanonenschuss. In seiner Tasche spannte sich der Wasserspeier wie eine Bogensehne. Genau wie Hilary. Dann machte sie auf dem Absatz kehrt, packte ihre Laterne so schwungvoll, dass sie ihr, bevor sie recht wusste, wie ihr geschah, aus der Hand rutschte und an der Wand zersprang. Glasscherben und die Kerze fielen zu Boden, wo sie kurz aufflammte und dann im Schmutz verlosch. Hilary blinzelte in die Dunkelheit. Vielleicht brannte ihr der Rauch in den Augen, denn sie begannen, in den Winkeln feucht zu werden.

Im nächsten Augenblick flackerten Lichter im Korridor auf, Schritte knirschten auf den Glasscherben und zwei königliche Wachen nahmen Hilary am Ellbogen.

„Zerstörung des Eigentums der Königin ist nicht erlaubt, Miss“, sagte einer der Wachleute. „Ihr müsst jetzt gehen – es sei denn, Ihr zieht eine eigene Zelle vor.“

„Das ist vollkommen in Ordnung“, erwiderte Hilary. „Ich glaube nicht, dass ich den Kerker auch nur noch einen Moment länger ertragen kann.“ Sie wandte sich über die Schulter zu Admiral Westfields Zelle um. „Lebe wohl, Vater“, sagte sie mit so viel Würde, wie sie aufbringen konnte. „Ich werde dich nicht noch einmal besuchen.“

„Nein, das glaube ich auch nicht“, sagte Admiral Westfield. „Also lauf los“, rief er ihr nach, als die Wachen sie fortführten, „und sei ein braves kleines Mädchen!“

Von zwei Wachen in unvorteilhaften, senfgelben Hosen eine Treppe hinauf und einen Flur entlanggeführt zu werden, war, beschloss Hilary, eine ziemlich demütigende Erfahrung. Das missbilligende Zungenschnalzen, das die Angestellte von sich gab, als Hilary an ihrem Schreibtisch vorbeikam, war noch demütigender, aber das Schlimmste war das Luftschnappen von Miss Greyson, als die Wachen Hilary am Haupteingang des Kerkers abluden. „Hier ist Eure Piratin, Ma'am“, sagte einer der Wächter zu Miss Greyson und tippte an seinen Hut. „Sie darf erst in den Kerker zurück, wenn sie sich für den angerichteten Schaden entschuldigt hat.“

„Schaden?“, fragte Miss Greyson. „Ach, du meine Güte, was ist denn da unten geschehen?“

„Eine Begegnung mit meinem Vater ist geschehen“, sagte Hilary. Wenn sie lange genug brauchte, um ihr Schwert wieder am Gürtel zu befestigen, würde sie Miss Greyson vielleicht nicht in die Augen schauen müssen. „Und ich denke, ich habe vielleicht eine Laterne kaputt gemacht. Aber ich möchte lieber nicht darüber sprechen, wenn es Euch nichts ausmacht.“

Miss Greyson nickte den Wachen knapp zu und führte Hilary hinaus auf die Auffahrt, wo Charlie und Claire warteten. „Du musst über gar nichts sprechen“, raunte sie Hilary zu. „Ich weiß zufällig genau, dass der königliche Kerker den Charakter nicht gerade verbessert.“

Auf dem Weg zur *Kleinen Taube* erzählte Hilary den anderen alles, was Admiral Westfield gesagt hatte – oder zumindest fast alles. „Er weiß, wer die Meuterer sind“, sagte sie, „aber er hat mir nichts über sie gesagt, nur dass wir keine Chance haben, sie aufzuhalten.“

„Und“, sagte der Wasserspeier, „er hat mich eine lästige Kreatur genannt.“

„Aber er irrt sich“, sagte Hilary grimmig. „Natürlich werden wir die Meuterer aufhalten.“ Sie war sich ziemlich sicher, dass Admiral Westfield in seiner Zelle sitzen und kichern würde, wenn ihr das nicht gelang, und dieser Gedanke war unerträglich. „Vielleicht weiß ich nicht, wer die Bösewichte sind oder wo ich sie finde oder was sie mit unseren Freunden gemacht haben. Und vielleicht habe ich nicht die leiseste Ahnung, was sie vorhaben.“

Hilary schob die Hände in die Manteltaschen und blickte über den Hafen von Queensport, wo von jedem Mast der königlichen Marine die blaugoldene Flagge wehte. „Aber ich werde Vater einfach nicht die Genugtuung schenken, recht zu haben.“

Charlie hatte die *Kleine Taube* weit entfernt von den anderen Schiffen im Hafen festgemacht, doch als sie zurückkehrten, stellten sie fest, dass daneben ein glänzend weißes Piratenschiff vertäut war, auf dessen Rumpf der Name *Sturmflut* gemalt war und auf dessen Bugspriet Alice Feathering balancierte. Sie trug eine Wolke aus lavendelfarbenen Rüschen und ihre Haare flogen unter dem Piratenhut in alle Richtungen. Ihr Anblick munterte Hilary immens auf.

„Ahoi!“, schrie Alice und winkte den Piraten lebhaft zu. „Ich bitte um eine Audienz beim Schrecken des Südens und ihren Kameraden!“

Miss Greyson zog eine Augenbraue hoch. „Wer ist das?“

„Ein Mädchen aus der High Society“, erklärte Hilary, „und eine sehr furchterregende Piratin.“

„Ah“, sagte Miss Greyson. „Das erklärt die Rüschen und den Hut.“

Alice sprang auf den Anleger und rannte ihnen entgegen. „Ich warte schon seit Stunden“, sagte sie. „Ich habe euer Schiff hier vor Anker liegen gesehen und gehofft, dass ihr nicht zu spät kommt.“ Sie warf einen Blick über die Schulter und hielt kurz inne, um Luft zu holen. „Aber ihr seid gerade noch rechtzeitig!“

Claire legte Alice die Hände auf die Schultern. „Rechtzeitig wofür?“, fragte sie.

„Na ja“, sagte Alice, „das ist eine längere Geschichte. Ich bin heute Morgen auf der *Sturmflut* herumgesegelt, nur dass es draußen vor Burg Feathering nicht viel zu tun gibt, also habe ich beschlossen, in Richtung Stadt zu segeln. Und als ich in den Hafen kam, sah ich das Erstaunlichste überhaupt.“ Sie zeigte hinaus aufs Meer. „Siehst du das Schiff mit den schwarzen Segeln, das gerade um die Landzunge fährt? Du solltest besser schnell hinschauen, sonst verpasst du es.“

Hilary blinzelte zu dem Schiff hinüber, das kaum noch mehr als ein dunkler Punkt am Horizont war. Dann zog sie ihr Fernrohr heraus, um seinen schlanken schwarzen Rumpf und die flammenden Fackeln besser sehen zu können. „Das ist Kapitän Schwarzzahns Galeone“, sagte sie. „Das ist die *Abtrünnige*.“

Alice strahlte sie an. „Das“, sagte sie, „ist das Geisterschiff.“

Hilary hätte beinahe ihr Fernglas fallen lassen. „Das Geisterschiff? Meinst du, das ist das Schiff, das du an dem Abend gesehen hast, als Miss Pimm verschwand?“ Sie gab das Fernglas an Charlie weiter. „Das ist doch die *Abtrünnige*, oder?“

Er studierte das Schiff kurz und runzelte die Stirn. „Es ist tatsächlich Schwarzzahns Schiff.“ Er senkte das

Fernglas und schaute Alice an. „Bist du dir absolut sicher? Genau dieses Schiff hast du in der Bucht von Pemberton gesehen?"

„Ich würde es überall wiedererkennen", sagte Alice. „Kaum jemand auf Hoher See segelt mit so vielen Fackeln herum. Heute hatte es aber Leute an Bord. Ich habe daran gedacht, es zu jagen und sie zu fragen, ob sie Miss Pimm entführt haben. Aber ich bin natürlich noch keine offizielle Piratin, also dachte ich, ich erzähle es besser sofort dem Schrecken des Südens, denn du würdest bestimmt wissen, was zu tun ist." Sie strich die Vorderseite ihres Kleides glatt und knickste. „Ich hoffe, ich habe das Richtige getan."

„Das hast du auf jeden Fall." Hilary schaute der *Abtrünnigen* nach, als sie um die östliche Spitze des Hafens fuhr. „Aber es ist ziemlich eigenartig. Erst gestern hat mir Kapitän Schwarzzahn gesagt, dass er und seine Crew am Mittsommerabend auf Gunpowder Island waren. Was hatte dann sein Schiff in Pemberton zu suchen?"

„Vielleicht hat es jemand gestohlen", wandte Claire ein, doch Hilary schüttelte den Kopf. Nicht einmal der mutigste Bösewicht würde es wagen, die Galeone des FGECP-Präsidenten zu stehlen – und so oder so war das Schiff eindeutig in den Besitz von Kapitän Schwarzzahn zurückgekehrt.

Im Hafen wimmelte es von Marineoffizieren und High-Society-Vergnügungsbootfahrern, doch plötzlich entdeckte Hilary eine kleine Gruppe Piraten, die in einem

Beiboot vorbeifuhr, und sie winkte ihnen zu, um ihre Aufmerksamkeit zu wecken. „Ahoi!“, rief sie. „Halunken!“

Die Piraten schauten zu ihr hinüber und einer von ihnen grüßte mit seinem Haken. „Arr!“, sagte er. „Brauchste jemand, der dir zur Hand geht, Kumpel? Leider hab ich nur noch eine.“

„Um genau zu sein, habe ich eine Frage“, antwortete Hilary. „Wart ihr beim Mittsommerpicknick des FGECP?“

Der Pirat mit der Hakenhand schenkte Hilary ein gelbzahniges Lächeln. „Na klar waren wir das, Kumpel. Alle Piraten, die ihre Kniehose wert sind, sind beim Picknick des Clubs dabei.“

„Natürlich.“ Hilary seufzte. „Und habt ihr beim Picknick zufällig Kapitän Rupert Schwarzzahn gesehen? Oder einen seiner Kameraden?“

Der Pirat kratzte sich ziemlich risikoreich mit dem Haken am Kinn. „Das war komisch, jetzt wo du's erwähnst“, sagte er. „Wir sind davon ausgegangen, dass uns die Crew von der *Abtrünnigen* in der Schwimmstaffel fertigmacht, aber sie sin' nich' angetreten.“

„Ich habe gehört, sie hätten alle eine böse Erkältung gehabt“, fügte ein anderer Pirat im Beiboot hinzu.

„Aye“, sagte der Pirat mit dem Haken. „Ihr habt die Gewinner-Schwimmer von der *Gefürchteten Matilda* vor euch, un' Ihr könnt Käpt'n Schwarzzahns Abwesenheit dafür danken.“

Während die Gewinner-Schwimmer von der *Gefürchteten Matilda* in ihrem Beiboot davonschaukelten, wandte sich Hilary wieder ihren Gefährten zu. „Damit ist es wohl klar“, sagte sie. „Kapitän Schwarzzahn war an dem Abend überhaupt nicht auf Gunpowder Island.“ Sie wusste sehr gut, dass Piraten schwindelten, dennoch war sie ziemlich erschüttert, dass Kapitän Schwarzzahn *sie* derart bodenlos angelogen hatte.

„Und ich wette“, sagte Charlie, „dass er auch keine böse Erkältung hatte.“

Claire zupfte an ihrer Strickjacke. „Dann glaubt ihr, Kapitän Schwarzzahn ist ein Meuterer?“

Hilary verschränkte die Arme. Der Gedanke erschien ihr absurd. Was sollte Kapitän Schwarzzahn mit Miss Pimm und Jasper wollen? Seine Handschrift sah auch überhaupt nicht so elegant aus wie die auf den Briefen der Meuterer. Und was um alles in der Welt sollte der Präsident des FGECP mit jemandem zu tun haben, der Piraten so leidenschaftlich hasste wie Admiral Westfield? Dennoch hatte Kapitän Schwarzzahn ziemlich hartnäckig versucht, Hilarys Suche nach Miss Pimm aufzuhalten, und sein Schiff war genau dort versteckt gewesen, wo Miss Pimm verschwunden war. Je länger Hilary darüber nachdachte, desto verdächtiger kam ihr alles vor. „Ich habe keine Ahnung, was Schwarzzahn vorhat“, sagte sie, „aber wenn wir seinem Schiff folgen, finden wir es vielleicht heraus.“

DIE INSPEKTOREN DER KÖNIGIN
KÖNIGREICH AUGUSTA
FLEISS, LOGIK, DISKRETION

BERICHT
AN IHRE KÖNIGLICHE HOHEIT KÖNIGIN ADELAIDE
BETREFFEND
Das VERSCHWINDEN von MISS EUGENIA PIMM

Bericht Nr. 3
BEREICHSINSPEKTOR: John Hastings
ORT: Pemberton, Augusta
FALLSTATUS: wirklich verwirrend

Bemerkungen des Inspektors: Eure Hoheit, Ihr habt zweifellos bemerkt, dass Miss Eugenia Pimm immer noch nicht wieder aufgetaucht ist. Wir bedauern die Verzögerung und entschuldigen uns aus tiefstem Herzen. Außerdem hoffen wir, es wird Euch ein Trost sein zu erfahren, dass wir in unseren Ermittlungen gegen die Piraten Fortschritte gemacht haben.
Ich habe mit Kapitän Rupert Schwarzzahn, dem Präsidenten des Fast Ganz Ehrbaren Clubs der Piraten, korrespondiert, und seine Erkenntnisse haben sich als höchst hilfreich erwiesen. Ich habe Kapitän Schwarzzahn die Augenklappe beschrieben, die am Tatort gefunden wurde, und er konnte sie als das Eigentum von Kanonenkugel-Jack identifizieren – genau des Piraten, der am Abend

ihres Verschwindens mit der Zauberin zu Abend essen sollte. Kapitän Schwarzzahn sagte mir, Kanonenkugel-Jack sei ein unberechenbarer Freibeuter, der durchaus für alle möglichen boshaften Taten im ganzen Königreich verantwortlich sein könnte. Meine Inspektoren haben versucht, sich Kanonenkugel-Jacks Hausboot auf Hoher See zu nähern. Leider vergeblich, denn der Pirat besitzt eine außergewöhnlich große Zahl an Kanonen, und meine Männer sind nur mit ihren Vergrößerungsgläsern bewaffnet. Wäre die königliche Waffenkammer wohl bereit, meine Inspektoren mit Waffen auszustatten, damit sie in diesem Fall ermitteln können, ohne um ihr Leben fürchten zu müssen?

In meiner Korrespondenz mit Kapitän Schwarzzahn habe ich außerdem nach der Piratin gefragt, die sich selbst Schrecken des Südens nennt. Ihr Name ist Hilary Westfield, und Kapitän Schwarzzahn berichtet, dass sie keine angesehene Piratin ist. Tatsächlich steht sie kurz davor, aus dem Club ausgeschlossen zu werden. Der Vater des Mädchens, Admiral James Westfield, ist erwiesenermaßen ein krimineller Drahtzieher, und ich bin überzeugt, dass sie seine verbrecherische Art übernommen hat. In der Tat berichten mir meine Männer in Queensport, dass Piratin Westfield kürzlich dabei beobachtet wurde, wie sie den Admiral im königlichen Kerker besuchte, sicherlich um ihren nächsten kaltherzigen Plan zu entwerfen. Meine Inspektorenkollegen zögern, das Mädchen ohne klaren Beweis für ihre Schuld am Verschwinden der Zauberin festzunehmen, aber ich würde es sehr gern neben seinem Vater hinter Gittern sehen. Das Mädchen ärgert mich nun schon eine ganze Weile, Eure Hoheit, und es ist zweifellos des einen oder anderen Verbrechens schuldig. Nächstes Mal, wenn ich sie zu Gesicht bekomme, werde ich sie höchstpersönlich verhaften.

Gezeichnet
John Hastings
Kapitän der königlichen Inspektoren

WESTFIELD HOUSE
QUEENSPORT, AUGUSTA

Liebe Hilary,
ich hoffe, dieser Brief findet dich bei guter Gesundheit. Ich fürchte jedoch, das wird er nicht tun, denn ich habe in der Gazette gelesen, dass du dich allen Ratschlägen zum Trotz auf die Suche nach der Zauberin gemacht hast. Obwohl ich deinen Drang, etwas Nettes für die liebe Miss Pimm zu tun, grundsätzlich gutheiße, frage ich mich, ob dein Plan wirklich weise ist. Er klingt ziemlich gefährlich. Allerdings bin ich seit einigen Tagen selbst sehr vertraut mit der Gefahr, denn

in den Fluren von Westfield House stolziert (wie du vielleicht gelesen hast) ein ganz und gar grausamer Truthahn herum, und mein Koch hat es noch nicht geschafft, den Übeltäter zu grillen.
Ich weiß, du bist mit deinem Piratenspleen sehr beschäftigt, Hilary, aber als deine Mutter muss ich dich bitten, dass du mich zu dem Ereignis begleitest, das sicherlich der Höhepunkt der gesellschaftlichen Saison sein wird. Ich habe gerade eine liebenswürdige Einladung von Mrs Georgiana Tilbury bekommen, die in Tilbury Park einen prachtvollen Debütantinnenball für ihre Tochter Philomena abhalten wird. Dein Name wird auf der Einladung nicht speziell erwähnt, aber ich bin mir sicher, das war ein Versehen von Mrs Tilbury, denn ich glaube, Philomena ist eine deiner lieben Freundinnen aus dem Internat. Möchtest du nicht gerne dabei sein, wenn sie in die High Society eingeführt wird? Mrs Tilbury deutet an, dass an diesem Abend auch eine außerordentliche Bekanntgabe stattfinden wird, von der ganz Augusta gewiss tagelang sprechen wird. Sag mir bitte Bescheid, ob du kommst.

Deine dich liebende
Mutter

Kapitel Elf

Bis Hilary und ihre Kameraden sich von Alice verabschiedet hatten und aus dem Hafen von Queensport segelten, waren Kapitän Schwarzzahn und sein Schiff vollkommen außer Sicht. Nicht einmal Miss Greysons Häkelnadel konnte die *Kleine Taube* genug anschieben, um die *Abtrünnige* einzuholen. „Es ist furchtbar schwierig, Kapitän Schwarzzahn zu verfolgen, wenn wir ihn nicht einmal sehen können“, gab der Wasserspeier zu bedenken.

Solche kleinen Unannehmlichkeiten konnten aber den Schrecken des Südens wohl kaum aufhalten. „Auf dem Weg zum *Salzigen Keks*“, rief Hilary vom Ruder aus, „hat mir Mr Twigget gesagt, dass Kapitän Schwarzzahn ab sofort auf Gunpowder Island erwartet wird. Wenn er wirklich diesen Kurs einschlägt, müssen wir dort auch hin.“

Miss Greyson, die sich von ihrem letzten magischen Versuch, die *Kleine Taube* anzutreiben, ausruhte, nickte zustimmend. „Das ist ein recht praktischer Plan“, sagte sie. „Vielleicht hatte mein Unterricht doch noch nützliche Auswirkungen auf dich.“

„Glaubt Ihr, Schwarzzahn hält Miss Pimm und Jasper

auf seinem Schiff gefangen?“, fragte Charlie. „Oder vielleicht im Hauptquartier des Clubs?“

„Falls Kapitän Schwarzzahn ein Meuterer ist“, sagte Miss Greyson, „kann keiner sagen, was er getan hat oder nicht. Und wenn wir an Bord dieses Bootes bleiben, werden wir es nie herausfinden, denn wir werden Monate nach ihm ankommen. Vielleicht dürfte ich einen Vorschlag machen, Hilary: Ich glaube, wir sollten uns auf ein Schiff begeben, das ein bisschen weniger Ermunterung braucht.“

So sehr Hilary die Dienste der *Kleinen Taube* schätzte, musste sie doch zugeben, dass sie für eine längere Reise auf Hoher See nicht ganz tauglich war. „Ihr habt recht“, sagte sie. „Schwebt Euch ein spezielles Schiff vor?“

„Natürlich“, sagte Miss Greyson. „Die *Taube* müsste dafür hervorragend geeignet sein.“

„Aber sie ist voller Schätze!“

„Die halbe Magie des Königreiches mitzunehmen, ist tatsächlich nicht sehr weise“, gab Miss Greyson zu, „Aber ich fürchte, wir haben keine andere Wahl. Es würde zu lang dauern, alles in Truhen zu verstauen und diese sicher zu vergraben.“

Der Gedanke, Jasper an die Meuterer zu verlieren, schien Miss Greyson um einiges waghalsiger gemacht zu haben als sonst. „Also gut“, sagte Hilary, „wir nehmen die *Taube*. Pirat Dove, Kurs auf Little Herring Cove!“

In Jaspers Bungalow wurden sie von den Piraten begrüßt, die Miss Greyson gebeten hatte, in ihrer Abwesenheit auf das Schiff und den Schatz aufzupassen. Es waren drei; alle waren stämmig und bärtig und unterschieden sich auch sonst nur darin, dass einer einen weißen Mantel trug, einer einen roten und einer einen schwarzen. Sie alle verbeugten sich vor Hilary und küssten Miss Greyson die Hand. „Es ist eine Freude, dich wiederzusehen, Eloise", sagte der Pirat im schwarzen Mantel, „und den Schrecken und ihre Crew kennenzulernen. Jasper hält große Stücke auf dich, Schrecken. Ich bin Mr Stanley und das sind meine Kollegen, Mr Marrow" – er zeigte auf den weiß bemantelten Piraten – „und Mr Slaughter. Vielleicht hast du uns bei Jaspers Hochzeit gesehen?"

„Bestimmt habe ich das", sagte Hilary, obwohl sich damals sehr viele Piraten auf dem Rasen von Westfield House getummelt hatten. „Dann seid ihr also Freunde von Jasper?"

„Aye", sagte Mr Stanley. Er schien der Sprecher der Gruppe zu sein. „Wir waren früher einmal alle Crewkameraden – wir drei, Jasper und Nat Dove, der, wie ich höre, der Vater dieses guten Burschen hier war." Er klopfte Charlie auf die Schulter, und Charlie schaute stur auf seine Stiefel. „Aber wir sind inzwischen im Ruhestand, so gut alte Freibeuter das sein können. Vielleicht möchtest du unsere Karte." Er fischte ein steifes Rechteck aus Papier aus der Tasche und reichte es Hilary. „Falls du je unsere Dienste brauchst."

Auf der Karte waren mit pechschwarzer Tinte ein paar Wörter aufgedruckt:

Marrow, Slaughter & Stanley

SCHUTZ · PIRATERIE · CATERING

„Wir konzentrieren uns hauptsächlich aufs Catering“, erklärte Mr Slaughter.

Hilary lächelte und steckte die Karte in die Tasche. „Zufällig“, sagte sie, „habe ich einen Auftrag für euch. Wir glauben, wir haben einen der Entführer identifiziert, aber wir müssen die *Taube* nach Gunpowder Island segeln, um herauszufinden, was er im Schilde führt. Wir könnten ein paar zusätzliche Hände an Deck gebrauchen – und außerdem natürlich Hilfe beim Bewachen des Schatzes.“

Marrow, Slaughter und Stanley runzelten im Einklang die Stirn. „Gunpowder Island“, sagte Mr Stanley. „Also bist du hinter einem Piraten her?“

„Um genau zu sein ist es der Präsident des FGECP“, sagte Hilary. „Ich hoffe, das macht das Ganze für euch nicht unangenehm.“

Mr Marrow und Mr Slaughter grinsten. „Überhaupt nicht“, sagte Mr Stanley. „Wir hatten seit unserem Ausscheiden nichts mehr mit dem Club zu tun. Wenn es jemand auf Jasper abgesehen hat, wäre es uns ein Vergnügen, ihm ein bisschen Ärger zu machen, egal, wer er sein mag." Mr Stanley verbeugte sich noch einmal vor Hilary, diesmal noch tiefer. „Schrecken, meine Kollegen und ich stehen dir zu Diensten."

Mit den drei angeheuerten Piraten an Bord flog die *Taube* geradezu nach Gunpowder Island. Die Unterkünfte waren leicht überfüllt, deshalb teilten sich Charlie, Slaughter und Stanley eine kleine Kabine und Marrow schlief in der Buchhandlung. Ein Übermaß an Piraten zu haben machte es für Hilary leichter, die Aufgaben auf dem Schiff zu verteilen. Zusätzlich zum üblichen Knotenknüpfen, Deckschrubben und Wachehalten buk Slaughter Kuchen, die es mit denen von Miss Greyson aufnehmen konnten, und Marrow las dem Wasserspeier vor, wenn Hilary am Steuer beschäftigt war. Stanley besaß eine besondere Begabung für die Magie. Er und Miss Greyson wechselten sich darin ab, mit ihren magischen Gegenständen günstige Winde heraufzubeschwören, und sie beide konnten stundenlang arbeiten, bevor die Magie sie auslaugte. Claire hatte es sich mit zwei von Miss Greysons Stricknadeln gemütlich gemacht und reparierte die Ärmel ihrer Strickjacke, aber Hilary bemerkte, wie sie Mr Stanley und Miss Greyson über den Spitzen ihrer Nadeln genau beobachtete: Jedes Mal, wenn sie einen Zauber wirkten, schoben sich Claires Augenbrauen vor Konzentration zusammen, sie bewegte die Lippen mit und ließ Dutzende von Maschen fallen.

Am dritten Tag auf See ließ Claire ihre Strickjacke

liegen und verschwand in der Kabine, die sie mit Hilary teilte. Als sie kurz darauf wieder erschien, trug sie Jaspers Gartenhandschuh an einer Hand und umklammerte den schwindenden Vorrat an magischen Münzen von Kanonenkugel-Jack mit der anderen. „Jetzt habe ich den Trick heraus“, sagte sie zuversichtlich zu Hilary. „Ich habe stundenlang zugeschaut und kann mir nicht vorstellen, noch einmal etwas in die Luft zu jagen.“

„Bist du dir sicher?“, fragte Hilary. „Ich will dich nicht entmutigen, aber ich kann es mir ziemlich gut vorstellen.“

Claire tätschelte ihre behandschuhte Hand. „Keine Bange“, sagte sie, „ich werde genau das tun, was Miss Greyson tut, und alles wird gut; du wirst sehen.“

Charlie kletterte aus der Takelage herab, warf einen Blick auf Claires Gartenhandschuh und erstarrte. „Ich glaube nicht, dass du hier Magie benutzen solltest“, sagte er. „Was, wenn du ein Loch in die *Taube* sprengst?“

Claire blickte ihn finster an. „Ich habe auch kein Loch in die *Kleine Taube* gesprengt, oder?“

„Da hatten wir alle großes Glück“, sagte Charlie. „Ich denke, niemand hier an Bord hat Interesse daran, auf den Meeresboden zu sinken.“ Er wandte sich ab und steuerte auf das Wasserspeiernest zu. „Vielleicht haltet ihr High-Society-Mädchen Schiffbruch für aufregend und romantisch“, sagte er im Gehen, „aber ich kann dir sagen: Das ist es nicht.“

Claire schaute ihm seufzend nach. „Es tut mir leid, wenn ich Charlie Sorgen mache“, sagte sie. „Allerdings muss ich wissen, wie man das hier benutzt, wenn wir die Meuterer stellen wollen. Wie soll ich euch denn sonst helfen, gegen die Bösewichte zu kämpfen? Ich kann nicht mit einem Schwert umgehen, ich weiß nicht das Geringste über Kämpfe, und Kapitän Schwarzzahn könnte mich höchstwahrscheinlich in einer halben Minute unter seinen Stiefeln zerquetschen."

Hilary gefiel der Gedanke nicht im Geringsten, dass ihre Freunde unter Schwarzzahns – oder sonst jemandes – Stiefeln zerquetscht wurden. „Ich nehme an, eine Piratenassistentin sollte sich im Kampf verteidigen können", sagte sie schließlich.

„Genau!", sagte Claire und zupfte eine magische Münze aus dem Beutel. „Also, was hat Miss Greyson gesagt? Ach ja." Sie räusperte sich. „Ich wünsche mir bitte einen hübschen Wind in den Segeln, damit unser Schiff schneller in Richtung Gunpowder Island segeln kann."

Eine vielversprechende Brise strich an Hilarys Ohr vorbei, doch das konnte auch Zufall gewesen sein, denn die Münze begann schon, in Claires Hand weiß zu glühen. Hilary seufzte und duckte sich zur Sicherheit hinter das Steuerrad.

„Ach, Scheibenkleister!", sagte Claire, als die Münze explodierte.

Miss Greyson und die drei angeheuerten Piraten zuckten von dem Geräusch zusammen. Charlie stöhnte und verbarg das Gesicht in seinem Hut.

„Was war das für ein Krach?", fragte Miss Greyson.

„Hat jemand das Feuer auf unser Schiff eröffnet? Sag mir nicht, dass es die königliche Marine ist. Ich bin einfach nicht in der richtigen Stimmung für einen Kampf."

„Es ist nicht die königliche Marine", rief der Wasserspeier aus seinem Nest. „Es ist nur Claire. Sie bringt schon wieder magische Gegenstände zum Explodieren."

„Explodierende magische Gegenstände?" Miss Greyson überquerte das Deck und untersuchte Claires rauchenden Gartenhandschuh. „Aber das ist nicht möglich."

„Nicht?" Claire sah besorgt aus.

„Na ja, wenn du es getan hast, ist es wohl möglich. Aber ich habe so etwas noch nie zuvor gesehen", sagte Miss Greyson. Sie wandte sich an Stanley. „Du vielleicht?"

„Nicht in all meinen Jahren auf See", sagte Stanley. „Das ist höchst eigenartig."

„Wollt ihr damit sagen, dass Anfänger nicht andauernd ihre magischen Gegenstände zum Explodieren bringen?" Claires Unterlippe zitterte. „Meint ihr, es wird vielleicht nie besser und ich muss den Rest meines Lebens mit explodierenden Gegenständen leben?"

„Das meinen sie bestimmt nicht", sagte Hilary, doch Stanley und Miss Greyson nickten beide.

„Ich bin wohl kaum eine Expertin in Magie", sagte Miss Greyson, „aber ich würde an deiner Stelle nicht weiter versuchen, sie zu benutzen."

„Das ist eine Erleichterung", brummelte Charlie.

Claire wurde rot, zog ihren Gartenhandschuh aus und drückte ihn Hilary in die Hand. „Wenn du mich bitte entschuldigen möchtest, Hilary, ich glaube, ich muss zurück in meine Kabine und – ähm – mich um Dinge kümmern.“ Bevor Hilary sie aufhalten konnte, hastete sie in ihre Kabine und ließ die Tür hinter sich zuknallen.

Danach war Claire mehrere Tage lang viel stiller als sonst, und Hilary machte sich Sorgen, dass die letzte magische Explosion ihre Stimmung gleich mit in Stücke gerissen haben könnte. Doch der Rest der Reise in den Norden blieb erfreulicherweise frei von Explosionen, und als die *Taube* in Gunpowder Bay ankam, waren der Schrecken des Südens und ihre Crew wieder bedeutend fröhlicher.

„Aufgepasst!“, schrie der Wasserspeier, als sie in die Bucht einfuhren, „und arr! Die *Abtrünnige* voraus!“

Die schwarze Galeone lag in der Nähe des Westtores der Insel vor Anker, und Hilary war ziemlich erleichtert, sie zu sehen: Wenigstens war Mr Twigget nicht so böse gewesen, sie über das Reiseziel seines Kapitäns anzulügen. Gegen den grauen Himmel und das Meer, mit seinem von allen Piraten verlassenden Deck und dem in den Wellen knarrenden Rumpf sah die *Abtrünnige* tatsächlich ziemlich geisterhaft aus. Obwohl sie darauf einst bis ganz hinauf ins Krähennest geklettert war, musste Hilary sich ernsthaft zureden, dass dieses Schiff und sein Kapitän vollkommen echt waren.

„An Deck ist keiner“, sagte Charlie und setzte das Fernrohr ab. „Zumindest sehe ich keinen. Sollen wir an Bord gehen?“

Hilary suchte die Küste von Gunpowder Island ab, wo zwielichtige Gestalten geschäftig durch das Westtor der Piratenfestung aus- und eingingen, plauderten und glucksten und mit wilder Unbekümmertheit ihre Schwerter schwangen. „Wir werden sicher dabei gesehen“, sagte sie. „Selbst wenn das dort nicht Kapitän Schwarzzahns Männer sind, werden sie nicht erfreut sein, wenn sie bemerken, wie wir an Bord seines Schiffes klettern.“ Sie zog eine magische Münze aus ihrer Manteltasche und trat vom Steuer zurück. „Pirat Dove, würde es dir etwas ausmachen, uns etwas näher an die *Abtrünnige* heranzusegeln?“

Charlie übernahm das Steuer, und Hilary ging zum Bug der *Taube*. „Werden wir Schwarzzahns Schiff versenken?“, fragte der Wasserspeier. „Darf ich ‚Feuer!‘ rufen?“

Hilary lachte. „Du darfst rufen, was du willst. Ich will bloß versuchen herauszufinden, ob Miss Pimm an Bord ist. Wir müssten nahe genug sein, damit uns die Magie zu ihr führt, falls sie hier ist.“ Sie hielt die magische Münze mit zwei Fingern und stützte sich am Wasserspeiernest ab. „Magie“, sagte sie, „würdest du uns bitte zu Miss Pimm führen, falls sie in der Nähe ist?“ Sie schwieg kurz. „Oder zu Jasper Fletcher?“

Hilarys Herz schlug schneller, als die Münze zu zucken begann. Sie neigte sich nach links und dann nach rechts. Sie kippte vor und zurück. Dann glitt sie mit einem Anflug von Enttäuschung in Hilarys Handfläche und rührte sich nicht mehr.

Hilary holte tief Luft. „Dann sind sie also nicht in der *Abtrünnigen* gefangen. Ich denke, das ist eine Erleichterung."

Miss Greyson brachte ein schmales Lächeln zustande, doch Hilary war sich ziemlich sicher, dass sie an Jasper dachte. „Also gut", sagte Miss Greyson, als würde sie einfach zum nächsten Tagesordnungspunkt übergehen. „Wo sollen wir als Nächstes suchen? Würdest du Kapitän Schwarzzahn lieber direkt darauf ansprechen? Ich glaube, ich könnte ein paar Antworten aus ihm herausholen."

Hilary hatte große Lust, Kapitän Schwarzzahn unter Miss Greysons unverwandtem Blick schwitzen zu sehen, doch die Piraten an Bord der *Taube* konnten es wohl kaum mit all seinen Kameraden aufnehmen. Also befahl Hilary ihrer Crew, den Anker zu setzen und sich um sie zu versammeln, so wie Jasper es immer tat, wenn er einen kühnen und wagemutigen Vorschlag machte. Sie hoffte, sie würde wenigstens halb so überzeugend sein wie er.

Als ihre Crew aufmerksam vor ihr stand – bis auf den Wasserspeier, der, so aufmerksam er konnte, in seinem Nest stand – verschränkte sie die Hände hinter dem Rücken, hob das Kinn und begann, auf dem Deck auf und ab zu gehen. Dann blickte sie an der Reihe von Piraten entlang und war angenehm überrascht zu sehen, dass sie alle ein wenig aufrechter standen, wenn ihr Blick sie streifte. Vielleicht war das der Grund, warum Jasper so oft auf und ab ging. „Wir müssen zwei Dinge tun, während wir hier sind“, sagte sie. „Wir müssen unsere verschwundenen Freunde finden – oder zumindest mehr darüber herausfinden, wohin die Meuterer sie gebracht haben könnten. Und wir müssen unsere Fracht schützen. Ich muss wohl keinen von euch daran erinnern, dass wir gerade den größten Schatz im ganzen Königreich direkt in eine Piratenhochburg gesegelt haben, und Piraten sind nicht für ihre Skrupel hinsichtlich Schätzen bekannt.“

Mr Slaughter nickte kurz wissend, und Claire kaute auf ihrer Unterlippe.

„Ich würde gern Mr Marrow, Mr Slaughter und Mr Stanley bitten, an Bord der *Taube* zu bleiben und unseren Schatz zu bewachen“, fuhr Hilary fort. „Das haben sie bisher sehr gut gemacht, und sie werden mit Sicherheit jeden neugierigen Halunken abwehren können, der möglicherweise vorbeikommt.“

„Aye“, sagte Mr Stanley. „Das dürfte überhaupt kein Problem sein.“

„Gut. Alle anderen kommen bitte mit mir. Aber könnten bitte zuerst zwei der Piraten, die an Bord bleiben, Claire und Miss Greyson ihre Mäntel und Hüte leihen?“

Miss Greyson tätschelte ihren Haarknoten. „Das wird

nicht nötig sein. Meine Garderobe ist äußerst praktisch für Abenteuer."

„Aber vielleicht ist sie dem Anlass nicht angemessen", wandte Claire ein. „Gunpowder Island wimmelt nur so von Piraten, nicht wahr? Ich nehme an, sie haben eine andere Vorstellung von Mode."

„Das ist wahr." Miss Greyson schüttelte den Kopf. „Piraten sind ein hoffnungsloser Fall." Sie nahm den weißen Piratenmantel an, den Mr Marrow ihr anbot, und Claire wickelte sich in Mr Stanleys schwarzen Mantel wie in einen Schlafrock. Als sie die Piratenhüte über die Haare gezogen hatten, sahen sie zwar nicht gerade furchterregend aus, doch sie würden auf Gunpowder Island wahrscheinlich keine unnötige Aufmerksamkeit auf sich ziehen. „Also", sagte Miss Greyson, „darf ich jetzt fragen, wohin wir so aufgeputzt gehen?"

„Natürlich." Hilary verschränkte die Arme und lächelte ihre Crew an. „Wir gehen zum Hauptquartier des FGECP und durchsuchen Kapitän Schwarzzahns Quartier. Und", fügte sie hinzu, „wir werden dabei gut gekleidet sein."

Aus dem

Seeräuber
Is' der offizielle Rundbrief vom Fast Ganz Ehrbaren Club der Piraten

Zeit für einen neuen Schrecken? In der Piratengemeinschaft gehen Gerüchte um, dass Piratin Westfield möglicherweise nicht kühn und wagemutig genug sein könnte, um den Titel „Schrecken des Südens“ zu behalten. Piratin Westfield hat sich nicht nur auf eine umstrittene Suche nach der verschwundenen Zauberin gemacht. Sie wurde auch kürzlich von einer Gouvernante aus einer Schenkenschlägerei gerettet. Kaum verwunderlich also, wenn sie bald wegen unpiratenhaften Verhaltens aus dem Club geworfen wird. Wer sollte eurer Meinung nach der neue Schrecken des Südens werden? Schreibt dem Seeräuber eure Meinung!

Königliche Inspektoren von Schurken versenkt. In einem dramatischen Duell auf Hoher See wurden gestern zwei Inspektoren der Königin durchnässt und gedemütigt, als ihr Schiff von dem Piraten Kanonenkugel-Jack beschossen wurde. Die Herren hatten versucht, Kanonenkugel-Jack zu verhören, da seine Augenklappe in der Nähe vom Schauplatz des Verschwindens der Zauberin gefunden worden war. Doch der Pirat weigerte sich zu kooperieren, wenn er auch jedem der Inspektoren noch eine Packung

Zwieback zuwarf, als sie zum Ufer zurückschwammen. Beide Inspektoren sind sicher aufs Festland zurückgekehrt, doch der aktuelle Aufenthaltsort von Kanonenkugel-Jack ist unbekannt. Der Zwieback ging in den Wellen leider verloren.

AUSHILFEN GESUCHT.
FGECP-Präsident Rupert Schwarzzahn sucht Piraten zur Unterstüztung der Crew der Abtrünnigen für einen kurzen Einsatz im Norden. Bewerber müssen dem Club loyal sein, dürfen nicht dem Klatsch frönen und müssen bereit sein, wenn nötig zu tanzen. Erstklassige Duellfähigkeiten sind Voraussetzung. Die Piraten werden großzügig aus der persönlichen Schatztruhe des Präsidenten entlohnt. Für weitere Informationen schreibt bitte direkt an Kapitän Schwarzzahn.

Liebe Hilary,
uns ist nicht entgangen, dass du und deine außergewöhnlichen Freunde auf eurer Reise den Kurs nach Norden eingeschlagen habt. Bitte hör sofort damit auf. Dürfen wir dir stattdessen eine Reise in den Süden, Osten oder Westen vorschlagen? Es gibt viel hübschere Richtungen und auch viel ungefährlichere, wie wir gehört haben. Wenn du weiterhin nordwärts segelst, könnte es sein, dass du dich in sehr rauen Gewässern wiederfindest.
Wie schade, dass dein lieber Freund Jasper auf eurer Reise nicht dabei sein kann. Wo könnte er nur sein?

Mit bedrohlichen Grüßen
Die Meuterer

Kapitel Zwölf

Am höchsten Punkt von Gunpowder Island, am Ende einer steilen Kopfsteinpflastergasse, hatte der Fast Ganz Ehrbare Club der Piraten sein Hauptquartier. Auf der weiß getünchten Veranda reihten sich Schaukelstühle und brennende Fackeln aneinander, und darüber befand sich ein hübscher Balkon mit Fernrohr, um über die Bucht blicken zu können. Von allen vier Ecken des Daches wehten Piratenflaggen, und ein echter Totenschädel wachte über zwei gekreuzten Entermessern über der Eingangstür. Ein paar Piraten spazierten auf dem Gelände herum, schaukelten in Hängematten hin und her oder plauderten lässig angelehnt an eine der vielen Kanonen, die das Gebäude umgaben. Es war ein hübsches Hauptquartier, fand Hilary. Sie bereute es beinahe, hier einbrechen zu müssen.

Weil Charlie eine Piratenausbildung gemacht hatte, war er Dutzende Male im Hauptquartier des Clubs gewesen. Hilary hatte ihn deshalb beauftragt, durch Kapitän Schwarzzahns Fenster zu schauen. Jetzt kam er um die Ecke auf Hilary zugeschlendert und pfiff dabei sowohl fröhlich als auch laut. Hilary kniff die Augen zusammen. „Was soll das Gepfeife?“, flüsterte sie.

„Du hast doch gesagt, ich soll mich nicht verdächtig benehmen“, sagte Charlie, „und verdächtige Leute pfeifen nie.“

Das stimmte wohl, dachte Hilary, denn keiner der herumspazierenden Piraten hatte Charlie einen zweiten Blick geschenkt. „Konntest du etwas sehen?“

„Nicht viel“, sagte Charlie, „aber ich glaube nicht, dass Schwarzzahn in seinem Büro ist. Die Vorhänge sind zugezogen und ich habe rein gar nichts gehört, als ich das Ohr ans Fenster legte.“

„Ich habe meine Häkelnadel eingesetzt“, sagte Miss Greyson, die hinter ihnen herangekommen war. „Weder Jasper noch Miss Pimm scheinen irgendwo in der Nähe zu sein. Offen gestanden bezweifle ich, dass sie überhaupt auf der Insel sind.“

Hilary stampfte mit den Stiefeln auf dem Kopfsteinpflaster auf. „Mist!“, sagte sie. „Es war wohl auch nicht wahrscheinlich, aber ich hatte es gehofft …“

„Ich weiß“, sagte Miss Greyson. „Das hatte ich auch.“

„Na ja“, sagte Hilary nach kurzem Schweigen, „wenn Schwarzzahn nicht in seinem Büro ist, können wir in Ruhe seine Sachen durchsuchen. Vielleicht finden wir etwas Nützliches.“

Sie hatten bereits auf der *Taube* beschlossen, dass es schrecklich verdächtig aussehen würde, durch Kapitän Schwarzzahns Fenster zu klettern, und sie es deshalb nicht riskieren sollten. Also hatte sich Hilary für einen Plan entschieden, der ihnen beinahe schon zu einfach vorkam. „Seid ihr bereit?“, fragte sie Miss Greyson und Claire.

Beide nickten, und Claire rutschte der Piratenhut über die Augen. „Bist du sicher, dass es keine Wachen geben wird?“, fragte sie.

„Man braucht keine Wachen, wenn jeder im Gebäude mindestens ein Schwert hat“, sagte Charlie. „Solange du piratenhaft aussiehst und ab und zu ‚Arr!‘ sagst, dürfte es eigentlich keine Probleme geben.“

„Also gut.“ Claire drückte Hilarys Hand. „Bis gleich“, flüsterte sie. „Und bitte lass dich nicht erwischen.“

Um ehrlich zu sein machte sich Hilary um Claire und Miss Greyson größere Sorgen als um sich selbst. Sie war eine Piratin und Clubmitglied – im Moment jedenfalls noch –, genau wie Charlie. Es war vollkommen normal, dass sie auf der Durchreise das Hauptquartier besuchten. Doch falls Miss Greyson der Piratenhut vom Kopf flog oder Claire über ihren riesigen Piratenmantel stolperte, würde jeder Schurke im Gebäude wissen, dass sie nichts Gutes im Schilde führten, und die meisten Piraten mochten weder Internatsmädchen noch Gouvernanten.

Nachdem Claire und Miss Greyson durch den Haupteingang gegangen waren, zählten Hilary und Charlie bis fünfhundert, bevor sie ihnen folgten. Der Wasserspeier hatte gegen diesen speziellen Teil des Plans Einspruch erhoben: Obwohl er es oft versucht hatte, gelang es ihm nie, weiter als bis 73 zu zählen. Jetzt saß er ganz unten in Hilarys Tasche und machte sich nützlich, indem er gelegentlich wahllos Zahlen rief. „38!“, sagte er. „Elf! Zwei! Ist es schon Zeit?“

Endlich war es an der Zeit, und Hilary betrat die Veranda. Sie musterte kurz den Schädel über der Tür und bemühte sich, nicht darüber nachzudenken, wer er in einem vorherigen Leben wohl gewesen sein mochte: ein armer Freibeuter, der wegen unpiratenhaften Verhaltens bestraft worden war vielleicht? Oder ein Pirat, der dabei erwischt wurde, wie er in den privaten Gemächern des Präsidenten herumschnüffelte? Dann straffte sie die Schultern, öffnete die Tür mit den quietschenden Angeln und trat ein.

Der schmale Flur vor ihnen war von Fackeln beleuchtet, und die Wände waren mit Erinnerungsstücken vorheriger FGECP-Präsidenten geschmückt: die Hutfeder von Holzbein Hawkins, die Augenklappe vom Schielenden O'Hara, das Glasauge vom Schönen Jack Winter und (Hilary schauderte) Gebeine von jemandem namens „Kapitän Totes Herz“.

Kleinere Flure gingen zu beiden Seiten ab, und aufwendig geschnitzte Holzpfeile zeigten den Weg zur WAFFENKAMMER oder zum SCHWIMMBAD an. Piraten mit wichtig aussehenden Lederbüchern unter den Armen marschierten an ihnen vorbei, und in der Luft waren erstaunlich viele Papageien. Etwas knirschte leicht unter Hilarys Stiefeln. Sie hoffte, es war Vogelfutter und keine Gebeine.

Endlich öffnete sich der Flur zu einer Halle mit hoher Decke. Ein hölzerner Pfeil zeigte geradeaus auf das QUARTIER DES PRÄSIDENTEN. Hilary grinste, als sie sah, dass Miss Greyson und Claire schon schwer damit beschäftigt waren, Kapitän Schwarzzahns Sekretär abzulenken. Es war ein schmächtiger Pirat, der hinter einem Schreibtisch saß, der mehrere Male so groß war wie er selbst.

„Mein Schützling denkt drüber nach, sich dem Club anzuschließen", erklärte Miss Greyson dem Sekretär mit schwerem Piratentakzent, „un' sie würd' gern mehr darüber wissen. Könnt Ihr uns 'n paar mehr Infos geben, Mr Gull?"

„Habt Ihr Prospekte?", fragte Claire und beugte sich dabei so weit über den Schreibtisch, dass Mr Gull auf seinem Stuhl immer kleiner wurde. „Ich liebe Prospekte total. Ist das Hauptquartier sehr alt? Wie viele Piraten sind im Club? Wart Ihr schon einmal in einen Schwertkampf verwickelt? Was findet Ihr furchteinflößender, einen Haken oder ein Holzbein?" Sie schaute kurz über die Schulter und fing Hilarys Blick auf. „Oh, schaut mal da drüben!", rief sie und zeigte auf ein Fenster am anderen Ende der Halle. „Ich glaube, die Königin persönlich kommt zu Besuch!"

Mr Gull sprang auf und eilte zum Fenster, woraufhin Hilary und Charlie hinter seinem Rücken am Schreibtisch vorbeischlichen. „Vielleicht ist es doch nicht die Königin", hörte Hilary Claire sagen, als sie um die Ecke bogen. „Ich dachte noch, sie sieht sehr komisch aus mit Augenklappe und Bart."

„Da ist es", flüsterte Charlie. Die Plakette an der Tür vor ihnen trug Kapitän Schwarzzahns Namen, und Charlie rüttelte am Türknauf. „Natürlich verschlossen", sagte er.

„Damit kann eine Piratin umgehen", sagte Hilary. Sie hielt ihre magische Münze in einer Hand und legte die andere auf den Türknauf. „Magie", sagte sie, „bitte schließe diese Tür auf."

Hilarys Arm kribbelte, man hörte ein leises Klicken, und der Türknauf drehte sich in ihrer Hand. „Danke, Magie", flüsterte Hilary der Münze zu, während sie und Charlie in Kapitän Schwarzzahns Gemächer schlichen.

Die Tür fiel hinter ihnen zu, und Hilary schloss wieder ab. „Nur für den Fall, dass Schwarzzahn zurückkommt", erklärte sie. „Wir müssen alles genauso hinterlassen, wie wir es vorgefunden haben." Der Raum war bemerkenswert sauber und größtenteils leer. Hilary nahm an, dass Kapitän Schwarzzahn die meisten seiner Besitztümer auf der Abtrünnigen hatte. Ein abgeschabter Ledersessel stand vor einem offenen Kamin, und Bücher und Papiere stapelten sich auf einem Beistelltisch. In einer Ecke stand eine große, vom Meerwasser verwitterte Truhe, fast identisch mit der, die Kapitän Schwarzzahn Hilary gebracht hatte, als er sie im FGECP willkommen geheißen hatte. Bei der Erinnerung daran wurde Hilary das Herz schwer. „Vielleicht ist Schwarzzahn doch kein Meuterer“, sagte sie. Sie öffnete die Truhe und fand darin nichts als Spinnweben. „Es ist schwer zu glauben, dass er so bösartig sein soll.“

Charlie wühlte in den Ersatzpiratenmänteln, die an einem hohen Holzständer hingen. „Na ja, er hat niemanden in sein Büro gesperrt, das ist schon mal ein Punkt für ihn. Und er leert seine Taschen regelmäßig.“

Die Schnauze des Wasserspeiers erschien über dem Rand von Hilarys Tasche. „Aber er hat uns im *Salzigen Keks* nicht verteidigt“, sagte er. „Er hätte zugelassen, dass uns diese Halunken durchbohren. Weißt du noch?“

„Wie könnte ich das vergessen?“, fragte Hilary. „Vielleicht hoffte er, wir könnten uns selbst verteidigen – und das hätten wir auch gekonnt, weißt du?“ Sie setzte sich auf den Sessel des Kapitäns und ließ den Blick über die Rücken seiner Bücher schweifen. Sie trugen Titel wie *Piratenhandbuch für Plünderungen* und *In fünf Wochen zu einem schöneren Bart*. Überall um die Bücher herum stapelten sich Papiere und Ordner, die mit Kapitän Schwarzzahns krakeliger Klaue beschriftet waren, doch zu Hilarys Enttäuschung stand auf keinem der Ordner MEUTERER.

Zehn Minuten schauten sie Kataloge für Seefahrerbedarf durch, Notizen auf FGECP-Briefpapier und die persönlichen Aufzeichnungen eines halben Dutzends Piraten, doch sie konnten nicht das winzigste Stückchen Information finden, das die Meuterer erwähnte. Noch wollte Hilary allerdings nicht ans Aufgeben denken. Seufzend lehnte sie sich in Kapitän Schwarzzahns Sessel zurück.

„Warte mal kurz“, sagte Charlie da. „Was ist das?“ Er zog einen dicken weißen Umschlag zwischen den Seiten des *Piratenhandbuchs* für Plünderungen hervor, in dem er als Lesezeichen gedient hatte. Hilary richtete sich sofort wieder auf: Der Umschlag war mit eleganter Handschrift an Kapitän Schwarzzahn adressiert, und sein blaues Wachssiegel war in der Hälfte durchgebrochen.

„Also haben die Meuterer Schwarzzahn geschrieben“, sagte sie und nahm Charlie den Umschlag aus der Hand. „Ich frage mich, was sie zu sagen haben.“

Der Wasserspeier hopste in seiner Tasche auf und ab. „Oh Hilary, mach ihn auf! Du weißt, Wasserspeier können keine Spannung ertragen!“

„Piraten sind auch nicht besonders gut darin“, sagte Hilary, während sie ein Blatt Papier aus dem Umschlag zog. Auch dieses war mit der zierlichen Schrift der Meuterer bedeckt, doch einen langen Moment ergaben die Worte überhaupt keinen Sinn:

Mrs Georgiana Tilbury

BITTET

Kapitän Schwarzzahn

UM DIE FREUDE SEINER ANWESENHEIT BEI
EINEM VORNEHMEN BALL ZUR FEIER
DES HIGH-SOCIETY-DEBÜTS IHRER TOCHTER

Philomena.

SAMSTAG UM ACHT UHR
TILBURY PARK, NORDHOLM, DER NORDEN.

UM ANTWORT WIRD GEBETEN.

Charlie schaute Hilary über die Schulter. „Eine Einladung zu einem Ball?", sagte er. „Vielleicht ist es eine Drohung."

„Eine Einladung zu Philomenas Ball", korrigierte Hilary, „geschrieben von ihrer Mutter."

„Ich verstehe das nicht", sagte der Wasserspeier. „Warum schreibt Philomenas Mutter wie ein Meuterer?"

„Weil sie ein Meuterer *ist.*" Hilary wedelte mit der Einladung unter der Schnauze des Wasserspeiers. „Mrs Georgiana Tilbury muss diejenige sein, die uns und Kanonenkugel-Jack diese schrecklichen Botschaften geschickt hat. Oh, ich wusste doch, dass Philomena irgendwie darin verwickelt ist! Ihre Mutter ist anscheinend noch viel böser als sie."

„Und die Tilburys sind mit Kapitän Schwarzzahn befreundet, nehme ich an", sagte Charlie, „auch wenn ich mir nicht vorstellen kann, dass Philomena einen Piraten zu ihrem Ball einlädt. Es sei denn, sie findet das besonders romantisch."

„Oder vielleicht arbeiten sie alle zusammen." Hilary grinste. „Ich verwette meinen Hut, dass Kapitän Schwarzzahn und Mrs Tilbury beide Meuterer sind."

„Ich hoffe, du hast recht", sagte der Wasserspeier. „Es wäre sehr traurig, wenn du deinen Hut verlieren würdest."

In diesem Moment schallte Claires Stimme durchs Gebäude. „DU MEINE GÜTE!", rief sie so laut, dass Hilary es durch die geschlossene Tür hören konnte. „IST DAS KAPITÄN SCHWARZZAHN, DER PRÄSIDENT DES PIRATENCLUBS, AUF DEM WEG ZU SEINEM QUARTIER?"

„Oh, Mist!" Hilary stopfte die Einladung in ihren Umschlag zurück und schaute sich nach einem Versteck um. Es war keine Zeit mehr, um zum Ausgang zu flitzen, aber sich hinter den Sessel zu quetschen würde ihr auch nichts nützen. „Warum hat Schwarzzahn nicht mehr Möbel?" Charlie quetschte sich in Kapitän Schwarzzahns Truhe, und Hilary schlüpfte mit dem Wasserspeier gerade noch rechtzeitig hinter den Mantelständer, als der Schlüssel im Schloss kratzte.

„Was für ein seltsames kleines Piratenmädchen das war", sagte jemand, als sich die Tür öffnete. Die Stimme klang überhaupt nicht wie die von Kapitän Schwarzzahn – sie war viel zu elegant und mehrere Oktaven zu hoch. Vorsichtig schob Hilary den Ärmel eines der vielen Mäntel des Kapitäns zur Seite und spähte durch die Lücke, die sie zwischen den Falten des Stoffs geschaffen hatte.

Kapitän Schwarzzahn hatte sein Büro betreten, aber er war nicht allein gekommen. Sein Gast war eine große Frau, die in Pfauenblau gekleidet war. Sie nahm ihren schicken Hut ab und strich sich die ergrauenden Haare glatt, wobei sie beinahe so gereizt aussah wie vor ein paar Tagen, als sie im königlichen Kerker an Hilary vorbeigerauscht war. Jetzt im hellen Mittagslicht wusste Hilary jedoch genau, warum ihr die Frau so bekannt vorgekommen war: Sie war eine ältere, strengere Version von Philomena.

„Sie scheint deinen armen Sekretär gründlich eingeschüchtert zu haben“, fuhr Mrs Tilbury fort. „Wenn niemand ein Auge auf sie hat, wächst sie sich zu einem ähnlichen Ärgernis aus wie James Westfields Tochter.“

Hilary kribbelte es in den Fingern. Sie war kein Ärgernis, sie war ein Schrecken, aber vielleicht war Mrs Tilbury zu dumm, um den Unterschied zu kennen.

„Um ehrlich zu sein“, sagte Kapitän Schwarzzahn, „ist mir James' Tochter viel lieber als James selbst. Es würde mir nichts ausmachen, den verflixten Kerl über die Planke zu schicken, wenn dieser ganze Unsinn vorbei ist.“ Er nahm seinen Hut ab und rieb sich die kahle Stelle auf dem Kopf. „Das hätte ich schon vor Monaten getan, wenn du mich nicht in seine Angelegenheiten hineingezogen hättest."

Mrs Tilbury schnalzte mit der Zunge. „Also, Rupert, das ist nicht nett. James kann ziemlich stur sein, das muss ich zugeben. Vielleicht hat das Mädchen das von ihm. Ehrlich, gibt es denn gar nichts, das ihr Angst macht?"

„Man nennt sie den Schrecken des Südens", betonte Kapitän Schwarzzahn, und Hilary lächelte unwillkürlich in die Mäntel.

„Das mag sein", sagte Mrs Tilbury, „aber ich verstehe nicht, warum du nicht ein paar von deinen Männern bittest, sie für einen Monat oder zwei an einem tristen Ort auszusetzen."

„Sie ist ein Clubmitglied, Georgiana. Ich lasse meine eigenen Halunken nicht entführen. Ich habe schon mein Bestes getan, sie zu verwarnen." Kapitän Schwarzzahn setzte sich auf seinen Sessel und begann, die Bücher- und Papierstapel zu durchsuchen. „Ich mache mir aber keine großen Sorgen. Ich habe Piratin Westfield in Queensport befragt, und sie weiß überhaupt nichts."

„Was ist mit diesem schäbigen Waisenjungen, mit dem sie herumsegelt?", fragte Mrs Tilbury. „Könnte der uns Probleme bereiten?"

„Er ist recht geschickt mit dem Schwert, aber er ist kein ernsthafter Pirat. Ich habe sogar gehört, dass er sich weigert, Magie zu benutzen!" Kapitän Schwarzzahn schüttelte den Kopf. „An den müssen wir keinen weiteren Gedanken verschwenden."

Hilary zuckte zusammen und schaute zu der Truhe hinüber, in der sich Charlie versteckte. Wenn er nur nicht herauskletterte und Schwarzzahn zum Duell forderte!

„Und die Inspektoren der Königin?", fragte Mrs Tilbury.

„Immer noch vollkommen konfus, wie immer", sagte Kapitän Schwarzzahn, „aber ich habe dafür gesorgt, dass noch mehr Piraten Wache stehen, für den Fall, dass dieser Hastings doch noch zufällig auf schlaue Ideen kommt."

„Noch mehr Piraten!" Mrs Tilbury seufzte. „Das Haus wird von ihnen überlaufen sein. Sie sollen aber bloß nicht im Porzellanschrank herumwühlen oder Matsch in meine guten Teppiche treten!"

„Ich werde es ihnen ausrichten", sagte Kapitän Schwarzzahn fröhlich. „Ah, hier sind die Notizen, die ich brauche." Er stand auf und setzte den Hut wieder auf. „Sollen wir sie beim Mittagessen besprechen?"

„In einer dieser fürchterlichen Grogschenken?" Mrs Tilbury rümpfte die Nase, was Hilary stark an Philomena erinnerte. „Können wir nicht irgendwo hingehen, wo es zivilisierter zugeht?"

„Nicht auf Gunpowder Island", sagte Kapitän Schwarzzahn, „und der Haufen im *Schwert und Seepferd* veranstaltet so einen Radau, dass wir nicht belauscht werden." Er drehte sich um und schaute zu Hilarys

Entsetzen direkt auf den Mantelständer. „Soll ich meinen dunkelroten Mantel anziehen, frage ich mich? Den blauen hier trage ich schon seit Tagen."

Hilary stand so still wie ein Segel ohne ein Lüftchen. Sie wollte zum Trost nach dem Wasserspeier greifen, traute sich aber nicht, die Hand zu bewegen; sie wagte es kaum zu atmen. Wenn Kapitän Schwarzzahn sie jetzt erwischte, würde er sie nicht einfach nur aus der Liga werfen. Er würde sie auf der Stelle durchbohren! Und falls er zögerte, würde es sicherlich Mrs Tilbury an seiner Stelle tun. *Zieh keinen anderen Mantel an!*, dachte sie fieberhaft. *Oh, bitte, zieh keinen anderen Mantel an!*

Kapitän Schwarzzahn machte einen Schritt auf den Mantelständer zu.

„Sei nicht albern, Rupert!", sagte Mrs Tilbury. „Dunkelrot ist eine Farbe für den Winter, und jetzt ist Hochsommer. Diese Saison tragen einfach *alle* Blau." Sie deutete auf ihren eigenen pfauenblauen Hut. „Und jetzt lass uns gehen, wenn es dir recht ist. Du weißt, ich kann es nicht ertragen zu warten."

Als Kapitän Schwarzzahn die Tür hinter sich geschlossen und den Schlüssel im Schloss gedreht hatte, schlich Hilary hinter dem Mantelständer hervor und eilte zur Truhe. „Hast du das gehört?", flüsterte sie, als sie den Deckel anhob, um Charlie herauszulassen.

„Jedes Wort." Charlie hustete und versuchte, die Spinnweben von seinem Mantel zu wischen. „Vor allem, dass ich kein ernst zu nehmender Pirat bin."

Hilary streckte ihm die Hände entgegen und zog ihn aus der Truhe. „Ist doch egal, was Kapitän Schwarzzahn denkt. Er ist schließlich ein Meuterer, und bestimmt ist es unglaublich piratenhaft, von Bösewichten nicht gemocht zu werden."

Charlie zuckte die Achseln. „Wir müssen nicht darüber reden."

„Bist du sicher?", fragte Hilary.

„Ziemlich", sagte Charlie ausdruckslos. Er zog eine Spinne von seiner Schulter und steckte sie in Hilarys Tasche, damit der Wasserspeier etwas zu knabbern hatte. „Wer war diese Frau bei Schwarzzahn? Ich konnte durch das Schlüsselloch nichts sehen."

„Das", sagte Hilary, „war Philomenas reizende Mutter. So wie Schwarzzahn plant, ihr Haus von Piraten bewachen zu lassen, hört es sich an, als hielten sie Miss Pimm in Tilbury Park gefangen. Vielleicht haben sie dort auch Jasper."

„Und jetzt können wir sie retten!", rief der Wasserspeier.

„Das hoffe ich." Hilary schaute aus dem rußgeschwärzten Fenster, wo Kapitän Schwarzzahn und Mrs Tilbury gerade den Hügel hinunterspazierten. „Kommt mit, wir holen Claire und Miss Greyson."

„Gute Idee", sagte Charlie. „Ich halte es hier nämlich keine Sekunde länger aus."

Hilary marschierte in die Halle, legte Claire eine Hand auf die Schulter und Miss Greyson die andere und schaute auf den Kopf des Sekretärs hinab. „Arr!“, sagte sie. „Haben diese Piraten Euch belästigt, Mr Gull?“

Der Sekretär zitterte.

„Keine Bange“, fuhr Hilary fort. „Wir bringen sie sofort weg. Aber bevor ich gehe, möchte ich Euch gern eine Frage stellen, wenn ich darf.“

Mr Gull nickte. „Natürlich, Piratin“, sagte er mit bebender Stimme. „Wie kann ich Euch helfen?“

„Ich wüsste gerne, warum diese elegante Dame in Pfauenblau mit Kapitän Schwarzzahn in diesen Hallen umhergestreift ist“, sagte Hilary. „Im Clubhaus sind doch sicherlich keine Damen der High Society erlaubt?“

„N-nein“, sagte Mr Gull, „eigentlich nicht. Aber für Mrs Tilbury machen wir immer eine Ausnahme.“

„Und warum das?“

Mr Gull setzte sich ein wenig aufrechter hin. „Weil“, sagte er, als gäbe es nichts Offensichtlicheres, „Mrs Tilbury Kapitän Schwarzzahns Schwester ist.“

„Ich habe mir schreckliche Sorgen gemacht!“, sagte Claire, als sie über das Kopfsteinpflaster zur Gunpowder Bay eilten. „Ich war mir sicher, Kapitän Schwarzzahn würde uns erkennen. Miss Greyson besaß die Geistesgegenwart, sich hinter eine Topfpflanze zu stellen, und ich glaube nicht, dass der Kapitän mich eines zweiten Blickes gewürdigt hat. Also war alles in Ordnung. Als er dann aber mit dieser schrecklichen großen Frau auf sein Büro zuging, dachte ich wirklich, jetzt ist alles aus!“

Sie machte eine Pause, um Luft zu holen. „Also habe ich geschrien."

„Und das war genau richtig", sagte Hilary, „sonst würden wir jetzt alle auf Kapitän Schwarzzahns Schwert stecken oder wären in Mrs Tilburys Villa eingesperrt." Allein der Gedanke daran drehte ihr den Magen um. „Gegen diese Frau wirkt Philomena wie eine Rose."

„Eine Rose mit haufenweise Dornen", sagte Charlie, „die zum Spaß Zauberinnen entführt."

Miss Greyson schob sich den Piratenhut aus den Augen. „Um der Gerechtigkeit willen müssen wir sagen, dass wir nicht wissen, ob Philomena etwas damit zu tun hat. Vielleicht arbeiten ihre Mutter und Kapitän Schwarzzahn allein."

„Das bezweifle ich", sagte Hilary. „Boshaftigkeit scheint bei ihnen in der Familie zu liegen. Aber vielleicht erfahren wir mehr, wenn wir erst in Tilbury Park sind."

„Und uns an Dutzenden von Schwarzzahns angeheuerten Halunken vorbeikämpfen", sagte Charlie, „und Miss Pimm retten und Jasper finden und entkommen, ohne durchbohrt zu werden." Er trat gegen einen losen Pflasterstein. „Das ist eine ziemlich schwierige Aufgabe für einen schäbigen Waisenjungen."

„Dann ist es ja ein Glück", erwiderte Hilary, „dass du alles andere als schäbig bist." Sie wandte sich an Claire. „Findest du es nicht auch ziemlich seltsam, dass Philomena einen Piraten zum Onkel hat? Ich frage mich, ob sie zu ihm genauso unhöflich ist wie zu uns."

Claire dachte darüber nach. „Ich würde annehmen“, sagte sie schließlich, „dass Philomena zu jedem unhöflich ist. Außer natürlich zu Anselm Feathering.“ Sie seufzte. „Hoffentlich ist er nicht zu verzweifelt, wenn er herausfindet, dass er mit einer Verbrecherin verlobt ist.“

Als sie endlich an Bord der *Taube* gingen, fanden sie Marrow, Slaughter und Stanley mit gezogenen Schwertern auf ihren Wachposten vor. „Hat euch jemand Probleme gemacht?“, fragte Hilary sie.

„Nicht besonders“, sagte Mr Marrow. „Aber wir haben ein paar Bücher verkauft.“

„Oh, gut“, sagte Miss Greyson.

„Und wir glauben, die königlichen Inspektoren herumschnüffeln gesehen zu haben“, sagte Mr Stanley. „Das sind doch die Herren in den roten Jacketts, nicht wahr? Sie sind vom Festland herübergesegelt und wirkten recht interessiert an der *Taube*, aber sie blieben nicht lange, als sie unsere Fernrohre sahen.“

„Und unsere Schwerter“, fügte Mr Slaughter hinzu.

„Wie eigenartig.“ Hilary stellte ihre Tasche ab und setzte den Wasserspeier wieder in sein Nest. „Aber ich fürchte, wir haben keine Zeit, uns über die Inspektoren Gedanken zu machen. Bitte nehmt Kurs auf Nordholm.“

Mr Stanley zog die Augenbrauen hoch. „Und was sollen wir dort tun, Schrecken?“

„Wir finden unsere Freunde“, sagte Hilary, „und wir werden die Meuterer in ihre Schranken weisen.“

Aus Augustas Gerüchteküche
Wo die High Society Skandale sucht

Bist du eine junge Dame der High Society? Wolltest du schon immer eine Zauberin sein? Wenn ja, liebe Leserin, könnte dein Traum bald in Erfüllung gehen! Unserer Königin Adelaide nahestehende Quellen haben der Gerüchteküche strengstens vertraulich erzählt, dass die Königin in Kürze eine neue Zauberin zu ernennen gedenkt, falls Miss Eugenia Pimm, Zauberin des Nordens, in den nächsten Tagen nicht auf ihren Posten zurückkehrt. Die königlichen Inspektoren haben alle Hände voll zu tun mit Berichten von gestohlenen magischen Gegenständen und misslungenen Zaubern. Die Berater der Königin befürchten, dass das magische Chaos nur schlimmer werden wird, bis die neue Zauberin die Führung übernimmt.

Vor ihrem rätselhaften Verschwinden hatte Miss Pimm selbst begonnen, nach einer Nachfolgerin zu suchen. Der Gerüchteküche wurde jedoch zugetragen, dass sie keine Kandidatin finden konnte, die talentiert genug für die Aufgabe war. Wird Königin Adelaide mehr Glück haben? Wir von der Gerüchteküche können es nicht erwarten zu erfahren, wer die glückliche junge Dame sein wird.

Wir fragen, unsere Leser antworten:
Findet ihr, die Königin sollte eine neue Zauberin ernennen?

„In den Wochen seit dem Verschwinden von Miss Pimm hat ein Taschendieb meine magischen Münzen gestohlen, der Bürgermeister unseres Dorfes färbte sich selbst ziemlich leuchtend lila und der örtliche Bauer benutzte seinen magischen Gegenstand, um seine Schweine Opernarien singen zu lassen. Eine neue Zauberin zu finden ist vielleicht der einzige Weg, um diese grässlichen Kreaturen zum Schweigen zu bringen." – *H. Thorne, Wimbly-on-the-Marsh*

„Ich nehme an, eine neue Zauberin wäre praktisch, solange sie nicht auch so eine fürchterliche Schwäche für Reime hat." – *P. Scattergood, Otterpool*

„Ich mag Zauberinnen prinzipiell nicht, aber alles wäre besser als diese alte Schachtel, die sich immer in alles einmischen muss. Gott sei Dank, dass sie endlich weg ist." – *J. Westfield, Queensport*

„Soll das 'n Witz sein? Das wär' der Gipfel der Dummheit, 'ne neue Zauberin zu ernennen. Der Schrecken des Südens wird Eugenia zurückbringen, merkt euch das!" – *K.-Jack, Hohe See*

Kapitel Dreizehn

Hilary hatte noch nie so so eine Stadt wie Nordholm gesehen. Sie war hell, kahl und sehr alt, durchschnitten von Flüssen und von den Wellen poliert, bis sie beinahe mehr Wasser als Land war. Während sich die *Taube* um Inseln schlängelte und an Zugbrücken vorüberglitt, zeigte Charlie auf das felsige Ufer, wo er mit seinen Eltern gewohnt hatte, bevor ihr Schiff versenkt worden und er zu Jasper gekommen war. „Es war ein guter Ort, um Pirat zu sein“, sagte Charlie. „Man konnte immer eine Menge Schiffe durchs Fenster beobachten. Mama hat mir ein Floß gebaut, auf dem ich herumpaddeln konnte. Einmal habe ich versucht, es durch die Stadt zu segeln, aber ich habe es nicht einmal um die erste Flussbiegung geschafft, bevor ich über Bord ging.“

„Jetzt bist du ein viel besserer Pirat“, sagte Hilary. „Bestimmt wäre deine Mama beeindruckt.“

„Sie war jedes Mal beeindruckt, wenn ich nicht tropfnass nach Hause kam“, sagte Charlie, „was allerdings nicht oft vorkam.“

Claire hatte Tilbury Park auf einer der wasserfleckigen Karten gefunden, die Jasper an Bord der *Taube* aufbewahrte. „Es ist am Stadtrand“, berichtete sie, „in der

Nähe des Waldes, und es sieht beinahe groß genug aus, um ein eigenes Dorf zu sein. Vielleicht ist die Karte falsch."

Doch das Anwesen von Tilbury Park war genauso herrschaftlich und einschüchternd, wie es die Karte vermuten ließ. Es stand hoch über dem Wasser, von Bäumen geschützt, mit Säulen und Säulengängen und riesigen Glasfenstern, die aufs Meer blickten. Eine niedrige Steinmauer zeichnete die Grenze des Grundstücks nach und mühte sich redlich, die Felder und Gärten davon abzuhalten, in die Wellen zu rutschen.

Der Wasserspeier wollte gerade „Land in Sicht!" rufen, doch Hilary hielt ihm die Schnauze zu. Sie wollte nicht, dass die Bewohner von Tilbury Park erfuhren, dass der Schrecken des Südens zu Besuch gekommen war. Stattdessen segelte sie die *Taube* eine halbe Meile entfernt in eine Bucht. Dort bat sie Marrow, Slaughter und Stanley, Wache zu halten, während sie mit dem Beiboot an Land ruden wollte, um einen genaueren Blick auf die Villa zu werfen. Der Wasserspeier räusperte sich nachdrücklich, bis Hilary einwilligte, ihn mitzunehmen, und Claire, Charlie und Miss Greyson quetschten sich ungebeten mit ins Boot. „Wenn du glaubst, wir würden alle auf der *Taube* bleiben und Romane lesen, während du Miss Pimm rettest", sagte der Wasserspeier, „dann bist du verrückt."

Als sie das Ufer erreicht hatten, versteckte Hilary das Beiboot hinter einem praktischen Busch, und die Piraten stapften den Hügel hinauf auf Tilbury Park zu. Unterwegs zog Miss Greyson ihre Häkelnadel aus ihrem Dutt und hielt sie gerade in die Luft. „Bitte führe mich zu Miss Eugenia Pimm“, sagte sie.

Einen Moment lang stand die Häkelnadel vollkommen still. Dann neigte sie sich langsam, aber unmissverständlich in die Richtung des Tilbury-Herrenhauses.

Hilary grinste und Claire klatschte in die Hände. „Wie wunderbar!“, rief sie.

„Ruhig!“, sagte Miss Greyson mit ziemlich selbstzufriedenem Gesichtsausdruck. Dann richtete sie ihre Aufmerksamkeit wieder auf die Häkelnadel. „Und wärst du bitte so nett, mir den Weg zu Jasper Fletcher zu zeigen?“

Die Häkelnadel schwankte von einer Seite zu anderen, schien sich das Ganze anders zu überlegen und glitt Miss Greyson aus der Hand.

Miss Greysons Lächeln schwand. „Er ist nicht hier“, sagte sie knapp, während sie ihre Häkelnadel aufhob. „Das gefällt mir überhaupt nicht.“

Hilary drückte ihre Hand. „Wenigstens wissen wir, wo Miss Pimm ist“, sagte sie. „Ich bin sicher, Jasper finden wir auch noch.“

Als sie näher an Tilbury Park herankamen, begann der Wasserspeier, in seiner Tasche zu zappeln. „Tut mir leid“, sagte er, „es sind meine Ohren. Sie kribbeln fast so sehr wie auf der *Taube*. Ich glaube, jemand da oben muss eine Menge Magie haben.“

„Ach, du meine Güte“, sagte Claire, „wirklich? Ich hoffe, es ist nicht Philomena. Sie wird mich in etwas Furchtbares verwandeln – einen Tausendfüßler vielleicht oder einen Pilz – und das verdirbt mir wahrscheinlich den ganzen Nachmittag.“

Als sie an den Rand des Anwesens kamen, kniete sich Hilary hinter die niedrige Steinmauer und zog ihr Fernglas heraus. „Mist“, sagte sie. „Dort wimmelt es wirklich von Wachen.“ Dutzende von Männern in pfauenblauen Uniformen standen in geraden Linien vor der Villa. Die meisten von ihnen trugen scharf aussehende Schwerter am Gürtel, und Hilary meinte, mindestens eine Kanone zu entdecken. „Das müssen die Männer sein, die Kapitän Schwarzzahn zur Bewachung von Miss Pimm geschickt hat. Vielleicht wird er sogar noch mehr schicken. Wir können niemals allein gegen sie kämpfen.“

Charlie nahm das Fernglas und studierte Tilbury Park ebenfalls. „Du hast recht“, sagte er schließlich. „Das sind zu viele für uns, und ich wette, sie haben auch magische Gegenstände.“ Er schwieg kurz und stellte das Fernglas scharf. „Und zu allem Überfluss sieht es auch noch so aus, als würde jemand die Einfahrt heraufkommen.“

Die Piraten duckten sich hinter die Mauer und blinzelten durch die Risse in den Steinen zu der vorüberfahrenden Kutsche hinüber. Sie war vollkommen schwarz, ohne Familienwappen auf den Türen, und dunkle Vorhänge hingen vor den Fenstern. Vier pechschwarze Pferde zogen die Kutsche durch das Gatter. Hilary sah, wie der Fahrer die Pferde anhielt und ein Diener in pfauenblauer Livree aus dem Herrenhaus eilte, um Mrs Tilbury die Kutschentür zu öffnen.

„Hurra“, flüsterte Hilary. „Unsere Gastgeberin ist zu Hause.“

„Hey!“, sagte der Wasserspeier. „Das ist die Kutsche, die uns auf dem Weg nach Pemberton fast überfahren hätte! Weißt du noch, Hilary?“

„Ich hatte es fast vergessen.“ Hilary dachte kurz nach. „Und Miss Pimm ist genau an dem Abend verschwunden, nicht wahr? Glaubst du wirklich, es ist dieselbe Kutsche?“

„Ich würde sie überall wiedererkennen“, sagte der Wasserspeier. „Sie hätte mich beinahe in Kieselsteine verwandelt!“

Miss Greyson schnalzte mit der Zunge. „Das ist sehr eigenartig. Warum sollte eine Dame der High Society wie Mrs Tilbury in einer ungekennzeichneten Kutsche herumfahren?“

„Das ist ganz einfach“, sagte Charlie. „Sie will nicht, dass die Leute sie erkennen, wenn sie mit Piraten zu Mittag isst oder Zauberinnen entführt. Könnt ihr euch vorstellen, wie die Meuterer Miss Pimm in einer Kutsche verschwinden lassen, auf der überall das Tilbury-Wappen klebt?“

Der Wasserspeier fletschte die Zähne. „Wartet nur, bis

ich diese Meuterer in die Finger kriege", sagte er. „Im übertragenen Sinn natürlich."

Hilary hatte jedoch keine Ahnung, wie sie je an den Wächtern vorbeikommen sollten, um Miss Pimm zu retten. „Im Moment können wir nichts weiter tun", sagte sie schließlich. Ihr Piratenhut fühlte sich schwer auf dem Kopf an, und der Kragen ihres Hemdes begann zu jucken. „Und ich bin mir nicht sicher, ob wir furchterregend genug sind, um uns all diesen Wachen zu stellen – selbst wenn wir nächstes Mal Mr Stanley und seine Freunde mitbringen. Vielleicht gehen wir besser zurück zur *Taube*."

Der Wasserspeier sah besorgt aus. „Wir geben doch nicht auf, oder?"

„Nein", sagte Hilary, „ein Pirat gibt niemals auf. Aber manchmal weiß ein Pirat nicht genau, was er als Nächstes tun soll."

Schweigend gingen sie zum Beiboot zurück. Miss Greyson hatte nachdenklich die Stirn gerunzelt und Claire zupfte an den losen Fäden ihrer frisch geflickten Strickjacke. „Wir könnten Tilbury Park in Trümmer schießen", sagte Charlie schließlich. „Mit ein paar Kanonenkugeln würden wir diese Meuterer schnell los."

Hilary dachte darüber nach. „Das wäre bestimmt befriedigend, aber Miss Pimm ist da drin, und ich will nicht riskieren, dass ihr etwas passiert."

„Wir könnten die Inspektoren der Königin rufen", schlug Miss Greyson vor.

„Glaubt Ihr wirklich, sie wären in einem Kampf irgendeine Hilfe?“ Hilary trat mit der Schuhspitze gegen einen Klumpen Erde. „So oder so weigere ich mich, Inspektor Hastings den Ruhm für die Rettung von Miss Pimm zu überlassen. Wir sind hier am Unterschlupf der Meuterer, und er ist vermutlich in Pemberton, trinkt Tee und bügelt seine Hosen.“

Claire holte tief Luft. „Ich weiß, das klingt vielleicht dumm“, sagte sie, „aber die *Taube* ist bis an den Rand voller Magie. Mit einer Handvoll Münzen könnten wir Miss Pimm vielleicht aus dem Haus zaubern.“

Doch Miss Greyson schüttelte den Kopf. „Wir sind einfach nicht genug für so eine mächtige Aufgabe. Ich denke, Mr Stanley und ich könnten einen Teil der Arbeit übernehmen, aber“ – sie schaute Claire vielsagend an – „ich glaube nicht, dass es klug ist, einen Unfall zu riskieren.“

„Ihr habt wohl recht.“ Claire schaute auf ihre Schnürsenkel hinab. „Ich wünschte wirklich, ich wäre nicht immer noch meilenweit davon entfernt, zur High Society zu gehören. Wenn ich vornehm und elegant wäre, könnte ich bei Mrs Tilbury vorsprechen und sie hätte keine andere Wahl, als mich hereinzubitten.“

Charlie hatte den ganzen Tag verdrießlich ausgesehen, und jetzt blickte er Claire finsterer an als je zuvor. „Ehrlich?“, sagte er. „Du hast Wochen auf einem Piratenschiff verbracht und willst immer noch eine Dame der Gesellschaft werden?“

„Na ja, schon“, sagte Claire. „Natürlich will ich das!“

„Das ist eine Schande.“

Claire blieb stehen und ihre Stimme war scharf: „Was meinst du damit?“

„Nichts.“ Charlie schob die Hände in die Taschen. „Egal.“

„Mir ist es nicht egal.“ Claire drehte sich zu ihm um. „Ich weiß, du magst keine High-Society-Mädchen, aber ich verstehe nicht, warum sie dich so wütend machen.“

„Man sollte meinen, ausgerechnet du würdest das verstehen“, sagte Charlie wild. „Hast du nicht gehört, was Leute wie Philomena und ihre Mutter über uns sagen?“

Claires Wangen wurden rot. „Natürlich habe das. Und ich habe noch tausend andere gemeine Bemerkungen gehört. Ich weiß, dass sich die Leute der High Society über mich lustig machen. Ich weiß, sie schauen mich an, als würden sie mich am liebsten von ihren Schuhsohlen kratzen. Aber ich weiß auch, wie schrecklich es ist, jeden Tag Fische einzuwickeln, und wenn ich die Chance bekomme, mich schön anzuziehen und zu Bällen zu gehen und Spaß zu haben, warum sollte ich sie dann nicht ergreifen?“

„Weil die Leute aus der High Society langweilig sind“, schrie Charlie beinahe, „und dumm. Weil sie keinen Finger rühren, um etwas Nettes für Leute wie uns zu tun. Willst du wirklich eines dieser furchtbaren Mädchen werden, in einem feinen Kleid und mit einem magischen Gegenstand herumtänzeln?“ Charlie zog die Augenbrauen hoch. „Wahrscheinlich müsstest du trotzdem diesen Gartenhandschuh tragen."

Claire wurde fast so rot wie das Jackett von Inspektor Hastings. „Weißt du, eigentlich sollte *dich* jemand in einen Tausendfüßler verwandeln. Ich glaube, das würde dir stehen."

Miss Greyson begann etwas von „beruhigen" zu sagen und davon, praktisch zu sein. Doch Claire und Charlie überschrien sie einfach, und Hilary schloss die Augen. Im Alleingang gegen all die Meuterer kämpfen zu müssen wäre vermutlich tausend Mal angenehmer, als ihren Freunden beim Streiten zuzuhören. Beinahe wünschte sie sich, dass Mrs Tilbury herübereilen und sie gefangen nehmen würde, nur, damit sie endlich das Gesprächsthema wechseln konnten.

„Du hältst die High Society vielleicht für langweilig und dumm", sagte Claire gerade, „aber ich mag Stickerei zufällig, und Walzertanzen und zur Abwechslung nach etwas anderem als nach Fisch zu riechen." Sie schaute Charlie böse an. „Ich finde, das ist nicht halb so dumm wie zu versuchen, der Schrecken des Nordens zu werden."

„Du findest das dumm?" Charlie wurde mit einem Mal ruhig. „Wusstest du, dass ich schon ewig daran arbeite, dass mich Schurken und Halunken wie Kapitän Schwarzzahn bemerken? Ich habe von Jasper gelernt; ich habe im Club trainiert. Ich habe geholfen, diese blöde Magie zu finden, die du so liebst. Und ich habe versucht,

Miss Pimm zu retten, die ich nicht einmal mag. Aber wenn wir sie finden, wird da draußen vielleicht endlich jemand merken, dass ich ein guter Pirat bin!"

Claire verschränkte die Arme. „Aber du wirst nie der Schrecken des Nordens sein", sagte sie, „weil du Angst hast."

„Rede keinen Unsinn", sagte Charlie. „Ein Pirat hat niemals Angst."

„Du hast Angst vor Mädchen aus der High Society, oder etwa nicht? Und du hast Angst davor, Magie zu benutzen. Du tust so, als würdest du sie aus Treue zu deinen Eltern nicht anrühren, aber in Wahrheit" – Claire holte Luft – „glaube ich, du hast Angst davor."

Einen Moment lang stand Charlie ganz still. Dann schüttelte er den Kopf. „Jeder vernünftige Mensch im Umkreis von fünfzig Meilen von deinen explodierenden Münzen sollte Angst vor Magie haben", sagte er. „Ich weiß ehrlich nicht, warum Hilary dich überhaupt mitgenommen hat."

„Und ich weiß nicht, warum sie dich mitgenommen hat", schoss Claire zurück, „es sei denn, sie wollte jemanden dabeihaben, der die anderen zur Weißglut bringt!"

Hilary konnte keine Sekunde länger schweigen. „Ich habe euch beide mitgenommen", blaffte sie, „weil ihr meine liebsten Freunde seid. Ich dachte, ich würde eure Gesellschaft genießen. Da habe ich mich wohl geirrt, denn ich genieße dieses lächerliche Duell kein bisschen.

Wenn ihr beiden euch nicht wie vernünftige Piraten benehmen könnt, werde ich …“

„Wirfst du uns dann vom Schiff?“, fragte Charlie. Seine Hände hingen ihm jetzt schlaff an den Seiten, und er blinzelte Hilary an. „Du bist ja der Schrecken des Südens. Wahrscheinlich brauchst du überhaupt keine Hilfe von einem zweitklassigen Piraten, an den man keinen weiteren Gedanken verschwenden muss.“

„Das habe ich nicht gesagt!“, schrie Hilary, aber Charlie hörte nicht auf sie.

„In dem Fall“, sagte er, „gehe ich.“ Er nahm den Hut ab und verbeugte sich übertrieben. „Entschuldigt bitte, dass ich euch alle mit meiner Gegenwart belästigt habe.“

„Charlie, warte!“ Hilary packte seinen Arm. „Du kannst deine Crew nicht einfach im Stich lassen! Das ist total unpiratenhaft. Was soll ich ohne einen ersten Maat machen?“

Charlie befreite seinen Arm aus Hilarys Griff und wischte sich mit dem Mantelärmel über die Augen. „Du bist doch eine ernst zu nehmende Piratin, oder?“, sagte er. „Ich bin mir sicher, dir wird schon etwas einfallen.“ Dann griff er in die Tasche, warf dem Wasserspeier eine Spinne hin und ging durch die Felder, ohne ein einziges Mal zurückzublicken.

„Ich hätte ihn aufhalten sollen“, sagte Hilary. „Ich hätte ihm nachjagen oder ihn mit vorgehaltenem Schwert aufhalten sollen.“ Sie lag auf ihrer Pritsche auf der *Taube* und starrte an die Holzbalken an der Kabinendecke. „Ich bin der Schrecken des Südens! Mein erster Maat sollte mich nicht im Stich lassen; er sollte tun, was ich sage!“ Sie schaute zu dem Wasserspeier hinüber, der sich in ihr Kissen schmiegte. „Ich bin nicht furchterregend genug, oder?“

Der Wasserspeier dachte darüber nach. „Ich glaube nicht, dass furchterregend zu sein ein guter Weg ist, um deine Freunde zu halten.“

Hilary und der Wasserspeier hatten stundenlang gewartet und waren jedes Mal zur Kabinentür geeilt, wenn sie ein Knarren oder einen Rums gehört hatten. Inzwischen war die Sonne untergegangen, und Charlie war immer noch nicht zurückgekommen. „Ich dachte, er bräuchte vielleicht ein paar Minuten für sich“, sagte Hilary. „Ich habe nicht ernsthaft gedacht, dass er für immer geht.“

Claire hatte kein Wort gesprochen, seit sie auf die *Taube* zurückgekehrt waren, doch jetzt setzte sie sich auf und zog sich zum Fußende ihrer Liege. „Es tut mir leid“, sagte sie. „Du bist jetzt bestimmt wütend auf mich, aber ich konnte einfach nicht schweigen.“ Sie riss die Augen auf. „Ich glaube nicht, dass ich jemals so geschrien habe, weißt du? Normalerweise bebe und schniefe ich und schluchze in mein Kissen. Vielleicht werde ich doch noch eine Piratin.“ Sie zögerte. „Oder so ein grausames, schreckliches High-Society-Mädchen, genau wie Charlie gesagt hat.“

Hilary warf ein Kissen nach ihr. „Du bist nichts dergleichen", sagte sie. Claire war ziemlich bissig gewesen, aber Charlie hatte wohl auch kaum gute Manieren gezeigt. Hilary war sich sicher, dass Miss Greyson von ihnen allen dreien gründlich enttäuscht war. „Abgesehen davon", sagte sie, „bin ich euer Kapitän. Es ist meine Aufgabe, die Crew zusammenzuhalten, nicht sie auseinanderzusprengen. Charlie ist schon mürrisch, seit wir Gunpowder Island verlassen haben, und ich habe nichts dagegen getan." Sie seufzte. „Wenn er je zurückkommt, weiß ich nicht, ob ich mich entschuldigen oder ihn durchbohren soll."

„Er wird wiederkommen", sagte der Wasserspeier. „Bestimmt vermisst er mich schon."

Doch Charlie kam nicht zurück. Hilary lag die ganze Nacht wach und horchte auf Schritte an Deck, doch die einzigen, die sie hörte, waren die von Mr Marrow bei der Nachtwache und dann die von Miss Greyson, als sie kam, um Hilary und Claire zum Frühstück zu rufen. „Und ich dulde kein Schmollen", warnte sie sie, als sie in ihren Nachthemden übers Deck schlurften. „Es ist vollkommen nutzlos und schadet dem Teint."

Hilary war ihr Teint herzlich egal, aber sie wollte Miss Greyson nicht noch mehr enttäuschen. „Ich schätze", sagte sie, während sie am langen Tisch der *Taube* den Löffel in ihre Grapefruit grub, „dass wir uns wohl besser einen Plan ausdenken sollten, wie wir Miss Pimm aus Tilbury Park befreien können." Schließlich war sie deshalb ursprünglich losgezogen, und vielleicht würde es sie von ihren Sorgen um Charlie ablenken. „Hat jemand eine Idee?“, fragte sie und blickte am Tisch entlang.

Mr Marrow, Mr Slaughter und Mr Stanley stierten alle nachdenklich in ihre Haferbreischüsseln, als könnte dort womöglich eine verirrte Idee herumlungern.

„Unser Plan muss spannend sein“, sagte der Wasserspeier, „damit ich in meinen Memoiren darüber schreiben kann.“

„Und wir werden uns große Mühe geben müssen, nicht entdeckt zu werden“, fügte Mr Slaughter hinzu. „In diesen Gewässern is' mehr los, als ich's seit Ewigkeiten gesehen hab, auch wenn ich euch nicht sagen kann, warum.“

„Oh, aber ich kann es!“, sagte Claire. „Es liegt an der Saison – der Ballsaison, meine ich. Alle vornehmen Familien von Augusta reisen von einem Ball zum nächsten.“ Sie trennte einen Grapefruitschnitz ab. „Und am Samstag ist Philomenas großer Debütantinnenball, also nehme ich an, dass aus dem ganzen Königreich Besucher kommen werden.“

Hilary ließ ihren Löffel fallen. „Und nach Tilbury Park strömen“, sagte sie. „Claire, du bist ein Genie!“

Claire blickte von ihrer Grapefruit auf. „Ach ja?“

„Ja! Und ich hoffe, ihr habt alle in letzter Zeit eure Tanzschritte geübt. Ich habe es nicht, aber wenigstens habe ich ein paar Tage Zeit, um meinen Walzer aufzupolieren.“

In all ihren Jahren als Hilarys Gouvernante hatte

Miss Greyson nie erschrockener ausgesehen. „Deinen Walzer?“, fragte sie. „Hast du vor, an Philomenas Debütantinnenball teilzunehmen?“

„Erkennt Ihr es nicht?“, sagte Hilary. „Es ist der perfekte Weg, um in das Herrenhaus von Tilbury Park zu kommen! Es werden Hunderte Gäste da sein, und wir verstecken uns einfach in der Menge. Die Wachen werden uns nicht verdächtigen, und mit etwas Glück werden die Meuterer uns nicht bemerken. Wenn alle anderen Gäste tanzen und Philomena bestaunen, können wir davonschleichen und Miss Pimm retten.“

Mr Stanley konsultierte seine Haferbreischüssel. „Das ist ein guter Plan“, sagte er schließlich.

„Ein sehr guter Plan“, pflichtete ihm Mr Marrow bei.

„Aber wir sind nicht eingeladen“, gab Miss Greyson zu bedenken. „Ohne Einladung lassen uns die Tilburys sicher nicht herein.“

Claire nickte. „Und wir haben nichts anzuziehen – außer Piratenkleidung, meine ich.“

„Kein Problem“, sagte Hilary, „ich glaube, ich kenne ein paar Leute, die uns helfen können.“ Während sie das letzte Stück Grapefruit verputzte, war sich Hilary absolut sicher, dass sie Miss Pimm retten konnte. Und wenn ihr das gelang, was sollte sie dann davon abhalten, Jasper zu finden oder Charlie zurückzuholen oder die verflixten Meuterer zu vernichten? Jeder in Augusta würde bald genau wissen, wer die kühnste und wagemutigste Piratin auf Hoher See war.

Der Wasserspeier dagegen saß sehr still. „Hilary?“, sagte er. „Wenn wir zu dem Ball gehen, muss ich dann meinen Hut abnehmen?“

„Keine Sorge, Wasserspeier“, sagte Hilary, „du siehst auch ohne deinen Hut sehr schneidig aus. Wenn ihr mich jetzt bitte entschuldigen wollt, ich muss meiner Mutter schreiben. Und wenn ich schon dabei bin, schicke ich noch eine kurze Nachricht an Kanonenkugel-Jack.“

WESTFIELD HOUSE
QUEENSPORT, AUGUSTA

Meine liebe Tochter,
ich habe soeben deinen Brief erhalten und hätte beinahe vor Freude gesungen. Unerwartet in Gesang auszubrechen ist wohl kaum vornehmes Benehmen, vor allem, wenn einem die instrumentale Begleitung fehlt. Deshalb ist es ein Glück, dass ich mich zurückhalten konnte. Ich hoffe, die Diener werden jedoch nicht allzu beunruhigt sein, wenn ich ein paar Takte singe, während ich diesen Brief verfasse.
Liebste Hilary, ich wäre entzückt, wenn du und deine Kameraden mich zu dem Ball in Tilbury Park begleiten! Ich wusste, dieser Tag würde kommen, aber ich muss zugeben, dass ich ihn nicht so früh erwartet hätte. Natürlich wirst du das allerfeinste Ballkleid brauchen. Ich habe meine Zofe gebeten, mir die passendste Auswahl aus deinem Kleider-

schrank zu bringen. Sie werden leider im Stil der letzten Saison sein, aber es ist zu spät, um noch viel mehr zu tun als den Kopf zu schütteln und das Beste zu hoffen. Ich hoffe wirklich, du hast dir im letzten Jahr Mühe gegeben, nicht allzu sehr zu wachsen, Hilary. Wie ich dir Dutzende Male eingeschärft habe, sind plötzliche Wachstumsschübe für Schneider höchst lästig.

Jetzt muss ich meine Schreibfeder niederlegen, denn ich fühle mich nicht wohl. Gestern gab es zum Abendessen den Truthahn, der einmal Miss Elsie Carters Kopfbedeckung war, und ich fürchte, er schmeckte mehr nach Kopfbedeckung als nach Truthahn. Dennoch plane ich, morgen bei Tagesanbruch nach Nordholm aufzubrechen, und freue mich, dich in Kürze auf deinem kuriosen kleinen Piratenschiff zu sehen.

Deine dich liebende
Mutter

EIN HERZLICHER SALUT
VON KANONENKUGEL-JACK

Lieber Schrecken,
aye, ich tu, was du gesagt hast.
Und ich bring noch ein paar Freunde mit.
Gruß,
K.-J.

DIE INSPEKTOREN DER KÖNIGIN
KÖNIGREICH AUGUSTA
FLEISS, LOGIK, DISKRETION

BERICHT
AN IHRE KÖNIGLICHE HOHEIT KÖNIGIN ADELAIDE
BETREFFEND
Das VERSCHWINDEN von MISS EUGENIA PIMM

Bericht Nr. 4
BEREICHSINSPEKTOR: John Hastings
ORT: Pemberton, Augusta
FALLSTATUS: unentschuldbar beschwerlich

Bemerkungen des Inspektors: Eure Hoheit, bei unseren Ermittlungen zum Verschwinden der Zauberin hat sich vor Kurzem eine ungewöhnliche Entwicklung ergeben. Wie ich bereits berichtete, verfolgen die königlichen Inspektoren zwei bekannte Bösewichte: die Piratin Hilary Westfield und den Piraten Kanonenkugel-Jack. Mit Beunruhigung muss ich sagen, Euer Hoheit, dass diese Übeltäter ein Treffen zu planen scheinen. Hilary Westfield hat in der Nähe von Tilbury Park Anker geworfen, und einer meiner Männer hat beobachtet, wie Kanonenkugel-Jack seinerseits ebenfalls nach Norden segelte. Tilbury Park ist natürlich das Heim von Miss Philomena Tilbury, die zufällig eine Zeugin in unserem Fall ist. Ich mache mir große Sorgen um Miss Tilburys Sicherheit, denn man

braucht kein hochwertiges Vergrößerungsglas, um zu sehen, dass sich etwas Finsteres anbahnt!
Meine Männer und ich brechen sofort nach Tilbury Park auf. Wir werden unsere feinfühlige Zeugin beschützen, beide Piraten verhaften und sie persönlich in den königlichen Kerker geleiten.

Gezeichnet
John Hastings
Kapitän der königlichen Inspektoren

Kapitel Vierzehn

Mrs Westfield klatschte in die Hände und strahlte. „Oh, Hilary“, rief sie, „du siehst so absolut fabelhaft aus!“

„Ich sehe aus wie ein Kohlkopf“, erwiderte Hilary.

„Ein sehr hübscher Kohlkopf“, sagte Claire aufmunternd.

Hilary stöhnte. „Der Schrecken des Südens soll nicht hübsch sein; sie soll furchterregend sein! Wie kann ich furchterregend sein, wenn ich nicht einmal meine eigenen Füße sehe?“

„Es geht nicht darum, die eigenen Füße sehen zu können“, sagte Mrs Westfield. „Vor allem, wenn man unter dem Kleid Seemannsstiefel trägt.“ Sie kniete auf dem Deck der *Taube* nieder, um die gebauschten grünen Schichten von Hilarys Rock zu ordnen. „Ach, du meine Güte, ist das ein Riss? Bist du schon auf den Saum getreten?“

Hilary schaute sie finster an.

„Na ja, das macht nichts. Wir werden einen wundervollen Abend haben, und das ist alles, was zählt. Ich fühle mich wirklich geehrt, dass ihr Mädchen mich als Führerin für euer Wagnis erwählt habt, aus dem Leben der Piraterie heraus und hinein in ein Leben voll Eleganz zu treten." Mrs Westfield küsste Hilary auf die Wange und eilte übers Deck, um Miss Greyson zu bewundern, die eines ihrer Alltagskleider mit etwas eiliger Stickerei und (wie Hilary vermutete) ein bisschen Magie verschönert hatte.

„Vielleicht hat sie recht", sagte Hilary zu Claire. „Miss Pimm aus Gefahr zu retten klingt nach einer ziemlich netten Abendbeschäftigung. Ich hoffe nur, der Koch der Tilburys schnippelt mich nicht in den Salat."

Claire lachte – sie konnte es sich auch leisten, denn sie sah nicht wie ein Gemüse aus. Sie trug eines von Hilarys alten Kleidern, wobei es an ihr viel edler aussah, als es das an Hilary je getan hatte: Wellen von orangegoldener Seide raschelten bei jeder Bewegung hübsch um ihre Füße. „Vielleicht solltest du es positiv sehen", sagte sie. „Niemand würde auf die Idee kommen, in all der Seide nach dem Schrecken des Südens zu suchen. Und diese Rüschen und Krausen verbergen dein Schwert ganz hervorragend."

Hilary tätschelte die Klinge an ihrer Hüfte. „Das stimmt", sagte sie. „Ich glaube nicht, dass Mutter es schon entdeckt hat, und ich bin mir ziemlich sicher, dass es nicht auf ihrer Liste der akzeptablen Accessoires für junge Damen steht." Sie grinste. „Ich sollte den Wasserspeier wohl vorwarnen, dass er in Mutters geräumigster perlenbesetzter Handtasche zum Ball reisen wird."

Sie ging übers Deck zum Wasserspeiernest, wo der

Wasserspeier über die Mündung der Bucht blickte und die bunten Barkassen der High Society beobachtete, die auf dem Weg nach Tilbury Park vorbeitrieben. „Also“, sagte sie, „was hältst du von meinem Kleid?“

Der Wasserspeier schaute sie von oben bis unten an. Er zögerte. „Es ist sehr grün“, sagte er schließlich.

„Genau“, sagte Hilary. „Ich glaube, du würdest in diesem Kleid weniger albern aussehen als ich.“

Der Wasserspeier schüttelte sich. „Lass es uns lieber nicht ausprobieren.“

Hilary schälte die langen weißen Handschuhe von den Händen – sie hatte es jetzt schon geschafft, sie schmutzig zu machen – und kraulte den Wasserspeier hinter den Ohren. „Hast du jemand Interessantes vorbeisegeln sehen?“

„Die *Abtrünnige* ist vor ein paar Stunden vorbeigekommen“, sagte der Wasserspeier. „Aber ich glaube nicht, dass uns die Mannschaft gesehen hat.“

„Gut. Mir ist es lieber, wenn Kapitän Schwarzzahn nicht weiß, dass wir hier sind.“

„Oh, und die Featherings sind auf der *Sturmflut* angekommen. Abgesehen davon gab es eine Menge Herren in Fräcken und Damen in Spitze, aber sie waren nicht besonders aufregend.“ Der Wasserspeier legte das Kinn auf den Rand seines Nestes. „Aber das da“, sagte er, „nenne ich ein interessantes Boot.“

Hilary folgte seinem Blick zur Mündung der Bucht, wo ein kleines, heruntergekommenes Fischerboot neben den eleganten Barkassen schwamm. Es ritt tief in den Wellentälern, als hätte es ziemlich viel Wasser aufgenommen, aber es schaukelte entschlossen auf Tilbury Park zu. Plötzlich, ohne Vorwarnung, ruckte es zur Seite und segelte in die Bucht, in der sich die *Taube* versteckte.

Hilary griff nach ihrem Schwert. Dann sah sie, dass vom Mast des Fischerbootes eine behelfsmäßige Piratenflagge wehte, ein Papagei – nein, ein Wellensittich – auf seinem Butspriet saß und sich zwei Piraten feuchtkalt auf dem Deck zusammenkauerten. Der Wasserspeier begann, so gut er konnte in seinem Nest auf und ab zu hüpfen. „Ich kenne diese Halunken!“, schrie er. „Es sind Jasper und Charlie!“

„Gott sei Dank“, flüsterte Hilary. Sie legte die Hände an den Mund. „Ahoi, Kameraden!“, rief sie. „Ihr seid herzlich auf der *Taube* willkommen, wenn ihr an Bord kommen möchtet.“

„Wer ist da?“ Miss Greyson eilte zum Bug und stieß einen kleinen Schrei aus, als sie die Piraten entdeckte. „Um Himmels willen, Jasper Fletcher, ich habe mich deinetwegen halb zu Tode gesorgt! Geht es dir gut?“

„Es ging mir nie besser“, sagte Jasper, als sich das Fischerboot neben die *Taube* setzte. „Verflixt und zugenäht, Eloise, es tut furchtbar gut, dich zu sehen. Und steht da neben dir der Schrecken?“ Er blinzelte zu Hilary hinauf. „Ich will dich nicht beunruhigen, Schrecken, aber ich glaube, du wirst gerade von einem Ballkleid angegriffen.“

Hilary warf dem Fischerboot ein Tau zu, und Jasper begann, sich an Bord zu ziehen. „Wenn ich nicht so froh wäre, dich zu sehen“, sagte sie, „würde ich das Ballkleid als Nächstes auf dich hetzen. Es ist furchtbar bösartig, weißt du?“

„Das sehe ich“, sagte Jasper. Er schwang sich über die Reling und umarmte Miss Greyson so stürmisch, dass Mrs Westfield hinter ihren Abendhandschuhen nach Luft schnappte. Dann umarmte er Hilary, verneigte sich vor Claire und Mrs Westfield, schüttelte Marrow, Slaughter und Stanley herzlich die Hand und gab dem Wasserspeier einen Kuss auf die Schnauze. „Es ist schön, wieder zu Hause zu sein“, sagte er, während er sich seinen meerwassergetränkten Mantel auszog, „und noch besser, von diesem verflixten Boot herunter zu sein. Ich musste alle meine Ersatzsocken benutzen, um seine Lecks zu stopfen.“

„Aber wie bist du den Meuterern entkommen?“ Miss Greyson nahm Jaspers Hände und schnappte nach Luft, denn seine Arme waren von Kratzern und blauen Flecken übersät, und die Haut um seine Handgelenke war aufgeschürft. „Haben diese Verbrecher dir das angetan?“

Bei der Erwähnung von Verbrechern legte Mrs Westfield eine Hand an die Stirn und eilte zurück in Hilarys Kabine, um ihre Nerven zu beruhigen.

„Zum Glück haben sie nicht noch mehr getan“, sagte Jasper. „Als ich auf die Insel kam, auf der die Konferenz der freiberuflichen Piraten stattfinden sollte, nahmen mich zwei Schurken in Empfang und versprachen mir, sich gut um mich zu kümmern. Ich fand es seltsam, dass wir drei die einzigen Piraten auf der Insel waren. Noch merkwürdiger wurde es, als sie mein Schwert konfiszierten, mir die Hand- und Fußgelenke fesselten und mich an eine ziemlich unbequeme Palme banden. Fitzwilliam gab sich größte Mühe, nach den Schurken zu picken, aber ich muss leider sagen, dass er dabei ein paar Schwanzfedern verloren hat."

Fitzwilliam, der sich auf den Kopf des Wasserspeiers gesetzt hatte, plusterte sich ein wenig verlegen auf.

„Die Piraten haben mich immerhin gut ernährt", sagte Jasper, „wenn sie auch nicht so gütig waren, ihren Grog mit mir zu teilen. Sie sagten mir, ihr Auftraggeber wolle nicht, dass ich in seinen Plänen herumschnüffle, deshalb habe man sie gebeten, mich zu beschäftigen. Dann, vor ein paar Tagen, erhielten sie den Befehl, mich auf der Insel zurückzulassen und im Norden anzutreten, um diesem mysteriösen Auftraggeber zu helfen. Also folgte ich ihnen natürlich heimlich." Er betastete behutsam sein Handgelenk. „Zu meinem Glück waren ihre Knüpfkenntnisse ein bisschen eingerostet."

„Und die Piraten haben dich hergeführt?", fragte Hilary.

„Beinahe. Ich muss zugeben, dass ich sie in der Nähe von Nordholm aus den Augen verloren habe. Aber dort habe ich durch eine glückliche Fügung Charlie gefunden." Jasper drehte sich um. „Wo ist Charlie eigentlich?"

Hilary beugte sich über die Reling des Schiffs und schaute in das Fischerboot hinunter. Charlie saß mit dem Rücken an den Mast gelehnt und sah sowohl feucht als auch jämmerlich aus. Sein Mantel war zerknittert und sein Hut durchweicht. „Ich sagte, ihr seid herzlich auf der Taube willkommen", rief sie hinunter. „Ich meinte nicht nur Jasper."

Charlie schaute zu ihr hinauf. „Du hast keinen Grund, mich willkommen zu heißen."

„Vielleicht nicht", erwiderte Hilary, „aber ich tue es trotzdem." Sie raffte ihre bauschigen grünen Röcke und kletterte an dem Tau hinab in das Fischerboot, das hin und her schwankte, als sie sich zu Charlie vorarbeitete. Bevor er protestieren konnte, setzte sie sich neben ihn, ohne sich darum zu kümmern, dass ihr Kleid mit jeder Sekunde nasser wurde. „Du hast uns große Sorgen bereitet", sagte sie. „Wo warst du denn nur?"

Charlie mied ihren Blick. „Wo meine Eltern früher gewohnt haben", sagte er leise. „Das Haus ist schon lange weg, aber es gibt einen ziemlich flachen Felsen, der ein brauchbares Bett abgibt. Ich wollte mir selbst einen Namen machen und allein auf Hoher See segeln, bis ich sogar noch gefährlicher wäre, als mein Papa es je werden konnte."

„Aber du hast es nicht getan", sagte Hilary. „Hat Jasper dich aufgehalten?"

„Nein", sagte Charlie. „Es war mein Papa. Ich bin seine Stimme in meinem Kopf nicht losgeworden. ‚Ein Pirat lässt seine Kameraden nicht im Stich', sagte er die ganze Zeit. Und je öfter er es sagte, desto schlechter fühlte ich mich." Er zog die Knie zur Brust. „Ich hätte nicht gehen sollen; das war dumm von mir. Ich mache dir keinen Vorwurf, wenn du mir nicht verzeihen kannst. Wenn du willst, werde ich das Deck schrubben oder die Bilge auspumpen und auch sonst alles tun, damit ich dir beweisen kann, dass ich ein guter Pirat bin."

Hilary dachte darüber nach. „Ich sollte dich bestrafen", sagte sie. „Der Club kennt Dutzende Arten, wie man mit Crewmitgliedern umgeht, die davongelaufen sind, und keine davon ist angenehm, es sei den, man mag Krebse in der Hose."

Charlie schaute grimmig drein. Meerwasser tropfte ihm von der Hutkrempe auf die Nase.

„Aber ich habe wirklich die Nase voll von den Regeln des Clubs", fuhr Hilary fort, „und ich bin unter zwei Bedingungen bereit, dir zu verzeihen. Erstens musst du schwören, dass du nicht wieder davonrennst."

„Ich schwöre es", sagte Charlie sofort. „Was ist die zweite Bedingung?"

„Du musst dich bei Claire entschuldigen." Hilary hielt ihm das Tau hin, das zurück aufs Schiff führte. „Und sie muss sich auch bei dir entschuldigen. Ich kann es nicht ausstehen, wenn meine Kameraden wütend aufeinander sind."

Charlies Gesicht wurde hart, aber er nickte, packte das Tau und sie kletterten zurück auf die *Taube*.

„Seht ihr?“, sagte der Wasserspeier, als Charlie sich aufs Deck hochzog. „Ich wusste, er würde mich vermissen.“

Claire stand neben ihm, zerrte an ihren Abendhandschuhen und sah aus, als wäre sie jetzt überall im Königreich lieber als hier. Charlie zögerte, und einen Moment lang befürchtete Hilary, dass er wieder über die Reling springen würde. Doch er holte tief Luft und streckte Claire die Hand hin.

„Es tut mir leid, dass ich so gemein zu dir war“, sagte er. „Ich hätte nicht so unfreundlich sein dürfen. Du hast deine Sache gut gemacht, als du uns auf Gunpowder Island vor Kapitän Schwarzzahn gerettet hast. Und, ähm, dein Kleid sieht sehr hübsch aus.“

Claire wurde rot. Dann nahm sie seine Hand und schüttelte sie. „Mir tut es auch leid“, sagte sie, „dass ich dich dumm genannt habe und weil ich gesagt habe, du würdest nie der Schrecken des Nordens werden. Ich habe das eigentlich gar nicht so gemeint. Und ich bin froh, dass du wieder da bist, denn das heißt, wir haben einen guten Schwertkämpfer, der uns helfen kann, Miss Pimm zu retten.“

„Oh, das tun wir?“, fragte Jasper. „Das klingt großartig. Würde es dir viel ausmachen, wenn ich mich anschließe, Hilary?“

Hilary dachte kurz nach. „Kapitän Schwarzzahn wird mich dafür vermutlich verhöhnen“, sagte sie, „aber im Moment ist mir seine Meinung herzlich egal, und ich wäre dankbar für deine Hilfe." Sie schaute von Jasper zu Charlie und wieder zurück. „Leider werdet ihr euch aber beide umziehen müssen. Und ich kann nicht garantieren, dass ich euch vor dem Walzertanzen bewahren kann."

„Ich sehe", sagte Jasper, „dass ich einiges verpasst habe. Also gut, Piratin Westfield. Dann sag uns mal, was du geplant hast, und danach machen Charlie und ich uns vorzeigbar."

Um genau acht Uhr wurde das Tor zu Tilbury Park geöffnet. Eine lange Reihe von Kutschen zuckelte die Einfahrt entlang, und die eleganten Damen und Herren, die mit dem Schiff angekommen waren, gingen den laternenbeleuchteten Pfad vom Anleger zum Haupteingang des Herrenhauses hinauf. Das Summen von High-Society-Geplauder verwob sich mit den Bemühungen eines Steichquartetts, das auf einem Balkon spielte, und Glühwürmchen sprenkelten den Rasen. Es war ein eher ungewöhnlicher Ort für eine kühne und wagemutige Piratengroßtat, dachte Hilary, aber es musste auch so gehen. Sie vertäute das Beiboot und schaute über die Schulter zu der Bucht zurück, in der die *Taube* versteckt lag. Mit etwas Glück würden die Meuterer sie nicht entdecken – und selbst wenn, würden sie Marrow, Slaughter und Stanley ebenfalls entdecken. Immerhin dieser Teil des Plans würde wahrscheinlich nicht schiefgehen.

„Verflixt und zugenäht, Jasper", sagte Charlie, als sie

auf das Herrenhaus zugingen, „du hast meine Hose schon wieder zu lang gemacht.“ Jasper hatte es geschafft, Mrs Westfield davon zu überzeugen, dass er und Charlie ebenfalls an dem Ball teilnehmen mussten, um den Tilburys zusätzliche Sicherheit zu bieten. Beide trugen die pfauenblaue Wächteruniformen, die Jasper an diesem Nachmittag herbeigezaubert hatte. „Dein magischer Gegenstand glaubt anscheinend, ich wäre mindestens sieben Zentimeter größer, als ich wirklich bin.“

„Wenigstens musst du keinen Frack tragen“, sagte Hilary, „oder ein bösartiges Ballkleid.“

„Stimmt“, sagte Charlie und klang schon bedeutend fröhlicher. „Und Wachen müssen nicht tanzen.“

„Das ist ein Jammer“, sagte Jasper. „Ich hatte mich eigentlich schon auf die Quadrille gefreut.“

Tilbury Park war immer noch ganz von Wachen umstellt, aber jetzt standen einige von ihnen zu beiden Seiten des Haupteinganges und musterten jeden Gast, der durch die Tür ging. Hilary ließ ein paar Locken über ihr Gesicht fallen und war beinahe dankbar, dass ihre Mutter darauf bestanden hatte, sie aus ihrem üblichen Zopf zu lösen. Ihre Hand ruhte auf dem Klumpen, den der Wasserspeier in ihrer Handtasche formte.

Mrs Westfield zeigte an der Tür ihre Einladung und stellte Hilary, Claire und Miss Greyson als ihre Gäste vor. „Willkommen in Tilbury Park, meine Damen“, sagte einer der Wächter, verbeugte sich tief und lüftete seinen pfauenblauen Hut. Dann richtete er sich auf und schaute stirnrunzelnd auf Charlie und Jasper. „Solltet ihr zwei nicht auf euren Posten sein?“

„Wir haben diese Herren gebeten, uns hineinzubegleiten“, sagte Hilary. „Sie wollten ihre Posten nur ungern verlassen, aber wir konnten es einfach nicht ertragen, den Weg allein hinaufzugehen. Allein der Gedanke daran, wie furchtbar es wäre, wenn ich im Dunkeln stolpern und mir das Kleid zerreißen würde! Ich bin mir ziemlich sicher, diese Wächter haben mich und die Tilburys vor einigen Peinlichkeiten bewahrt.“

„Natürlich“, sagte der Wächter freundlich. „Also, meine Herren, seht zu, dass ihr bald wieder auf euren Posten seid. Und denkt daran, die Augen nach Piraten offen zu halten.“

Claire schnappte nach Luft. „Piraten? Es besteht doch sicher keine Gefahr, dass *Piraten* an dem Ball teilnehmen!“

„Wir hoffen nicht, Miss“, sagte der Wächter, „aber Mrs Tilbury bat uns, nach einer kleinen Piratin namens Schrecken des Südens Ausschau zu halten. Es gibt aber keinen Grund zur Sorge.“ Er lächelte. „Ich habe gehört, sie ist eigentlich gar kein richtiger Schrecken.“

Hilarys Seidenvolants raschelten, als sie den Fuß hob und dem Wächter mit voller Absicht auf den Fuß trat. „Ach, du meine Güte“, sagte sie. „Wie ungeschickt von mir, entschuldigt bitte!“

„Keine Ursache, Miss.“ Der Wächter verzog vor Schmerz das Gesicht. „Genießt den Ball.“

Sie gingen durch den Eingang und fanden sich auf einem ausladenden Balkon wieder, von dem man über den Ballsaal blicken konnte. Zwei polierte Treppen führten hinunter in den Saal, in dem sich Herren in Fräcken und Damen in leuchtenden Kleidern drehten und knicksten. Golden gerahmte Spiegel und Fenster mit hohen Bögen säumten die Wände, und ein Kristallleuchter, der fast so groß war wie die *Kleine Taube*, hing von der Decke. Am beeindruckendsten aber war eine ausladende Ebenholzvitrine, die zum Bersten vollgestopft war mit goldenem Besteck, goldenen Kerzenständern, goldenen Karaffen und goldenen Tellern. Als Hilary sie erblickte, schnappte sie hörbar nach Luft.

„Du meine Güte", sagte Claire, die ebenfalls auf die Vitrine schaute. „Glaubt ihr, das sind alles magische Gegenstände?"

Miss Greyson nickte. „Eine beeindruckende Menge", sagte sie, „und nicht sehr geschmackvoll arrangiert, wenn ihr mich fragt. Ich kann mir nicht vorstellen, wie die Tilburys das alles in die Finger bekommen haben sollten."

„Ich kann es mir ziemlich gut vorstellen", sagte Hilary mit so leiser Stimme, dass ihre Mutter nicht mithören konnte. „Ich wette, die Sachen gehören meinem Vater – oder eher diesen High-Society-Leuten, von denen er sie letztes Jahr gestohlen hat. Er hat mir erzählt, dass die Inspektoren der Königin es immer noch nicht geschafft haben, seine Beute zu finden." Sie wand sich ein bisschen bei der Erinnerung daran. „Aber ich bin mir sicher, sie haben nicht in Tilbury Park nachgeschaut. Vater muss von Sinnen sein, wenn er es für klug hält, so viel Magie in Philomenas Nähe zu deponieren."

„Bestimmt benutzt Mrs Tilbury einen Schutzzauber, damit der Schatz vor den Blicken seiner wahren Besitzer verborgen bleibt", überlegte Mrs Greyson.

An einem Ende des Ballsaals saß Philomena in einem prächtigen sonnenscheinfarbenen Kleid und sah überhaupt nicht wie ein Kohlkopf aus. Sie umarmte die Gäste, die kamen, um sie zu begrüßen. Gelentlich flüsterte sie ihrer Mutter etwas zu, die steif wie ein Marineoffizier zu ihrer Rechten stand, oder Sir Anselm Feathering, der zu ihrer Linken höflich nickte.

„Was, wenn uns der alte Philodendron entdeckt?", fragte Claire.

„Das wird sie nicht", sagte Hilary. „Wir finden Miss Pimm so schnell wie möglich und gehen, bevor jemand mitbekommt, dass wir hier waren. Miss Greyson, seid Ihr bereit?"

Miss Greyson nickte und zog ihre Häkelnadel heraus. „Das bin ich in der Tat. Ich bin in einem Augenblick zurück – und vergesst eure Manieren nicht, solange ich weg bin!" Dann flüsterte sie ihrer Häkelnadel ein paar Worte zu und huschte über den Balkon davon.

Mrs Westfield entschuldigte sich, um eine Freundin zu begrüßen, die sie am anderen Ende des Ballsaales entdeckt hatte, und Hilary suchte die wirbelnde Menge unter sich ab. Alice Feathering saß in einer Ecke und sah äußerst gelangweilt aus. Kapitän Schwarzzahn, in einem Maßanzug, tanzte mit überraschendem Enthusiasmus einen Jig. Hilary nahm an, dass der Anzug seine Vorstellung von einer Verkleidung war, denn mit Ausnahme des Schwertes an seinem Gürtel sah er weit mehr nach einem Gentleman der High Society aus als nach einem Piraten. „Sowohl Schwarzzahn als auch Mrs Tilbury sind abgelenkt“, sagte Hilary leise, „und es sieht so aus, als hätten sie die meisten ihrer Wachen vor dem Haus positioniert.“

„Das ist ziemlich perfekt, oder?“, fragte Charlie.

„Zu perfekt.“ Hilary runzelte die Stirn. „Ich weiß nicht recht, ob es mir gefällt.“

Miss Greyson eilte elegant zurück an Hilarys Seite. „Die Häkelnadel schien recht sicher zu sein, dass die Meuterer Miss Pimm irgendwo dort drüben festhalten.“ Sie nickte zu einem Torbogen zu Hilarys Rechten hinüber. „Aber leider stehen da zwei Herren Wache. Ich habe versucht, an ihnen vorbeizuspazieren, doch sie sagten, Mrs Tilbury habe ihnen befohlen, niemanden durchzulassen.“

„Zwei Wachen?“ Hilary tätschelte nachdenklich ihr Schwert. „Charlie und Jasper müssten eigentlich ohne Probleme mit ihnen fertigwerden.“

„Das können wir auf jeden Fall“, sagte Jasper, „aber glaubst du nicht, ein Schwertkampf könnte Aufmerksamkeit wecken?“

„Na ja, ihr solltet euch wohl besser nicht mit ihnen duellieren“, sagte Hilary, „aber ich dachte, ihr könntet sie vielleicht ablenken.“

„Ah“, sagte Jasper. „Das klingt vernünftiger. Ist quasi schon passiert.“ Er spazierte auf den Türbogen zu und gab den anderen ein Zeichen, ihm zu folgen.

Hilary eilte ihm nach, stolperte nur zweimal über den Saum ihres Kleides, aber direkt hinter dem Torbogen blieb sie abrupt stehen und packte Claires Hand. „Mist!“, flüsterte sie. „Der linke Wächter ist Mr Twigget!“

Er trug eine Wächteruniform statt seines üblichen Streifenhemdes, und seine blaue Baskenmütze sah um einiges alberner aus als sein Piratenhut, doch es war tatsächlich kein anderer als Kapitän Schwarzzahns erster Maat. „Vielleicht ist er Jasper noch nicht begegnet“, flüsterte Hilary, „aber Charlie hat er schon gesehen und mich kennt er auf jeden Fall. Er wird ganz sicher die Meuterer alarmieren.“ Sie seufzte. „Das wäre alles um einiges leichter gewesen, wenn Philomena einen Maskenball gegeben hätte.“

Charlie hatte Mr Twigget wohl auch erkannt, denn er besaß die Geistesgegenwart, sich hinter Jasper zu stellen und den Hut tiefer über die Augen zu ziehen. Jasper dagegen marschierte direkt auf Twigget zu und räusperte sich. „Mrs Tilbury hat uns beide geschickt, um dich und deinen Partner abzulösen“, sagte er. „Vielleicht wollt ihr kurz auf ein Glas Limonade nach unten gehen?“

Mr Twigget musterte Jasper von oben bis unten. „Du kommst mir bekannt vor“, sagte er nach kurzer Zeit. „Warum nur? Bist du dieser Pirat, der Kapitän Schwarzzahn vor ein paar Jahren beim Clubbankett beleidigt hat?“

Miss Greyson hielt den Atem an und Hilary griff nach ihrem magischen Gegenstand.

„Ich, Kapitän Schwarzzahn beleidigen?“, rief Jasper aus. „Niemals!“

Mr Twigget runzelte die Stirn. „Bist du sicher?“

„Guter Mann“, sagte Jasper, „ich bin mir *ganz* sicher. Du verwechselst mich vielleicht mit meinem Cousin Jasper Fletcher. Er ist ein vollkommen nutzloser Halunke, und ich schäme mich, mit ihm verwandt zu sein. Obwohl man sagt, er sei der bestaussehende Pirat auf Hoher See.“

Charlie hielt sich die Hand vor den Mund, um sein Grinsen zu verbergen.

„Jedenfalls“, sagte Jasper, „kann ich die Limonade wirklich empfehlen.“

Mr Twigget und sein Partner tauschten Blicke. „Niemand hat mir etwas von Platztausch gesagt“, sagte Twigget, „aber Limonade mag ich gern.“ Er richtete den Zeigefinger auf Jasper. „Ihr achtet mir darauf, niemanden durch diese Tür zu lassen, solange ich weg bin, verstanden? Oder der Kapitän macht uns alle einen Kopf kürzer.“

„Selbstverständlich“, sagte Jasper, „dein Kopf ist sicher bei mir.“

Jasper und Charlie nahmen ihre Plätze rechts und links von der Tür ein, und Mr Twigget folgte seinem Partner zur Treppe. Hilary schaute auf ihre Füße hinab und versuchte, möglichst unauffällig auszusehen, doch das blöde kohlkopffarbene Kleid musste Mr Twiggets Aufmerksamkeit geweckt haben, denn seine schlurfenden Schritte wurden langsamer, als sie sich ihr näherten, und hörten dann ganz auf.

„Hmm“, sagte Mr Twigget. „Entschuldigung, Miss.“

Hilary blickte auf und schaute Mr Twigget in die Augen. Dann sank sie in einen Knicks, wie es ein Mädchen der High Society tun würde, wie sie hoffte. Der Knicks war ziemlich schief, aber vielleicht würde Mr Twigget es nicht bemerken. Sie wagte es nicht, ein Wort zu sagen, denn nicht einmal ein hässliches Ballkleid konnte ihre Stimme verstecken.

„Stimmt etwas nicht?“, rief Jasper vom Türbogen aus.

Mr Twigget kratzte sich am Kinn. „Nein“, sagte er, „ich habe mich geirrt.“ Dann schaute er Hilary direkt an. „Denkt daran, dass ich gesagt habe, ihr sollt niemanden durchlassen.“

„Wir werden daran denken, Sir“, sagte Charlie schnell.

Einen Moment lang sagte Mr Twigget nichts. Dann knurrte er barsch, nickte Hilary zu und stapfte hinter seinem Partner her die Treppe hinunter.

„Ich bin mir fast sicher, dass er mich erkannt hat“, flüsterte Hilary, als Twigget außer Hörweite war. „Glaubt ihr, er wird jetzt Kapitän Schwarzzahn holen?“

„Falls ja, dann beeil dich besser“, sagte Miss Greyson. „Hast du dein Schwert? Und deinen magischen Gegenstand?“

„Natürlich, Miss Greyson.“

„Und du brauchst gewiss keine Anstandsdame?“

Miss Greyson sah so ernst aus, dass Hilary lächeln musste. „Ich weiß, es ist ziemlich skandalös, ohne Gouvernante herumzulaufen und Zauberinnen zu retten“, sagte sie, „aber ich schaffe das auch allein.“

„Ähem“, sagte eine Stimme in der perlenbestickten Handtasche.

„Na ja, fast allein. Abgesehen davon müsst ihr anderen die Meuterer beobachten und mich warnen, falls sie kommen.“

„Genau das werden wir tun.“ Claire umarmte Hilary schnell. „Und jetzt lauf und schnapp dir Miss Pimm, bevor diese Wächter mit ihrer Limonade wiederkommen.“

Der lange weiße Flur war von geschlossenen Türen gesäumt, und Hilary hatte keine Ahnung, welche davon eine Zauberin verbergen könnte. Sie fand eine Bibliothek, einen Wintergarten und drei Bäder. Gerade hatte sie widerstrebend nach ihrem magischen Gegenstand gegriffen, als sie um eine Ecke bog und sich in einer Sackgasse wiederfand, vor einer Tür mit Vorhängeschlössern. Neben der Tür stand der zweitbeste Kutscher der Tilburys, Lewis.

Hilary sagte im selben Moment „Mist!“, als Lewis

sagte: „Ach, du meine Güte!", und Hilary hielt ihm den Mund zu, damit er nichts weiter sagen konnte.

„Mir reicht's!", sagte der Wasserspeier, während er sich aus Hilarys Handtasche wand. „Genug ist genug! Diese Tasche riecht komisch, und ich habe die Nase voll vom Stillsein. Ich will sehen, was vor sich geht!" Er lächelte Lewis an, sodass der alle seine Zähne sehen konnte. „Oh, Ihr seid das wieder. Ich hatte gehofft, es wäre jemand Interessanteres."

Hilary zog ihr Schwert heraus und drückte Lewis die Spitze in die Schulter; nicht fest genug, dass sie seine Livree durchschnitt, aber fest genug, um ihm zu zeigen, dass sie es ernst meinte. „Wenn Ihr ein Wort sagt", drohte sie, „lasse ich meinen scharfzahnigen Freund hier an Euren Zehen knabbern, und das ist erst der Anfang. Habt Ihr verstanden?"

Lewis nickte. Hilary nahm ihre Hand von seinem Mund und wischte den Handschuh an ihrem Kleid ab. „Also gut", sagte sie. „Ihr seid Philomenas Kutscher, nicht wahr?"

Lewis zitterte.

„Das soll wohl ja heißen", sagte Hilary. „Und ich bin der Schrecken des Südens. Ihr erinnert Euch vielleicht an unsere Begegnung in Pemberton."

„Damals hat sie kein Ballkleid getragen", sagte der Wasserspeier hilfsbereit.

Dem zweitbesten Kutscher der Tilburys gegenüberzustehen war ganz und gar nicht Teil von Hilarys Plan gewesen, doch sie hatte den Verdacht, dass Lewis sogar noch nervöser war als sie, und der Gedanke tröstete sie ein wenig. „Also, Lewis“, sagte sie, „wenn Ihr bitte so freundlich sein wollt, mir behilflich zu sein, werde ich Euch vielleicht nicht durchbohren. Ist Miss Pimm hinter der Tür, die Ihr bewacht?“

Lewis riss die Augen auf. Dann nickte er sehr langsam.

„Würdet Ihr die Tür bitte für mich öffnen? Und würdet Ihr vollkommen stillstehen, ohne nach Eurer Herrin zu rufen, bis ich Miss Pimm von hier fortgebracht habe?“

Lewis' Nase begann zu zucken. Er schaute auf Hilarys Schwert hinab und dann recht gespannt auf die Zähne des Wasserspeiers. Dann schloss er die Augen und schüttelte den Kopf.

„Nein, das dachte ich mir. Nun ja, wenigstens seid Ihr ehrlich. Das kann ich von Euren Meuterer-Freunden nicht behaupten.“ Hilary seufzte. „Dann sollte ich Euch wohl durchbohren, verflixt und zugenäht. Ich will nicht, dass alle Schurken der Piratengemeinschaft sich das Maul darüber zerreißen, dass der Schrecken des Südens seine Drohungen nicht wahrmacht.“ Sie drückte die Spitze ihres Schwertes fester an Lewis' Schulter, doch der wand sich, und ihr Magen rumorte noch unangenehmer, als er es je auf Hoher See getan hatte.

„Warte!“, schrie der Wasserspeier. „Heb mich hoch!“

„Was?“ Das Schwert fühlte sich in Hilarys Hand glitschig an, und ihre Hand zitterte, als sie es von Lewis' Schulter wegzog.

Der Wasserspeier nickte. „Vertrau mir“, sagte er.

„Also gut“, sagte Hilary. Dann hob sie ihre Handtasche über den Kopf, und der Wasserspeier schnitt die furchterregendste Grimasse, die sie je gesehen hatte. Er beugte sich zu Lewis vor, fletschte die Zähne, schielte, wackelte mit den Ohren und schlug so wild mit den Flügeln, dass Hilary Sorge hatte, er könnte direkt aus Tilbury Park davonfliegen. Seine Schnauze berührte Lewis' Nase und er stieß einen langen Atemzug aus, der den Flur mit dem Geruch nach feuchten Steinen und Spinnen erfüllte.

„Arr!“, schrie der Wasserspeier, und Lewis fiel zu Boden.

Hilary starrte den pfauenblauen Haufen Kutscher an. Dann stupste sie ihn mit dem Stiefel an. Zu ihrer Erleichterung atmete er noch, doch er schien nicht bei Bewusstsein zu sein. „Ich kann es nicht fassen“, sagte sie. „Woher wusstest du, dass er in Ohnmacht fallen würde?“

„Er wirkte wie der Typ, der leicht Angst bekommt“, sagte der Wasserspeier grinsend. „Und ich wollte nicht, dass du ihn durchbohrst.“

„Das war sehr nett von dir“, sagte Hilary. „Eigentlich ist er gar nicht so schlimm, oder? Ich glaube, er hat nur Pech, dass er bei den Tilburys angestellt ist.“ Sie zog ihre magische Münze heraus und wünschte sich, die Tür würde sich öffnen. Sie musste sich mehr anstrengen als erwartet, aber langsam, eines nach dem anderen, sprangen die Vorhängeschlösser auf.

Hilary schaute auf den Wasserspeier hinab. „Mein lieber Freund“, sagte sie, „bist du bereit für ein bisschen mehr Kühnheit und Wagemut?“

„Immer“, sagte der Wasserspeier, und Hilary öffnete die Tür.

Liebe Hilary,
ich hoffe, Fitzwilliam findet dich mit dieser Nachricht.
Mr Marrow, Mr Slaughter und ich wurden eben von einem Herrn angesprochen, der sich selbst Inspektor Hastings nennt. Er kam mir eher dumm vor – andererseits hat er es geschafft, das Versteck der Taube ausfindig zu machen, vielleicht ist er also doch nicht so dumm.
Jedenfalls fürchte ich, der Inspektor und seine Männer suchen nach dir. Sie glauben nicht nur, dass du Miss Pimm entführt hast, sondern sind sich auch sicher, dass du planst, Miss Philomena Tilbury ebenfalls zu entführen. Wir haben sie recht dringend gebeten zu gehen, und Inspektor Hasting war höchst beeindruckt von unseren Schwertklingen. Er und seine Männer sind aber in Richtung Tilbury Park gereist, und ich habe den Verdacht, wenn sie dich finden, werden wir alle im Kerker enden.
Deshalb schlage ich vor, dass du dich beeilst.

Hochachtungsvoll,
Mr Stanley

Kapitel Fünfzehn

In der Mitte eines kleinen Schlafzimmers saß Miss Pimm auf einem höchst unbequem aussehenden Holzstuhl. Ihre Hand- und Fußgelenke waren mit dicken Seilen gefesselt, sie hatte die Augen geschlossen und schnarchte leise. Hilary hatte immer angenommen, dass Miss Pimm viel zu geziert und ordentlich war, um zu schnarchen – oder eigentlich überhaupt zu schlafen –, doch sie hatte jetzt keine Zeit, sich über solche Sachen zu wundern. Sie eilte zu Miss Pimm hinüber und legte ihr eine Hand auf die Schulter. „Miss Pimm?“, sagte sie leise ins Ohr der Zauberin. „Könnt Ihr mich hören?“

Miss Pimm regte sich und öffnete die Lider. Sie schaute Hilary an, blinzelte zweimal und schaute noch einmal. „Ist das Hilary Westfield?“, murmelte sie. „Nein, das kann nicht sein; sie trägt ein Ballkleid.“

„Ich bin es, Miss Pimm“, sagte Hilary. „Ich bin gekommen, um Euch zu retten.“

„Und ich auch“, sagte der Wasserspeier. „Hurra! Blast die Trompeten!“

Hilary zog ihr Schwert heraus und machte sich daran, die dicken Seile um Miss Pimms Hand- und Fußgelenke durchzusäbeln. Ein drittes Seil, bemerkte sie, hielt Miss

Pimm am Stuhl fest. „Ich werde mein Bestes tun, Euch nicht in Stücke zu schneiden“, sagte sie fröhlich, und Miss Pimm schenkte ihr ein schwaches Lächeln. „Geht es Euch gut?“

„Ich bin 239 Jahre alt“, sagte Miss Pimm, „und im Moment spüre ich jedes einzelne Jahr.“ Ihre Stimme war zittriger als in Hilarys Erinnerung, und sie sah ziemlich blass und dünn aus in ihren violetten Reisekleidern. „Aber das kommt davon, weil ich von meinen magischen Gegenständen getrennt bin. Ich konnte meine Gesundheit schon wer weiß wie lange nicht stärken.“ Sie schwieg kurz. „Wie lange bin ich schon hier?“

„Mehrere Wochen“, sagte Hilary. Das Schwert schnitt endlich durch das letzte Seil um Miss Pimms Handgelenke, und Hilary machte sich an die Fesseln um ihre Fußgelenke. „Wir sind so schnell gekommen, wie wir konnten, aber wir haben ewig gebraucht, bis wir die Meuterer aufgespürt hatten. Sie haben Euch entführt – aber ich schätze, das wisst Ihr alles schon.“ Sie schaute auf die dunklen Ringe unter Miss Pimms Augen. „Ich will Euch nicht ermüden, aber falls es Euch nicht zu viel Mühe macht, könntet Ihr uns vielleicht erzählen, woran Ihr Euch erinnert.“

Miss Pimm seufzte leise. „Bedauerlicherweise erinnere ich mich nicht an viel“, sagte sie. „Ich bin mir aber ziemlich sicher, dass es der Mittsommerabend war. Ich war auf dem Weg, um einen Freund zu besuchen.“

„Kanonenkugel-Jack!“, unterbrach sie der Wasserspeier.

Miss Pimm lächelte. „Ja, das stimmt. Das Wetter war an diesem Abend wunderbar, und ich dachte, ich könnte zu Fuß gehen. Ich war schon fast in Pemberton, als eine Kutsche ohne Wappen neben mir hielt und drei Leute heraussprangen. Sie hatten einige große magische Gegenstände dabei und befahlen mir, in die Kutsche zu steigen."

„Drei?" Hilary runzelte die Stirn. „Eine davon muss Mrs Tilbury gewesen sein, nehme ich an."

„Ja, Georgiana war da." Miss Pimm hielt inne, um zitternd Luft zu holen. „Leider konnte ich die anderen beiden nicht gut sehen, aber natürlich hörte ich ihre Stimmen. Ich glaube, eine von ihnen war Philomena und die andere war jemand, den ich nicht erkannt habe. Eine Männerstimme – ziemlich jung und angenehm eigentlich. Er schien die ganze Tortur eher zu bedauern. Wenn er kein Verbrecher wäre, würde ich sagen, er war gut erzogen."

Der Wasserspeier runzelte die Stirn. „Das klingt nicht wie Kapitän Schwarzzahn."

„Da hast du recht", sagte Hilary. „Kapitän Schwarzzahn ist wohl kaum ein angenehmer junger Mann, und er hat Philomena an dem Abend auch nicht begleitet." Sie schnitt die Seile um Miss Pimms Fußgelenke vollends durch. „Es klingt aber sehr nach Sir Anselm Feathering."

„Oh, Mist", sagte der Wasserspeier. „Aber ich mochte ihn!"

„Ich nicht", sagte Miss Pimm fest. „Alle drei haben versucht, mich mit Magie herumzukommandieren, und sie waren wirklich ziemlich stark. Ich hatte meine mächtigsten Stücke zu Hause gelassen, weil sie viel zu schwer zu tragen sind, und hatte nur meine goldene Häkelnadel dabei." Sie seufzte. „Es genügte, um die Tilburys zu ärgern, doch dann stürmte eine ganze Menge Herren aus dem Wald. Sie trugen alberne kleine Hüte und rochen nach Meer, und sie riefen etwas." Miss Pimm legte die Hand an die Stirn. „Ich glaube, es war vielleicht ‚Arr!'."

„Also, das klingt jetzt doch nach Kapitän Schwarzzahn", sagte der Wasserspeier.

„Ich versuchte, sie mit meiner Häkelnadel am Boden festzukleben", fuhr Miss Pimm fort, „und ich habe auch ein paar von ihnen aufgehalten, aber die anderen rissen mir die Nadel aus der Hand. Sie hoben mich hoch, was eine ziemliche Herausforderung für sie gewesen sein muss, denn ich gestehe, ich trat und kratzte auf eine schrecklich undamenhafte Weise. Dann traf mich etwas am Kopf, und ich erinnere mich an nichts weiter. Das Nächste, was ich weiß, ist, dass es Tag war, meine Häkelnadel war fort und ich saß hier auf diesem Stuhl und ließ mir von irgendeiner törichten Magd Hühnerbrühe einflößen." Sie blickte finster drein. „Ich hasse Hühnerbrühe."

„Na ja, Ihr müsst nie wieder welche essen, wenn wir Euch erst befreit haben." Das Seil um Miss Pimms Taille löste sich, und Hilary trat zurück. „Meint Ihr, Ihr könnt stehen?"

Miss Pimm legte die Hände auf die Armlehnen des Stuhls und stemmte sich hoch, setzte sich jedoch sofort wieder hin. „Ich bin leider sehr schwach", sagte sie. „Ich werde schon eine ganze Weile von der Magie in Gang gehalten, versteht ihr, und die Tilburys haben mich nicht näher als zwanzig Meter an die magischen Gegenstände herangelassen."

„Hier." Hilary zog ihre magische Münze aus der Tasche und drückte sie Miss Pimm in die Hand. „Hilft das?"

Miss Pimm murmelte der Münze ein paar Wörter zu. Einen Moment lang war sie ganz still, dann holte sie tief und gar nicht mehr so zittrig Luft. „Ich bin sicher nicht wieder ganz ich selbst", sagte sie, „aber vielleicht werdet ihr mich nicht nach Pemberton zurücktragen müssen. Es wäre für uns beide höchst würdelos."

„Es wäre noch viel würdeloser", gab der Wasserspeier zu bedenken, „wenn Ihr in einer modischen Damenhandtasche reisen müsstet."

Hilary half Miss Pimm vom Stuhl auf. „Ich habe gehofft, Ihr würdet jeden Meuterer mit Magie beschießen können, der versucht, uns auf dem Weg aus Tilbury Park heraus aufzuhalten", sagte sie. „Fühlt Ihr Euch gut genug, um das zu schaffen? Ich habe noch ein paar magische Münzen, wenn Ihr sie braucht."

Doch Miss Pimm schüttelte den Kopf. „Schießen", sagte sie, „kommt leider nicht infrage. Ich bin nicht stark genug, um irgendetwas in der Art zu versuchen, und ich bezweifle sowieso, dass eine Handvoll Münzen viel gegen die magischen Gegenstände der Tilburys helfen würden. Sie haben eine ziemlich umfangreiche Sammlung."

„Ich habe sie gesehen“, sagte Hilary, „und ich glaube nicht, dass es mir gefallen würde, wenn sie gegen mich verwendet wird. Aber es muss mehr als einen Weg geben, eine Zauberin zu retten.“ Hilary schaute sich im Zimmer um. „Vielleicht können wir aus dem Fenster klettern“, sagte sie und zeigte auf eine kleine Glasscheibe über Miss Pimms Stuhl.

„Georgiana Tilbury hat mir versichert, dass ihre besten Wachen direkt vor diesem Fenster postiert sind“, erwiderte Miss Pimm. „Und ich bin mir nicht sicher, ob ich in der Verfassung bin hinauszuklettern.“

Hilarys Kleid fühlte sich langsam viel zu warm an, und sie zerrte an seinen Satinrüschen. „In dem Fall“, sagte sie, „werden wir einfach zur Haustür hinausmarschieren müssen und hoffen, dass es keiner bemerkt. Es herrscht so ein Gedränge von Partygästen, dass wir es vielleicht schaffen, ohne von Mrs Tilburys Wachen aufgespießt zu werden.“

„Das“, sagte der Wasserspeier, „klingt nach einem furchtbaren Plan.“

Insgeheim stimmte Hilary dem Wasserspeier zu, doch das würde sie ihm sicherlich nicht sagen. „Es ist ein kühner und wagemutiger Plan“, sagte sie stattdessen. „Der Schrecken des Südens würde sich nicht in die Nacht davonstehlen, oder?“

„Vielleicht nicht“, sagte der Wasserspeier, „aber ein Wasserspeier schon. Wasserspeier sind sehr gut im Davonstehlen.“

Hilary bot Miss Pimm ihren Arm an, und gemeinsam schoben sie sich langsam im Flur voran. Miss Pimm drückte von oben auf Hilarys Schulter, während der Wasserspeier in seiner Tasche von unten daran zerrte. Wäre Hilary ein Mädchen der High Society gewesen, hätte sie vielleicht den Luxus besessen, sich über den Schmerz zu beklagen. Doch eine schmerzende Schulter sollte für einen Piraten kein Problem sein, also hielt sie den Mund.

Der Wasserspeier dagegen schien sich in Plauderlaune zu befinden. „Sir Anselm Feathering, ein Meuterer", sagte er mindestens zum dritten Mal. „Ich kann nicht fassen, dass ich mich von ihm habe streicheln lassen!"

Dann gab es viel Geflatter in der Luft vor ihnen, und Fitzwilliam der Wellensittich setzte sich auf Hilarys Kopf. Er krächzte, ließ einen Fetzen Papier in Hilarys Hand fallen und machte es sich in den Schichten ihres Ballkleides bequem, während sie die Nachricht von Mr Stanley las.

„Verflixt", murmelte Hilary. „Wenn wir königlichen Inspektoren über den Weg laufen, Miss Pimm, könntet Ihr ihnen dann sagen, dass ich keine Verbrecherin bin?"

„Ich kann es auf jeden Fall versuchen", sagte Miss Pimm, „aber diese Herren haben die ärgerliche Neigung, jedes Wort zu ignorieren, das ich sage. Ein paar Jahre im Internat würden ihnen allen sehr guttun."

Sie hatten das Ende des Flurs erreicht, wo Jasper und Charlie immer noch Wache standen. Hilary tippte Charlie auf die Schulter, und er drehte sich um und strahlte, als er Miss Pimm sah. „Gut gemacht, Schrecken", flüsterte er. „Aber was tut ihr hier?"

„Es gibt keinen anderen Weg nach draußen. Ich dachte, wenn wir gehen, während alle tanzen, werden wir vielleicht nicht bemerkt."

Jasper schüttelte den Kopf. „Dann wartet ihr besser", sagte er. „Sie haben gerade anfangen, mit ihren Champagnergläsern anzustoßen, und ich glaube, jemand wird eine Rede halten. Im Augenblick würden wir unliebsame Aufmerksamkeit auf uns ziehen." Er drehte sich um und lüftete vor Miss Pimm den Hut. „Es ist übrigens eine Freude, Euch wiederzusehen, Zauberin."

„Ganz meinerseits", sagte Miss Pimm. „Ich hoffe wirklich, ihr Piraten wisst, was ihr tut."

Claire und Miss Greyson kamen herübergeeilt und begrüßten Miss Pimm. „Sie kommen alle die Treppen herauf", zischte Claire. „Philomena, meine ich, und ihre Mutter und Anselm Feathering."

„Er ist ein Meuterer, weißt du?", sagte der Wasserspeier.

Claire blieb der Mund offen stehen. „Aber er hat so gute Manieren!"

Dann erschien Mrs Tilbury oben an der Treppe, angetan mit einem eindrucksvollen mitternachtsblauen Kleid, das die Hälfte des Flurs einzunehmen schien. Sie wurde von Philomena und Anselm flankiert, der Hilarys Meinung nach nervöser und verlegener aussah, als es ihr für einen Bösewicht richtig erschien. „Sie sind alle

Meuterer", flüsterte Hilary, „und Kapitän Schwarzzahn auch. Es ist eine Schande, dass wir sie nicht alle direkt über die Planke schicken können."

„Was haben sie jetzt wohl vor?", fragte Charlie. „Haben sie noch einen anderen meuterischen Komplott ausgeheckt?"

„Ich glaube", sagte Claire, „dass sie gerade die Verlobung bekannt geben wollen."

Hilary stöhnte. „Das ist ja großartig. Wir schaffen es vielleicht nie, Miss Pimm auf die *Taube* zu bringen, aber wenigstens wird Mutter zufrieden sein, dass ich am aufregendsten Ereignis der Saison teilgenommen habe."

Mrs Tilbury ließ den Blick über die versammelte Menge im Ballsaal schweifen und winkte mit der seidenbehandschuhten Hand. Augenblicklich war es in ganz Tilbury Park still. „Danke, meine lieben Freunde", sagte sie, „dass ihr heute mit uns die Einführung meiner Tochter Philomena in die bedeutende Welt der High Society feiert. Ich weiß, ich spreche für Philomena, wenn ich sage, dass wir uns schon seit einiger Zeit auf diesen Tag freuen."

Philomena lächelte. Dabei sah sie alles andere als freundlich aus, und Hilary fragte sich, ob Philomena wohl je versucht hatte, ihre eigene Mutter am Boden festzukleben oder sie in einen Fliegenpilz zu verwandeln. Wenn jemand es verdiente, ein Fliegenpilz zu sein, dann Mrs Tilbury.

„Wie einige von euch sicherlich schon ahnen", fuhr

Mrs Tilbury fort, „sind wir nicht nur hier, um Philomenas Debüt zu feiern, sondern auch, um wunderbare Neuigkeiten über ihre Zukunft mitzuteilen. Ich bin schlicht und einfach entzückt, verkünden zu können, dass meine Tochter mit Sir Anselm Feathering von den Featherings aus Queensport verlobt ist. Sie wollen nächstes Jahr heiraten. Na los, mach einen Knicks, Liebes!"

Philomena folgte den Anweisungen ihrer Mutter. Hilary war sich ziemlich sicher, dass Philomena dabei die Augen verdrehte. Im Ballsaal unter ihnen applaudierte und jubelte die Schar der Gäste.

„Gott sei Dank, dass das vorbei ist", murmelte Charlie. „Vielleicht können wir jetzt gehen."

„Aber wartet!", sagte Mrs Tilbury, und die Gäste dämpften ihren Jubel. „Ich habe noch mehr gute Neuigkeiten. Wie euch zweifellos bewusst ist, ist unsere geliebte Zauberin seit mehreren Wochen verschwunden. Vielleicht ist sie eines Abends davonspaziert. Vielleicht ist sie nicht einmal mehr in Augusta! Was auch immer der Fall sein mag, so sind wir uns doch alle einig, dass Miss Pimms Verschwinden wirklich höchst bedauerlich ist."

Die Piraten tauschten bissige Blicke, und der Wasserspeier knirschte mit den Zähnen. „Ich stimme ihr sicherlich zu", sagte Miss Pimm schwach. „Ich für meinen Teil hatte schreckliche Unannehmlichkeiten."

„Worauf will sie raus?", flüsterte Hilary zurück, doch Miss Pimm schloss nur die Augen und lehnte sich an die Wand.

„Magienutzer im ganzen Land sind außer Rand und Band!“, rief Mrs Tilbury. „Diebe und Bösewichte sind überall! Die königlichen Inspektoren konnten Miss Pimm nicht aufspüren, genauso wenig wie“ – sie schwieg kurz – „andere hartnäckige Individuen.“

„Denkst du, sie meint uns?“, flüsterte der Wasserspeier. „Bin ich ein hartnäckiges Indiviuum?“

„Ich glaube ja“, sagte Hilary.

„Jetzt, wo die Magie in Augusta in voller Kraft zurückgekehrt ist“, sagte Mrs Tilbury gerade, „ist allen verantwortungsbewussten Bürgern klar, dass unser Königreich eine Zauberin haben muss, und wir können nicht noch mehr Zeit damit verschwenden, auf die Rückkehr der alten zu warten. Umso mehr freue ich mich, euch berichten zu können, dass ich mit der Königin persönlich korrespondiert habe.“ Mrs Tilbury lächelte. „Sie hat gerade eingewilligt, meine liebe Philomena zur neuen Zauberin zu ernennen!“

„Was?“, schrie Hilary, aber ihre Stimme ging in den allgemeinen Ausrufen unter, die den Ballsaal erfüllten. An einigen Stellen gab es Jubel und etwas höflich klingenden Applaus, doch auch eine Menge Gemurmel. Claire ballte die Fäuste, Jasper zischte lautlos einen Piratenfluch, und der Wasserspeier spuckte ein paar Kiesel in den Flur.

„Das also war die ganze Zeit der Plan der Meuterer“, flüsterte Hilary. „Miss Pimm aus dem Weg zu haben, damit sie ihre eigene liebe kleine Zauberin einsetzen können, die sie mit ihrer Magie tun lässt, was immer ihnen gefällt!“

„Aber Philomena ist nicht lieb“, sagte Charlie düster. „Wirklich nicht.“

„Nein“, sagte Hilary, „und ich habe nicht vor, sie Miss Pimms Platz einnehmen zu lassen, ganz egal, wie viel lieber das gewissen Leuten wäre.“ Sie warf einen Blick zu Miss Pimm hinüber, die nicht in der Lage war, etwas gegen die Meuterer zu tun: Ihre Augen waren immer noch geschlossen, und sie war recht grau gworden. Hilary seufzte. „Miss Greyson, habt Ihr etwas zum Schreiben?“

Miss Greyson zog die Augenbrauen hoch. „Natürlich“, sagte sie und förderte einen Stift aus ihrer Damentasche hervor. „Was hast du vor, Hilary?“

„Einen Brief verschicken.“ Auf die Rückseite von Mr Stanleys Nachricht kritzelte Hilary ein paar Wörter.

Mr Stanley,
komm bitte sofort! Bring die anderen mit!
H.

Dann steckte sie Fitzwilliam das Papier in den Schnabel. „Flieg bitte zur *Taube* zurück“, flüsterte sie, „so schnell du kannst.“ Fitzwilliam flatterte davon, und sie wandte sich an die anderen: „Ich hoffe, ihr seid alle bereit zu kämpfen.“

„Kämpfen?“, fragte der Wasserspeier, doch Hilary war schon in den Hauptsaal hinausgetreten. Sie zog schnell ihr Schwert, bevor sie Zeit hatte, darüber nachzudenken, was sie tat. Unerschrocken hielt sie es vor sich, während ihre Füße sie auf die Treppe zu trugen, wo die Tilburys standen. Kapitän Schwarzzahn hatte Kühnheit und Wagemut gewollt, oder? Dann würde er auch Kühnheit und Wagemut bekommen, und wenn Hilary bis zu den Sohlen ihrer Piratenstiefel graben musste, um sie aufzubringen.

Mrs Tilbury hatte Hilary noch nicht bemerkt; sie sprach immer noch zu der Menge. „Meine liebsten Freunde", sagte sie gerade, „da Philomena die Verantwortung des höchsten magischen Postens des Königreiches annimmt, darf ich euch alle bitten, ihr eure Unterstützung zu gewähren?"

„Nein, Mrs Tilbury", rief Hilary, „das dürft Ihr nicht. Ihr Meuterer werdet nicht einmal das kleinste bisschen Unterstützung von mir bekommen."

Ein Auszug aus Der Wasserspeier: Eine Heldengeschichte. Vom Wasserspeier

Niedergeschrieben von H. Westfield

In gefährlichen Situationen weiß ein Wasserspeier genau, was zu tun ist: Versteck dich in deiner Tasche, leg die Ohren an und hoffe, dass deine getreue Assistentin euch nicht beide umbringt.

Kapitel Sechzehn

Die Ballgäste schnappten hörbar nach Luft, und Champagnergläser zerschellten auf dem Boden, während sich Philomena, Anselm und Mrs Tilbury gleichzeitig umdrehten und Hilary anstarrten. Philomenas Gesicht war wutverzerrt, und Anselm sah ziemlich panisch aus, doch Mrs Tilbury blieb ruhig und gefasst, und das beunruhigte Hilary am meisten. „Philomena, Liebes", sagte Mrs Tilbury, „hast du die leiseste Ahnung, wer diese junge Dame sein könnte?"

„Das ist Hilary Westfield", sagte Philomena scharf, „und ich bin mir ziemlich sicher, dass sie nicht eingeladen war."

„Na so etwas!" Mrs Tilbury lächelte. „Ich hätte sie in ihrem Kleid aus der letzten Saison fast nicht erkannt." Ihre Stimme trug durch den Ballsaal, und einige ihrer Gäste kicherten. „Miss Westfield, was hat dieser ganze Aufruhr zu bedeuten?"

Als sie in den Ballsaal hinunterschaute, erhaschte Hilary einen Blick auf ihre Mutter, die sich durch die Menge schob und versuchte, die Treppe zu erreichen. Wenigstens war sie beim Anblick von Hilary mit einem Schwert nicht auf der Stelle in Ohnmacht gefallen.

Kapitän Schwarzzahn arbeitete sich ebenfalls zur Treppe vor, und mehrere der pfauenblau gekleideten Wachen kamen direkt auf sie zu; sie hatte nicht viel Zeit zu verlieren. *Oh, Fitzwilliam*, dachte Hilary, *bitte beeil dich!*

„Ihr wisst ganz genau, was ich meine", rief sie Mrs Tilbury zu. „Philomena kann nicht die Zauberin werden."

Mrs Tilbury schnaubte. „Und warum nicht?"

„Weil", sagte Hilary, „die Stelle leider nicht frei ist. Ich habe Miss Pimm gefunden, wie Ihr seht."

Sie nickte zu dem Durchgang hinüber, wo Jasper und Miss Greyson Miss Pimm stützten. Als die Zauberin in Sicht kam, erhob sich eine neue Welle Gemurmel aus der Menge, und eine Handvoll Leute applaudierte, auch wenn Philomena herumwirbelte, um sie böse anzuschauen.

Hilary freute sich, dass Mrs Tilbury immerhin ernsthaft erschrocken aussah. Innerhalb von Sekunden hatte sie jedoch wieder ihr freundlichstes High-Society-Gesicht aufgesetzt und klatschte mit scheinbarer Freude in die Hände. „Wie wunderbar!", rief sie. „Miss Pimm ist endlich wieder aufgetaucht! Aber ich muss sagen, Miss Westfield, dass sie überhaupt nicht gut aussieht. Ich glaube kaum, dass sie wieder auf ihren Posten zurückkehren kann."

„Natürlich sieht sie nicht gut aus", sagte Hilary. „Ihr habt sie entführt und wochenlang hier eingesperrt. Behandelt Ihr alle Eure Hausgäste so?"

„Entführt!" Mrs Tilbury lachte. „Warum sollte ich Miss Pimm so etwas Grausames antun?"

Das wusste Hilary auch nicht so genau, aber sie konnte mutmaßen: „Weil Miss Pimm Euch nicht mit Eurer Magie tun lässt, was Ihr wollt", schlug sie vor, „und weil Miss Pimm findet, Leute wie Ihr sollten nicht die ganze Magie des Königreiches für sich haben. Ihr dachtet, wenn Ihr sie einfach entfernt, könntet Ihr ganz einfach Eure Tochter an ihre Stelle setzen – was Ihr beinahe getan hättet, wie ich zugeben muss. Und ich nehme an, Ihr dachtet, Ihr könntet Eure liebe Philomena herumkommandieren, wenn sie erst Zauberin ist."

Hilary war sich ziemlich sicher, dass sie richtig geraten hatte, denn Mrs Tilburys Lächeln flackerte und Philomena zuckte zusammen. „Was für eine absurde Unterstellung, Miss Westfield", sagte Mrs Tilbury. „Ihr geht doch sicherlich nicht davon aus, dass das jemand glauben wird."

„Ich nehme an, dass Philomena und Sir Anselm es glauben. Sie haben Euch schließlich geholfen, genau wie Euer Bruder." Hilary zeigte mit ihrem Schwert auf Kapitän Schwarzzahn. „Wissen Eure Freunde aus der High Society, dass Ihr mit Piraten ein Komplott geschmiedet habt, Mrs Tilbury? Oder dass Ihr mir und meinen Freunden Drohbriefe geschrieben habt?"

Das Gemurmel in der Menge wurde lauter. Einige Gäste schoben sich langsam zu den Türen, als wären sie nicht sicher, ob es höflich sei, den Ball während eines

Wortgefechts der Gastgeberin mit einer Piratin zu verlassen. Kapitän Schwarzzahn hatte den Fuß der einen Treppe erreicht, und Mrs Westfield kletterte die andere hinauf. Hilary wedelte mit ihrem Schwert in Richtung der Wachen, die von hinten herankamen, doch sie weigerten sich zurückzuweichen. Charlie und Jasper hatten jetzt ebenfalls ihre Schwerter gezogen, und Miss Greyson umklammerte ihren magischen Gegenstand, doch sie waren gegen die Meuterer und die Crew der *Abtrünnigen* schrecklich in der Minderzahl, ganz zu schweigen von den zusätzlichen Piraten, die Kapitän Schwarzzahn speziell für diese Gelegenheit angeheuert hatte. Hilary versuchte, ruhig zu atmen, um ihre Nerven zu beruhigen, doch das verflixte kohlfarbene Kleid fühlte sich um ihre Taille enger an als je zuvor.

Mrs Tilbury kam nahe genug, dass Hilary über den Geruch ihres Parfüms nach welkem Lavendel die Nase rümpfen musste. „Dein Vater hat mich gewarnt, dass du lästig werden könntest", sagte sie, und jetzt lächelte sie nicht mehr. „Du hast ihn vielleicht in den Kerker geworfen ..."

„Ich habe ihn nirgendwohin geworfen", sagte Hilary mit zusammengebissenen Zähnen.

„... aber ich glaube", fuhr Mrs Tilbury unbeirrt fort, „du wirst feststellen, dass wir anderen nicht so leicht aufgeben." Abrupt drehte sie sich wieder zu ihren Gästen um. „Leider hat diese bösartige junge Piratin mit ihren lächerlichen Geschichten unsere Feierlichkeit unterbrochen, doch seid bitte ganz unbesorgt: Meine Wachen werden uns beschützen, indem sie Miss Westfield sofort nach draußen begleiten." Sie nickte den Wächtern hinter Hilary zu. „Ihr könnt sie im Wintergarten einschließen, wenn sie verspricht, die guten Möbel nicht zu ruinieren."

Hilary suchte die Gesichter der Wachen ab, ob vertraute Halunken darunter waren. Doch die einzigen Piraten, die sie erkannte, waren die, die sie im *Salzigen Keks* bedroht hatten. „Stopp!", rief sie, als einer von ihnen sie beim Ellbogen nahm. „Seid Ihr ganz sicher, dass Ihr den Schrecken des Südens angreifen wollt?"

„Sie ist die furchterregendste Piratin auf Hoher See!", rief Charlie von irgendwo außerhalb des Wächterknäuels.

„Und wir anderen sind wohl auch kaum gekochter Haferbrei", sagte Jasper.

„Tretet zurück!", schrie der Wasserspeier. „Oder ich beiße! Würdet Ihr mit bitte sagen, wer von Euch am besten schmeckt?"

Die Wächter zögerten, und der Pirat, der Hilarys Ellbogen gepackt hatte, ließ sie los. „Ich weiß nicht, Ma'am", sagte einer zu Mrs Tilbury. „Sie ist der Schrecken des Südens. Sie sieht nicht nach viel aus, aber sie ist vielleicht trotzdem gefährlich."

„Und sie ist ein Clubmitglied", gab ein anderer Wächter zu bedenken. „Seid Ihr sicher, dass wir sie einsperren dürfen?"

Die anderen begannen kopfschüttelnd zurückzuweichen. „Das ist sehr weise von euch“, sagte Hilary. „Jetzt müssen meine Freunde und ich euch nicht alle in Stücke schießen.“

„Ach, um Himmels willen!“, sagte Mrs Tilbury. Sie drehte sich mit wütendem Blick zu Kapitän Schwarzzahn um. „Können deine Männer nicht einmal etwas richtig machen? Oder muss ich alles selbst machen?“

„Das ist nicht fair“, sagte der Wächter, der Hilary am nächsten stand. „Wir haben doch schließlich diese Zauberin für Euch geschnappt, oder nicht?“

„Ruhe!“, blaffte Mrs Tilbury. Sie griff in die Falten ihres Kleides und holte einen goldenen Schuhlöffel heraus, der im Licht des Kronleuchters glänzte. Hilary wäre bei seinem Anblick beinahe einen Schritt rückwärtsgegangen, doch es hatte keinen Sinn, davonlaufen zu wollen: Mrs Tilbury hätte den magischen Gegenstand wahrscheinlich benutzt, um sie am Boden festzukleben. Abgesehen davon hatten die Wachen jetzt ihre Freunde umstellt, und Miss Pimm sah nicht sehr sicher auf den Beinen aus. Hilary fürchtete, dass ihr Rettungsplan schon jetzt von Lecks durchsiebt war und höchstwahrscheinlich kentern würde.

Mrs Tilbury streifte ihre Abendhandschuhe ab. „Philomena und Anselm“, sagte sie, „ich erwarte eure Hilfe.“

Philomena stemmte die Hände in die Hüften. „Mama“, sagte sie, „sprich nicht in diesem Ton mit mir! Ich bin jetzt eine Dame der High Society.“

„Das vielleicht“, erwiderte Mrs Tilbury, „aber du

wirst trotzdem tun, was ich dir sage." Sie schlug mit dem Schuhlöffel in ihre Handfläche.

Philomena seufzte und zog zwei golden Kerzenständer aus ihrem Abendtäschchen.

„Ähm, Philomena", sagte Anselm, der jetzt ein paar Schritte in Richtung Tür machte, „ich weiß nicht recht, ob mir dabei wohl ist. Mir wurde gesagt, dass es keine weiteren Bösartigkeiten geben würde, und Miss Westfield ist eine sehr freundliche Piratin …"

„Mr Feathering", blaffte Mrs Tilbury, „unsere Umstände haben sich geändert. Wenn Ihr meine Tochter heiraten wollt, statt den Rest Eurer Tage mittellos im Gefängnis zu verbringen, werdet Ihr mir sofort helfen!"

Anselm erstarrte. Dann stellte er sich sichtlich widerstrebend zurück an Philomenas Seite und zog eine solide aussehende Kugel Magie aus der Tasche.

„Du Schleimer!", schrie Alice Feathering von irgendwo unten in der Menge. „Wage es ja nicht, dem Schrecken etwas zu tun! Oh bitte, lasst mich durch, damit ich meinen Bruder treten kann!"

„Es tut mir schrecklich leid, Piratin Westfield", sagte Anselm. „Ich habe keine große Wahl, verstehst du, aber ich werde dich ganz sicher vermissen, wenn du fort bist."

„Wenn ich fort bin?", schrie Hilary. „Glaubt ihr wirklich, ihr könnt den Schrecken des Südens verschwinden lassen?" Wenn sie die Meuterer noch ein paar Augenblicke zum Weiterreden brachte, hatte Fitzwilliam vielleicht genug Zeit …

„Sie auf dem Meer auszusetzen wäre angemessen, findest du nicht?“, sagte Mrs Tilbury zu Philomena. „Ich bin mir sicher, das schaffen wir zu dritt.“

„Nein!“, schrie der Wasserspeier. „Ich werde sinken!“

Plötzlich passierten mehrere Dinge gleichzeitig. Mrs Tilbury, Philomena und Anselm hoben alle drei ihre magischen Gegenstände in die Luft. Hilary hob ihr Schwert. Der Wasserspeier fletschte die Zähne. Der Boden bebte, als Dutzende königliche Inspektoren in den Saal marschierten, gefolgt von einer Kompanie Wächter in Pfauenblau. Und über allem zersplitterten die großen Glasfenster des Ballsaales.

Die Gäste der Tilburys schrien und duckten sich unter fallenden Scherben, während dicke Seile durch die leeren Fensterrahmen flogen und sich um die Treppengeländer, die Balkone und den Kronleuchter schlangen. Dann schwang sich unter lauten Hurrarufen eine Vielzahl von Piraten in den Ballsaal. Sie hatten Augenklappen und Ellenbogenflicken, krumme Zähne und wirre Haare; sie schwenkten ihre Schwerter durch die Luft und warfen die Bowleschüsseln um. Hilary hätte beinahe applaudiert, als Mr Slaughter und Mr Stanley hereinsegelten, begleitet von Fitzwilliam, der ziemlich selbstzufrieden aussah. Piraten aus dem fernen Norden kamen an, alle in Felle gekleidet, dicht gefolgt von einer Crew der *Gefürchteten Matilda*. Und als Letzter kam Kanonenkugel-Jack.

„Arr!“, schrie er. „Wir sind hier, um dem Schrecken des Südens zu helfen – und die Meuterer aufzuspießen!“

Hilary grinste. „Ich schlage vor, Ihr legt Eure magischen Gegenstände weg“, sagte sie zu den Meuterern, „denn falls Ihr mich aufs Meer zaubert, werdet Ihr einige Schurken verärgern, und ich glaube, sie haben gerade ihre Schwerter geschärft.“

Mrs Tilbury wirbelte herum. „Sie wollen zur Magie!“, schrie sie und zeigte auf eine Gruppe Piraten, die die Glasvitrine im Ballsaal erspäht hatten. „Haltet diese unzivilisierten Bösewichte sofort auf!“ Dann eilte sie die Treppe hinab in die Menge der Gäste und Piraten. Anselm Feathering rannte in die andere Richtung – auf der Suche nach einem Fluchtweg, nahm Hilary an. Doch Alice hatte sich die Treppe hinaufgekämpft und rannte ihm mit fliegenden Haarbändern und geballten Fäusten hinterher.

Philomena dagegen bewegte sich nicht sofort. „Ich werde dir das nie verzeihen, Hilary Westfield“, sagte sie. „Du bist schuld, dass Piraten meinen Debütantinnenball zertrampeln!“

„Wenn es dir ein Trost ist“, sagte Hilary, „ich bin mir sicher, die High Society wird wochenlang von nichts anderem sprechen.“

Philomena nahm nacheinander einige interessante Gesichtsfarben an, beginnend bei Rosa und endend irgendwo um malvenfarbig. Dann drehte sie sich ohne ein weiteres Wort auf dem Absatz um und stürmte ihrer Mutter nach.

Hilary wäre zu gern den Meuterern gefolgt, um ihnen

die scharfe Seite ihres Schwerts zu zeigen, doch zuerst musste sie Miss Pimm auf die *Taube* in Sicherheit bringen. Gerade wollte sie sich einen Weg durch die Menge der Wächter und Inspektoren im Flur bahnen, da war auf einmal Mrs Westfield an ihrer Seite, atmete sehr tief und fächelte sich Luft zu. „Was ist hier los, Hilary?", fragte sie. „Warum hat die liebe Miss Pimm bei den Tilburys logiert? Und wer sind all diese Herren, die mit Schwertern herumlaufen? Das ist skandalös!"

Sie kippte leicht nach vorn, doch Hilary hielt sie am Arm fest. „Mutter", sagte sie, „jetzt ist nicht der richtige Zeitpunkt, um ohnmächtig zu werden. Du bist hier die beste Gastgeberin, also hast du eine sehr wichtige Aufgabe."

Mrs Westfield hörte auf, sich Luft zuzufächeln. „Habe ich?"

„Ja", sagte Hilary. „Könntest du bitte alle Gäste, die keine Meuterer oder Piraten sind, versammeln und an einen sicheren Ort bringen?"

„Ich glaube, das könnte ich", antwortete Mrs Westfield. Dann hob sie die Stimme. „Achtung!", rief sie. „Würden mir bitte alle, die keine Meuterer oder Piraten sind, sofort auf den Rasen folgen? Ich finde, es ist eine wundervolle Nacht, um sich die Sterne anzuschauen."

Mehrere High-Society-Gäste eilten dankbar auf die Ausgänge zu, während Hilary sich zu der Crew der *Taube* vorarbeitete. Jasper und Charlie wehrten die Wachen ab, die sie umstellt hatten, und Miss Greyson benutzte ihre Häkelnadel, um mehrere Angreifer von den Füßen zu fegen, während Claire mit zwei ihrer sehr scharfen Haarnadeln nach allen Wächtern in Reichweite stach. Miss Pimm saß auf dem Boden an die Wand gelehnt und schaffte es trotzdem, ordentlich und imposant auszusehen mit ihren ausgestreckten Beinen und ihren sauber um sie arrangierten violetten Röcken. „Die Verzögerung tut mir leid“, sagte Hilary zu ihr, „aber ich bringe Euch jetzt auf die *Taube*. Wir haben eine ziemliche Menge Magie an Bord, vielleicht geht es Euch dann besser.“

Miss Pimm nickte. „Danke, Hilary. Das klingt sehr schön.“

Hilary half Miss Pimm hoch und führte sie in Richtung Tür. Vor ihnen bugsierte Mrs Westfield eine Schar Damen der High Society hinaus ins Freie, während Piraten und königliche Inspektoren die Wachen der Tilburys abwehrten. Zu Hilarys großem Ärger versuchten einige der Inspektoren, die Piraten ebenfalls zu bekämpfen. Schwerter, Lupen und kleine Staubpinsel flogen durch die Luft, und Hilary erhaschte durch die Menge einen Blick auf Inspektor Hastings, der einen Wächter vors Schienbein trat. Sie führte Miss Pimm, so gut sie konnte, um das schlimmste Getümmel herum und duckte sich dabei alle paar Sekunden, um einem magischen Gegenstand oder einer Klinge auszuweichen. „Entschuldigt bitte das Durcheinander, Miss Pimm“, sagte sie. „Hoffentlich werden wir nicht in Streifen geschnitten.“

„Ich kann dir helfen, Schrecken.“ Kanonenkugel-Jack

drängelte sich durch die Menge. „Hier, Eugenia. Leg deine andere Hand auf meine Schulter. Ist 'n bisschen Papageienkacke drauf, dafür entschuldige ich mich."

Miss Pimm schenkte ihm die Andeutung eines Lächelns. „*Ich* sollte mich entschuldigen, weil ich unsere letzte Verabredung verpasst habe. Ich wurde leider aufgehalten."

„Ach", sagte Kanonenkugel-Jack, „ich wusste, der Schrecken würd' dich finden, und ich hatte recht."

Während sie sich auf den Ausgang zubewegten, schaute Hilary über das Kampfgetümmel, das im Ballsaal tobte. An einem Ende des Raums jagte Mr Slaughter einen Wächter um eine zerbrochene Bowleschüssel. Am anderen bemühte sich Fitzwilliam nach Kräften, aus Philomenas Haaren ein Nest zu bauen. Charlie lieferte eine beeindruckende Vorstellung, indem er Wächter um Wächter entwaffnete, und eine kleine Menschentraube hatte sich um ihn gebildet, um ihn anzufeuern. Anselm Feathering sprang aus einem der zerbrochenen Ballsaalfenster und strebte auf den Wald zu, doch Alice war ihm dicht auf den Fersen und schwang dabei ein Schwert, das sie wohl von einem anderen Piraten geliehen hatte.

Alles in allem, fand Hilary, erwies sich das Ganze als recht zufriedenstellender Abend. Ein wildes Gefecht wirbelte reizvoller um sie herum als jeder Ball der High Society, sie rettete Miss Pimm und würde auf der *Taube* fortgesegelt sein, bevor ihre Mutter den bedauernswerten Zustand ihres Ballkleids bemerkte. Sein Saum war unter den Stiefeln von unvorsichtigen Inspektoren und Wächtern zerrissen, doch Hilary war das ziemlich egal, denn mit jedem Riss fühlte sie sich weniger wie ein Kohlkopf und mehr wie der Schrecken des Südens.

In diesem Augenblick drückte sich etwas Scharfes und Kaltes gegen ihren Rücken. „Dreh dich langsam um, Piratin Westfield", sagte Kapitän Schwarzzahn in ihr Ohr. „Ich will dich wirklich ungern durchbohren müssen."

Hilary tat, was Kapitän Schwarzzahn befahl. Er hielt sein Schwert beängstigend dicht an ihr Kinn, und sein Gesichtsausdruck war so furchterregend, dass sie mit der Hand am Griff ihres Schwertes erstarrte. „Es hat meine Männer und mich ein beachtliches Stück Arbeit gekostet, die Zauberin herzubringen. Da kann ich dich nicht einfach so mit ihr gehen lassen", sagte Schwarzzahn. „Das wäre schrecklich lästig."

Kanonenkugel-Jack zog sein Schwert. „Du elender Verräter!", donnerte er. „Als ich gehört hab, dass man meine Augenklappe am Tatort gefunden hat, wusst' ich, dass du hinter allem steckst. Du hast die Augenklappe geklaut, als du zu Besuch warst, stimmt's? Du hast versucht, mich reinzulegen – deinen eigenen Piratenkollegen! Und ich hab dir noch Kekse angeboten!"

Kapitän Schwarzzahns Schwert bewegte sich zentimeterweise näher an Hilarys Hals, und sie schluckte mühsam. „Das reicht, Jack", sagte er. „Wenn du nicht willst, dass Piratin Westfield etwas passiert – und ich bin mir ziemlich sicher, das willst du nicht –, dann lässt du uns in

Ruhe. Und wagt es ja nicht, die Zauberin aus diesem Raum zu bringen, sonst schicke ich euch beide über die Planke."

Kanonenkugel-Jack zögerte, doch Hilary nickte ihm zu, so gut sie das konnte, ohne sich selbst an Schwarzzahns Schwert zu schneiden. „Schon gut", sagte sie. „Du kümmerst dich um Miss Pimm und ich setze mich mit Kapitän Schwarzzahn auseinander."

„Gesprochen wie ein echter Schrecken des Südens", sagte Kapitän Schwarzzahn, als sich Kanonenkugel-Jack zurückzog. „Ich muss zugeben, ich bin beeindruckt."

„Das solltet Ihr auch sein", sagte Hilary. „Ich habe Euch gesagt, ich würde Miss Pimm finden, und jetzt habe ich es getan, also müsst Ihr mich nicht über die Planke schicken." Ihr Herz schlug schnell, und das Schwert an ihrem Hals machte es sicherlich nicht besser. „Findet Ihr mich immer noch unpiratenhaft, Sir? Zweifelt Ihr immer noch an meinem Talent?"

„Du hast auf jeden Fall ein Talent zum Ärgermachen", sagte Schwarzzahn. „Warum bist du nicht einfach losgezogen, um ein Seeungeheuer zu töten oder einen Piratenkönig zu besiegen? Dann wären wir nicht in dieser unangenehmen Lage."

„Ihr meint, für Euch wäre es sehr viel angenehmer gewesen, wenn Ihr uns losgeworden wärt", sagte der Wasserspeier, „so wie Ihr Jasper losgeworden seid."

Schwarzzahn runzelte die Stirn. „Das ist ziemlich ungehobelt."

„Tja, Pech", sagte der Wasserspeier. „Vielleicht wäre ich freundlicher, wenn ich ein Papagei wäre." Er grinste zu Schwarzzahn hinauf. „Aber das bezweifle ich."

„Piratin Westfield", sagte Schwarzzahn, „ich habe dich nicht beseitegenommen, um mit dir und deinem Haustier zu zanken." Er senkte sein Schwert leicht. Dann lächelte er zu Hilarys Verblüffung. „Ich hatte eher gehofft, wir könnten diesen Streit auf freundschaftliche Art von Kapitän zu Kapitän beilegen."

„Es tut mir leid, Sir, aber ich glaube nicht, dass wir Freunde sind."

„Deine Kameraden haben sicherlich nicht vor, ewig zu kämpfen. Piraten, die gegen Piraten kämpfen, feinfühlige High-Society-Damen, die in das Handgemenge hineingezogen werden – das erscheint mir alles ziemlich unnötig."

„Ihr habt recht", sagte Hilary. „Es wäre überhaupt nicht nötig, wenn Ihr nicht Miss Pimm entführt hättet." Sie strich sich die Haare aus dem Gesicht und wünschte sich, sie wären wieder zu ihrem praktischen Piratenzopf geflochten. „Wollt Ihr wirklich, dass Philomena die Zauberin wird, Kapitän Schwarzzahn? Haltet Ihr das ehrlich für eine gute Idee?"

Kapitän Schwarzzahn machte schmale Augen. „Ich mag meine Nichte sehr", sagte er. „Und ich kann nicht sagen, dass ich Miss Pimm besonders mag. Sie will unseren Schatz kontrollieren – wie viel von der Magie wir haben und was wir damit tun dürfen, wenn wir sie erst geplündert haben." Er legte Hilary die Hand auf die Schulter. „Du verstehst doch sicher, dass ich darauf achten muss, was das Beste für meine Schurkenkollegen ist, was das Beste für den Club ist."

Hilary starrte auf die Silberknöpfe, die folgsam an der Vorderseite von Kapitän Schwarzzahns Frack entlangmarschierten; kein einziger tanzte aus der Reihe. „Das müsst Ihr wohl", sagte sie schließlich.

„Und du musst das auch", sagte Kapitän Schwarzzahn. „Wenn du einverstanden bist, deine Piraten zurückzurufen, können wir diese Sache endlich hinter uns lassen, und ich bitte meinen Sekretär, die Warnungen aus deiner FGECP-Akte zu löschen. Niemand auf Hoher See wird es mehr wagen, dich herauszufordern, wenn ich ihnen erst einmal gesagt habe, dass du die volle Unterstützung des Clubs besitzt. Schließlich bist du ziemlich piratenhaft, Hilary – sogar in diesem fürchterlichen Ballkleid." Er kicherte und streckte die Hand aus. „Haben wir einen Waffenstillstand?"

Kapitän Schwarzzahns Hand war rau und narbenübersät von Jahren des Segelns und Säbelrasselns. Hilary hatte sie geschüttelt, als er sie im FGECP willkommen hieß, und sie hatte sie wieder geschüttelt, als sie versprochen hatte, etwas Kühnes und Wagemutiges zu tun. Sie hatte alles getan, was sie konnte, um sich ihm – und dem Rest seiner verflixten Halunken – zu beweisen. Doch um ehrlich zu sein hatte sie langsam genug davon, Kapitän Schwarzzahn die Hand zu schütteln.

„Nein“, sagte sie. „Haben wir nicht.“

Das Lächeln verschwand von Schwarzzahns Gesicht.

„Ich stimme keinem Waffenstillstand zu“, sagte Hilary, diesmal lauter. „Ich habe geschworen, Miss Pimm zu retten, und das werde ich tun, auch wenn es Euch und Euren Männern nicht gefällt.“

„Leider wird der Club das nicht gut ...“

„Ach, wen interessiert der Club?“, schrie Hilary, und der Boden von Tilbury Park schien unter ihr zu schwanken wie ein Schiffsdeck während eines Sturms. „Wenn alle Schurken des FGECP Euch unterstützen, Kapitän Schwarzzahn, dann kann ich kein Mitglied mehr sein.“

Kapitän Schwarzzahn trat zurück und starrte sie an. „Was meinst du damit?“, fragte er.

„Vielleicht bin ich nicht immer so kühn, wie ich sein könnte“, sagte Hilary, „und auch nicht so wagemutig. Ich bin nicht besonders gut im Schwertkampf, ich habe nie einen Schatz vergraben und ich will nicht einmal einen Papagei besitzen. Ich fühle mich absolut furchtbar, weil ich meinen eigenen Vater in den Kerker gebracht habe, und manchmal weiß ich nicht, ob ich als Schrecken des Südens irgendetwas tauge.“ Sie fühlte, wie sie ihr schwindelig wurde, während die Worte aus ihre heraussprudelten. „Aber ich weiß, ich bin nicht wie Ihr, Kapitän Schwarzzahn. Ihr mögt kühn und wagemutig sein, aber Ihr seid nicht ehrbar – nicht einmal annähernd –, und ich habe keinen Respekt vor Euch.“

Einen Moment lang meinte Hilary, die ganze Villa

würde gleich kentern. Die Bodendielen würden sich auftun, die Wellen hereinströmen, und sie würde auf den Grund der Hohen See sinken, ohne eine Hoffnung auf Rettung. Dann, wie aus weiter Ferne, hörte sie den Wasserspeier jubeln. Sie drückte ihn an sich, und Tilbury Park richtete sich langsam wieder um sie herum auf.

„Also gut“, sagte Kapitän Schwarzzahn schließlich, obwohl er nicht glücklich klang. „Hilary Westfield, du bist ab sofort kein Mitglied des Fast Ganz Ehrbaren Clubs der Piraten mehr. Bitte übergib das Schwert, das dir vom Club zur Verfügung gestellt wurde.“

Hilary spürte ihre Hände kaum, als sie ihr Schwert nahm – ihr schönes, furchterregendes Piratenschwert – und Kapitän Schwarzzahn übergab. Er packte es und nickte.

„Der Club akzeptiert deinen Austritt“, sagte er ernst.

Dann ließ er den Blick über den Tumult im Ballsaal schweifen. „Du solltest dich beeilen, nach unten zu kommen und deiner Freundin zu helfen. Sie scheint Probleme zu haben, und ich warne dich: Meine Nichte ist extrem begabt, wenn es um Magie geht.“

Hilary wirbelte herum. „Oh, Mist“, flüsterte sie, denn Philomena hatte einen der magischen Krüge aus der Glasvitrine genommen und benutzte ihn jetzt, um Claire hoch über den Köpfen der Leute baumeln zu lassen. Piraten, Wachen und Inspektoren hielten in ihrem Schwertkampf inne und starrten zu Claire hinauf, die in ihrer orangegoldenen Seide wie ein verirrtes Stück Sonnenuntergang in der Luft schwebte. Sie schrie nicht, und sie weinte auch nicht, doch Hilary genügte ein Blick in ihr Gesicht, um zu wissen, dass sie schreckliche Angst hatte.

„Das brauche ich wieder“, sagte Hilary und riss Kapitän Schwarzzahn ihr Schwert aus den Händen. „Ich weiß, es ist gegen die Regeln, aber Ihr habt mir einmal gesagt, dass man, um ein Pirat zu sein, ein gewisses Maß an Geringschätzung für gutes Benehmen braucht.“ Dann durchschnitt Hilary, bevor Kapitän Schwarzzahn irgendetwas dagegen tun konnte, mit ihrem Schwert die Luft vor sich und rannte, so schnell sie konnte, die Treppe hinunter, durch die Menge und auf Philomena zu.

Mrs Tilbury versuchte, sie am Arm zu packen, doch Hilary schubste sie weg und eilte weiter. Sie hörte nur noch, wie Philomena Claire verhöhnte. „Woher hast du so ein schönes Kleid?“, fragte Philomena gerade. „Hast du es vielleicht gestohlen? Hast du die schlimmen Angewohnheiten deiner Piratenfreunde übernommen?“

Hilary packte Philomena von einer Seite, während Charlie sie gleichzeitig von der anderen festhielt. Sie hoben beide ihre Schwerter, und Philomena hörte auf zu lachen.

„Lass Claire sofort runter!“, befahl Hilary. „Oder ich finde einen Weg, dich an einen Ort zu schicken, gegen den der königliche Kerker aussieht wie die vornehmste Villa in Queensport.“

„Und ich werde dich einfach durchbohren“, sagte Charlie. „Also mach lieber hin.“

Philomena schaute sie nacheinander an, dann auf ihre Schwerter. „Wenn ich sie herunterlasse“, sagte sie, „lasst ihr dann eure schmutzigen Piratenhände von mir?“

„Vielleicht“, sagte Hilary.

„Einverstanden.“ Philomena grinste höhnisch. „Magischer Krug, bitte lasse Miss Dupree los.“

Mit einem Schmerzensschrei knallte Claire zu Philomenas Füßen auf den Boden.

„Hey!“, schrie der Wasserspeier. „Du hast sie absichtlich fallen lassen!“

Philomena schaute ihn wütend an. „Ich lasse mich nicht von einem dummen kleinen Kieselstein zurechtweisen“, sagte sie, „erst recht nicht bei meinem Debütantinnenball.“

„Aber er hat recht“, sagte Hilary. Sie schlug mit der flachen Seite ihres Schwerts gegen Philomenas goldenen Krug, sodass er über den Saalboden rollte. „Und wage es ja nicht, ihn Kieselstein zu nennen! Hast du über jeden meiner Freunde etwas Gemeines zu sagen?“

„Um ehrlich zu sein ...“ Philomena unterbrach sich, und im Saal wurde es still. Claire war zu der Vitrine voller Magie gehumpelt und zog jetzt ein riesiges goldenes Serviertablett aus dem untersten Fach. „Um Himmels Willen, Miss Dupree“, sagte Philomena, „du hast den größten magischen Gegenstand in unserer Sammlung gefunden. Du wirst doch wohl nicht glauben, ihn benutzen zu können!“

„Aber wenn ich ihn in der Hand halte“, sagte Claire,

„wirst du es nicht wagen, mich wieder in die Luft zu schicken, oder?“ Sie lächelte Philomena an. „Stell dir nur vor, was ich damit anstellen könnte.“

„Sie könnte Tilbury Park in die Luft jagen“, flüsterte Charlie Hilary hinter Philomenas Rücken zu, „und den ganzen Norden in Schutt und Asche legen. Was hat sie vor?“

„Ich glaube, sie blufft“, flüsterte Hilary zurück. „Sie ist eine sehr gute Schauspielerin.“

Philomena zögerte kurz. Dann lachte sie. „Es wäre eine Sache, wenn du wirklich ein Mädchen der High Society wärst“, sagte sie. „Aber du kannst ja kaum knicksen! Kannst du überhaupt eine magische Häkelnadel benutzen?“

Claire wurde rot und ließ beinahe das Tablett fallen.

Philomena schnappte dramatisch nach Luft. „Du kannst gar keine Häkelnadel benutzen, nicht wahr? Tja, das überrascht mich nun wirklich nicht.“

„Oh“, schrie Claire, „ich habe so die Nase voll von dir, Philomena!“ Sie wedelte mit dem Tablett in der Luft. „Um genau zu sein habe ich von deiner ganzen bösartigen Familie genug! Ihr könnt nicht einfach durch das ganze Königreich stürmen, Zauberinnen entführen und uns alle zwingen zu tun, was ihr sagt, weißt du? Das ist schrecklich unverschämt! Natürlich glaube ich nicht, dass euch Unverschämtheiten im Geringsten stören. Aber weißt du, was ich mir wünsche?“ Das Tablett zitterte in ihren Händen. „Ich wünsche mir, all ihr verflixten

Meuterer würdet auf irgendeine fürchterliche kleine einsame Insel verschwinden und mich in Ruhe lassen!“

„Nein!“, schrien Hilary, Charlie, Miss Greyson und Mr Stanley gleichzeitig, doch es war zu spät. Claire starrte entsetzt auf das Tablett. „Ach, du meine Güte“, flüsterte sie. „Ich wollte nicht …“

Und dann verschwand Philomena mit einem sehr lauten *Plopp*.

Zuerst dachte Hilary, sie hätte es sich eingebildet, doch als sie sich im Ballsaal umschaute, entdeckte sie Philomena nirgends. Um genau zu sein schien Tilbury Park lange nicht mehr so voller Leute zu sein wie noch Augenblicke zuvor. Die Inspektoren der Königin waren noch da, genau wie die Piraten, die Kanonenkugel-Jack eingeladen hatte, doch die Wächter in Pfauenblau waren verschwunden, und es fehlte jede Spur von Mrs Tilbury. Sogar Kapitän Schwarzzahn war weg, und so sehr Hilary auch starrte und blinzelte – er blieb fort.

„Claire?“, sagte Hilary in die Lücke hinein, die Philomena hinterlassen hatte. „Ich glaube, die Magie hat funktioniert.“

Claire setzte das Tablett ab, doch ihre Hände zitterten immer noch. „Nein“, sagte sie, „es kann nicht funktioniert haben. Es hätte explodieren müssen.“ Sie setzte sich mitten im Ballsaal auf den Boden.

Hinter ihr kletterte Alice Feathering wieder durch das kaputte Fenster hinein. Sie war ziemlich außer Atem und sah aus, als hätte sie wirklich einen Geist gesehen.

„Schrecken!“, rief sie Hilary zu. „Anselm ist etwas passiert! Ich hatte ihn gerade gegen einen Baum gedrückt, als er unter meiner Klinge verschwand und …“ Alice schaute sich im Ballsaal um. „Ich verstehe das nicht“, sagte sie. „Wo sind alle hin?“

„Vielleicht kann ich eine Erklärung liefern.“ Miss Pimm kam auf wackligen Beinen die Treppe hinunter, immer noch auf Kanonenkugel-Jacks Arm gestützt und mit sehr ernstem Gesicht. „Ich weiß genau, was passiert ist.“

Claire sah aus, als würde sie gleich anfangen zu weinen. „Ja?“

„Bitte seid nicht wütend auf Claire, Miss Pimm“, schaltete sich Hilary ein. „Es war ein Unfall; sie wollte die ganze Magie gar nicht benutzen, und ich bin mir sicher, es tut ihr sehr leid. Ihr werdet sie doch nicht der Schule verweisen, oder? Oder sie in Reimen schelten? Oder …“

„Miss Westfield“, sagte Miss Pimm, „hör bitte auf zu quasseln. Du bist eine sehr gute Piratin, aber im Moment benimmst du dich schrecklich albern.“ Dann wandte sie sich an Claire und lächelte. „Warum sollte ich böse auf das Mädchen sein, das unsere neue Zauberin werden wird?“

Aus der illustrierten Queensport-Gazette
Das Tor zur zivilisierten Welt!

Schrecken des Südens rettet Zauberin

Nordholm, Augusta – Miss Eugenia Pimm, Zauberin des Nordens, ist dank des mutigen Einsatzes von Piratin Hilary Westfield, Pirat Charlie Dove, Miss Claire Dupree und ihren Kameraden endlich auf dem Heimweg nach Pemberton. Piratin Westfield, von der Gazette auch liebevoll „Schrecken des Südens“ genannt, hat gestern Abend in der High Society ziemlich für Furore gesorgt, als sie während des Debütantinnenballs von Philomena Tilbury in Tilbury Park Miss Pimm präsentierte. „Ich bin mir nicht ganz sicher, wie es Piratin Westfield geschafft hat, die Zauberin zu finden“, sagte Inspektor John Hastings. „Soweit ich weiß, besitzt sie weder eine Lupe noch eine Fingerabdruckausrüstung.“ Der Inspektor gab zu, dass er Piratin Westfield für ihre Hilfe bei der Lösung des Falls dankbar war. Dennoch bestand er darauf, er hätte Miss Pimm auch selbst gefunden, wenn man ihm nur noch ein paar Minuten Zeit gelassen hätte, nach ihr zu suchen.

Die Berichte vom Ball sind ziemlich verworren: Manche Gäste behaupten, die Zauberin sei bei einem Besuch bei den Tilburys krank geworden, während andere glauben, die

Tilburys hätten Miss Pimms Verschwinden persönlich geplant. Es scheint jedoch klar zu sein, dass ziemlich viele Piraten an den Ereignissen von gestern Abend teilnahmen und dass sie sich standhaft weigerten, auf ihre Manieren zu achten.

Kurz vor Miss Pimms plötzlicher und überraschender Rückkehr hatte Königin Adelaide eingewilligt, Miss Philomena Tilbury als die nächste Zauberin zu ernennen, doch die Königin überdenkt diese Einwilligung jetzt noch einmal. „Ich freue mich, Miss Pimm wieder auf ihrem Posten begrüßen zu können“, sagte die Königin der Gazette, „und ich freue mich darauf, mich mit ihr zu beraten, wer ihre Nachfolgerin sein soll.“ Miss Pimm reist momentan auf dem Piratenschiff Taube zurück nach Pemberton. Die Taube wird die Verteilung der Magie im Königreich innerhalb dieses Monats wieder aufnehmen.

Laut Inspektor Hastings suchen die königlichen Inspektoren nach Mrs Georgiana Tilbury, um sie weiter zu dem Verschwinden der Zauberin zu befragen. Sie wollen außerdem mehr über die große Menge gestohlener Magie herausfinden, die die Inspektoren in Tilbury Park entdeckt haben und die mit dem verschwundenen Diebesgut identisch zu sein scheint, das Admiral Westfield letztes Jahr vor seiner Verhaftung versteckt hat. Man nimmt an, dass sich Mrs Tilbury und einige ihrer Freunde und Familienmitglieder vorläufig auf einer fürchterlichen kleinen einsamen Insel irgendwo auf hoher See befinden.

Der Seeräuber
Is' der offizielle Rundbrief vom Fast Ganz Ehrbaren Club der Piraten

Rücktritte erschüttern den Club. Der Seeräuber hat die Gerüchte, die seit dem aufregenden Piratenkampf von letzter Woche kursieren, bestätigt, dass Piratin Hilary Westfield, der Schrecken des Südens, aus dem Fast Ganz Ehrbaren Club der Piraten ausgetreten ist. Der Schrecken hat von FGECP-Präsident Rupert Schwarzzahn drei Verwarnungen wegen unpiratenhaften Verhaltens erhalten, doch es ist unbekannt, ob diese Verwarnungen der Grund für ihren schockierenden und skandalösen Weggang aus dem Club waren. Kapitän Schwarzzahn hieß den Schrecken erst letztes Jahr mit offenen Armen im Club willkommen, und wir vom Seeräuber können nicht verstehen, warum ein Pirat vermessen genug sein könnte, die Mitgliedschaft in unserer erlauchten Organisation abzulehnen. Doch der Schrecken scheint ihre Bewunderer zu haben, denn die Piraten Charlie Dove und Kanonenkugel-Jack sind in Unterstützung ihrer Entscheidung ebenfalls aus dem Club ausgetreten. Wir erinnern alle drei Halunken eindringlich daran, dass freiberufliche Piraten ihre Abonnements des *Seeräubers* verlieren und nicht an Club-Picknicks teilnehmen dürfen.

CREW DER ABTRÜNNIGEN GEFUNDEN. Nach tagelanger Suche haben Vertreter des FGECP Kapitän Schwarzzahn und seine Crew auf einer abgelegenen, tristen Insel mehrere Meilen südlich von Augusta entdeckt. Aus Gründen, die dem *Seeräuber* unbekannt sind, waren die meisten der Crewmitglieder in unschmeichelhafte pfauenblaue Uniformen gekleidet, die während ihrer Woche auf der Insel gründlich durchnässt wurden. Kapitän Schwarzzahn und seine Männer waren den Berichten nach bemerkenswert knurrig, vielleicht aufgrund der Tatsache, dass sie gezwungen waren, ihre Insel mit zwei Damen der High Society und einem jungen Mann zu teilen, von dem es heißt, er sei der begehrteste Junggeselle von Augusta. Als ihm gesagt wurde, dass die königlichen Inspektoren auf dem Weg zur Insel seien, stöhnte Kapitän Schwarzzahn und vergrub das Gesicht in den Ärmeln seines recht kuriosen Fracks.

Kapitel Siebzehn

Hilary stand am Bug der *Taube* und schaute zu, wie die Turmspitzen und Dächer von Pemberton entlang der Küste vor ihr auftauchten. „Wir sind fast da, Wasserspeier", sagte sie leise. „Es ist beinahe Zeit, ‚Land in Sicht!' zu rufen."

Der Wasserspeier, der in seinem Nest gedöst hatte, gähnte und streckte die Flügel. „Land in Sicht!", murmelte er schläfrig. „Macht Platz für den Schrecken des Südens und seine fürchterliche Bestie!" Er blickte zu Hilary auf. „Wir bleiben doch nicht ewig in Pemberton, oder? Ich habe mich gerade erst wieder an mein Nest gewöhnt."

„Wir bleiben nicht lange", versicherte ihm Hilary. „Wir müssen nur Miss Pimm und Claire zurück ins Internat bringen, und ich würde gern ein paar neue Piratenkleider kaufen. Diese hier waren ein Geschenk von Schwarzzahn. Ich will sie jetzt, wo ich weiß, wie er wirklich ist, bestimmt nicht mehr tragen." Sie rückte dem Wasserspeier den Hut zurecht, der ihm im Schlaf auf die Schnauze gerutscht war. „Glaubst du, dass ich die richtige Entscheidung getroffen habe?"

„Du meinst, den FGECP zu verlassen?" Der Wasserspeier dachte kurz nach. Dann nickte er. „Ein Pirat zu sein“, sagte er, „muss nicht unbedingt bedeuten, ein Bösewicht zu sein. Ich bezweifle bloß, dass Kapitän Schwarzzahn den Unterschied kennt.“

„Wahrscheinlich hast du recht“, sagte Hilary. „Und es ist absolut zum Verzweifeln, dass er immer noch das Sagen über all diese Schurken und Halunken hat. Der beste Piratenclub der Hohen See sollte einfach nicht von einem Bösewicht angeführt werden!“ Sie schlug mit der Hand auf die Reling des Schiffs. „Hältst du es für möglich, dass Schwarzzahn durch einen verlorenen Kampf gegen den Schrecken des Südens ein Sinneswandel beschert wurde?“

„Falls nicht“, sagte der Wasserspeier, „sollten wir ihn über die Planke schicken.“

Beim Gedanken daran lächelte Hilary. „Ich habe die Hälfte aller Halunken des Königreiches auf den Fersen, wenn ich so etwas versuche“, sagte sie. „Jetzt, wo ich den Club verlassen habe, können sie mich in Stücke schießen, wann immer sie wollen.“

„Dann musst du einfach eine noch bessere Piratin sein als sie“, sagte der Wasserspeier. „Miss Pimm zu retten war ein sehr guter Anfang.“

Miss Pimm war noch nicht wieder so imposant wie sonst, doch die Tage auf der *Taube* schienen ihr gutgetan zu haben. Miss Greyson hatte ihr herzhaftes Essen und kleine Portionen Magie verabreicht, bis sie kräftig genug war, um in den Lagerraum der *Taube* zu gehen, wo sie eine großzügige Handvoll goldener Münzen und Häkelnadeln sammelte. Ein paar davon nutzte sie, um ihre Gesundheit zu verbessern, doch die meisten gab sie Claire, die beinahe die ganze Fahrt von Nordholm aus damit verbracht hatte, ihre Magiefertigkeiten zu üben.

„Deine Explosionen“, hatte Miss Pimm erklärt, „sind ganz normal, denn du hast um einiges mehr magische Kraft als diese winzigen Münzen halten können. Als ich ein kleines Mädchen war, habe ich die halbe Familiensammlung magischer Zahnstocher explodieren lassen. Es dauerte ein Weilchen, bis ich eine goldene Suppenterrine fand, die groß genug war, meine Macht zu halten, ohne in Stücke gerissen zu werden.“ Sie lächelte. „Ich glaube, damals habe ich mir gewünscht, dass etwas Interessantes passieren möge, und ehe ich es mich versah, galoppierte ein Schaf ins Zimmer und begann zu tanzen.“

Claire und Miss Pimm gesellten sich zu Hilary an den Bug der *Taube*, während Jasper das Schiff in die Bucht von Pemberton steuerte. „Wird Claire dann wirklich die Zauberin?“, fragte der Wasserspeier.

Miss Pimm nickte. „Sobald sie gelernt hat, ihre Begabung zu kontrollieren“, sagte sie, „und nur, wenn sie es möchte. Ich muss zugeben, dass ich mich sehr auf den Ruhestand freue, aber ich werde sicherlich kein weiteres junges Mädchen in diese Aufgabe zwingen, wenn sie den Gedanken daran nicht ertragen kann.“

„Ich kann ihn absolut ertragen“, sagte Claire fröhlich.

„Und ich glaube, ich mache Fortschritte. Heute habe ich erst zwei Häkelnadeln explodieren lassen."

„Hervorragend", sagte Miss Pimm. „Wenn wir wieder in der Schule sind, bekommst du bei mir Privatunterricht. Sollen wir sagen vier Tage die Woche, in aller Frühe vor dem Frühstück?"

Claire schluckte.

„Wenn es schon eine neue Zauberin geben muss", sagte Hilary, „bin ich sehr froh, wenn du es bist. Du wirst viel, viel besser als Philomena."

Miss Pimm schüttelte den Kopf. „Georgiana Tilbury hatte mich schon seit Ewigkeiten damit gequält und darauf bestanden, dass ich Philomena zur nächsten Zauberin ausbilde. Ich wusste, die Frau war rücksichtslos, und hatte den Verdacht, dass sie Eindringlinge nach Pemberton geschickt hatte, um mich beobachten zu lassen. Das ist auch der Grund, warum ich Mr Fletcher schrieb. Aber ich hätte mir nie träumen lassen, dass sie es beinahe schaffen würde, mich von meinem Posten zu verdrängen." Sie schürzte die Lippen. „Ich hoffe wirklich, dieser Inspektor Hastings lässt sie nicht wieder auf Augusta los."

Als die *Taube* sicher im Hafen von Pemberton lag und Mr Stanley über ihren Schatz wachte, setzte Hilary den Wasserspeier in ihre Tasche und machte sich mit den anderen Piraten auf den Weg zum Festland. Sogar Charlie schien es überhaupt nichts auszumachen, in Miss Pimms Mädcheninternat für feinfühlige Damen zurückzukehren. Er hatte auf Philomenas Ball mehrere Piraten mit seinen Schwertkampfkünsten beeindruckt, und ein paar Halunken hatten ihm bereits geschrieben und ihn um Ratschläge im Duellieren gebeten, was ihn in eine bemerkenswert fröhliche Stimmung versetzt hatte. „Hätte ich gewusst, dass High-Society-Bälle so viel Spaß machen", hatte er zu Hilary gesagt, „hätte ich öfter an welchen teilgenommen."

Sie gaben eine ziemlich eindrucksvolle Prozession ab, fand Hilary: Miss Greyson sprach mit Mr Marrow über Bücher; Jasper und Charlie schwangen ihre Schwerter in der Mittagssonne; Claire lieferte eine virtuose Vorstellung auf ihrer Flöte ab; Mr Slaughter geleitete Miss Pimm; und Hilary ging am Ende der Reihe mit dem Wasserspeier an ihrer Seite. „Weißt du", sagte sie zu ihm, „ich fühle mich im Moment ziemlich kühn und wagemutig."

Der Wasserspeier musterte sie genau. „Es hilft", sagte er, „dass du nicht aussiehst wie ein Kohl."

Dann bog die Straße nach Westen ab, sie kamen ins Zentrum vom Pemberton und Hilary hielt den Atem an. Sie konnte es nicht ganz fassen, doch das Tor zu Miss Pimms Mädcheninternat wurde von einer kleinen, aber energischen Menschenansammlung blockiert, die klatschte und jubelte, als sich die Piraten näherten. Es waren Inernatsmädchen mit aufgestickten tanzenden Schafen auf ihren Strickjacken und königliche Inspektoren in ihren adretten roten Jacketts. Außerdem waren da noch mehrere Leute, die Hilary überhaupt nicht erkannte, doch sie konnte Alice Feathering sehen, die auf und ab sprang, um eine bessere Sicht zu haben. Auf einem Spruchband, das über dem Tor flatterte, stand WILLKOMMEN ZU HAUSE, MISS PIMM, und darunter hatte jemand noch ein Spruchband mit der Aufschrift DANKE, PIRATEN befestigt. Hilary legte die Arme um Charlie und Claire, während sie die Spruchbänder bewunderten, und eine Weile konnte keiner von ihnen etwas anderes tun als grinsen.

Der Wasserspeier neigte den Kopf so weit in den Nacken, dass er beinahe aus seiner Tasche fiel. „Was ist los?", fragte er. „Oh, Hilary, sind das meine Bewunderer?"

„Ja", sagte sie, „ich glaube schon."

„Und könnte es sein …" Der Wasserspeier schwieg und seine Ohren zuckten. „Na, wer hätte das gedacht", sagte er glücklich, als ein königlicher Inspektor auf der anderen Straßenseite in eine Fanfare blies. „Sie haben sogar an die Trompeten gedacht!"

Nachdem Hilary Claire zum Abschied umarmt und Miss Pimm herzlich die Hand geschüttelt hatte, und nachdem sie eine neue Piratengarderobe und einen schönen neuen Hut gekauft hatte, den der Wasserspeier für atemberaubend erklärte, trottete sie zur *Taube* zurück und ließ ihre Tüten aufs Deck fallen. Dann setzte sie den Wasserspeier in sein Nest und schaute mit ihm den kleinen Wellen zu, wie sie unter ihnen an den Schiffsrumpf schwappten.

Charlie fragte, ob sie eine neue Duellstrategie üben wolle, die Jasper ihm beschrieben hatte, doch Hilary schüttelte den Kopf. „Es ist nett, dass du fragst“, sagte sie, „aber mir ist gerade nicht nach Duellen.“

„Das ist in Ordnung“, sagte Charlie. „Piraten müssen sich nicht immer duellieren. Manchmal können sie auch einfach mit ihren Freunden auf die Wellen schauen.“

Hilary lächelte. „Ist das eine FGECP-Regel?“

„Überhaupt nicht“, sagte Charlie. „Es ist meine eigene, und du darfst sie dir gern borgen.“

„Danke“, sagte Hilary. „Ich glaube, das werde ich tun.“

Sie blickten eine ganze Weile gemeinsam auf die Wellen hinaus, knabberten Zwieback und erzählten sich furchterregende Piratengeschichten, bis der Himmel über dem Horizont Sonnenuntergangsstreifen bekam. Dann regte sich der Wasserspeier in seinem Nest. „Da hol mich doch der Klabautermann!“, sagte er. „Da ist die *Donnerbüchse*!“

Ein fröhliches Läuten erklang von Kanonenkugel-Jacks Hausboot, als es sich der *Taube* näherte. „Ahoi, Schrecken!“, rief Kanonenkugel-Jack. „Ich hab gehofft, dich hier zu finden. Hab hier ’n paar Halunken, die gern mit dir plaudern würden.“

Vor Hilarys Augen schlurften ein paar Piraten auf das Deck der *Donnerbüchse*. Sie alle trugen schmutzige pfauenblaue Uniformen und sahen vollkommen erschöpft aus. Hilary hätte sich beinahe an ihrem Zwieback verschluckt, als sie in dem Piraten ganz vorne in der Gruppe Kapitän Schwarzzahns ersten Maat, Mr Twigget, erkannte.

„Hab sie auf 'nem kleinen Floß ein paar Meilen südlich von hier dümpeln gesehen", erklärte Kanonenkugel-Jack. „Sie sagen, sie hätten dem alten Schwarzzahn den Laufpass gegeben und wollten mit Piratin Westfield reden." Er schwieg kurz und schenkte Hilary ein entschuldigendes Lächeln. „Was ja du bist."

„Aber sie sind Meuterer!", rief Charlie. „Warum sollten wir ihnen zuhören?"

„Warte mal kurz", sagte Hilary. „Ich finde, wir sollten ihnen eine Chance geben." Sie richtete sich auf und musterte der Reihe nach die Piraten, die von der *Donnerbüchse* aus ziemlich zerknirscht zu ihr aufschauten. „Also, Mr Twigget? Worum geht es?"

Mr Twigget räusperte sich und schlurfte vorwärts, als Kanonenkugel-Jack ihn mit der Schwertspitze stupste. „Ahoi, Piratin Westfield", sagte er. „Wir – meine Kameraden und ich, meine ich – wir haben ein bisschen über unsere Karriere nachgedacht und uns überlegt, ob wir uns vielleicht deiner Crew anschließen könnten."

„Aber Ihr arbeitet für Kapitän Schwarzzahn." Hilary griff nach ihrem Schwert.

„Nicht mehr", sagte Mr Twigget aufrichtig. „Ein paar von uns gefallen seine Methoden nicht – das heißt, die Entführungen und das alles. Es ist nicht fast ganz ehrbar, wenn du weißt, was ich meine."

Hilary nickte. „Das weiß ich sehr gut."

„Jedenfalls haben wir genug davon, von dieser Mrs Tilbury herumkommandiert zu werden, und wir haben gehört, du hast dich Kapitän Schwarzzahn widersetzt. Manche Halunken reden schon davon, auf welche Seite sie sich stellen, und wir wären lieber auf deiner als auf seiner." Mr Twigget rang die Hände. „Es macht nichts, wenn du Nein sagst. Wir können andere Hobbys finden … Es gibt mehr im Leben als die Piraterie, schätze ich …"

Die anderen Piraten schauten Mr Twigget an, als wären sie sich da gar nicht so sicher.

Hilary schaute Charlie und den Wasserspeier mit hochgezogenen Augenbrauen an. Dann wandte sie sich wieder an Mr Twigget. „Ich sehe, wir haben viel zu besprechen", sagte sie, „also könnt Ihr auch gleich zum Abendessen bleiben. Du auch, Kanonenkugel-Jack. Miss Greyson kocht sowieso immer doppelt so viel, wie wir brauchen."

Charlie warf der *Donnerbüchse* ein Tau zu, und die Piraten kletterten an Bord. Mr Twigget nahm Hilarys Hand in seine beiden und schüttelte sie auf und ab, bis Hilary meinte, ihr würde gleich der Arm abfallen. „Danke, Schrecken", sagte er. „Ich verspreche, du wirst es nicht bereuen."

„Gerne", sagte Hilary, während sie sich von Mr Twigget befreite. „Charlie, könntest du diese Schurken und Halunken bitte in die Kombüse bringen und Miss Greyson alles erklären?"

Als all die Piraten hinter Charlie her vom Deck getrampelt waren, seufzte Hilary und kraulte den Wasserspeier hinter den Ohren. „Anscheinend können sich Piraten nie lange von Abenteuern erholen“, sagte sie.

Der Wasserspeier stimmte ihr zu. „Und das ist auch gut so“, sagte er. „Ich glaube, ich würde mich sonst fürchterlich langweilen.“

„Also gut“, sagte Hilary, „worauf sollen wir Kurs nehmen? Auf die fernsten Ecken von Augusta vielleicht? Zu einem Ort, der so gefährlich ist, dass nicht einmal Kapitän Schwarzzahn es wagen würde, uns zu folgen?“

Der Wasserspeier dachte kurz nach. Er schnüffelte. „In die Kombüse“, sagte er schließlich. „Ich glaube, Miss Greyson backt einen Kuchen.“

Hilary lachte und hob ihn aus seinem Nest. Und während die Sonne über der Pemberton Bay unterging, folgten sie dem Rest der Piraten nach unten zum Abendessen.

Danksagungen

Jedes Buch beruht auf den Talenten einer kühnen und heldenhaften Bande von Schurken und Halunken, und dieses ist keine Ausnahme. Danke an meine Lektorin Toni Markiet, deren scharfes Auge mich zu einer besseren Schriftstellerin macht und durch deren Vertrauen ich mutiger sein kann. Danke auch an Rachel Abrams, die ein echter Profi ist, sowohl im Lektorat als auch im Heranrufen von Taxis; an Abbe Goldberg, die ruhig und gelassen mehr tut, als ich mir nur vorstellen kann; an Dave Phillips für seine wunderschönen Illustrationen; und an alle bei HarperCollins und Simon & Schuster UK, die unglaublich viel für die Piraten getan haben, besonders Amy Ryan, Emilie Polster, Mary Ann Zissimos, Karen Sherman und Alana Whitman.

Wie immer schulde ich meiner Agentin Sarah Davies und dem Team von Rights People, die sich hervorragend um meine Bücher kümmern, bergeweise Dank.

Danke an Hannah Moderow, Meg Wiviott, Alison Cherry, Melanie Crowder und Anna Drury für ihre klugen, treffenden Ratschläge und allen Schrifstellern, die mir so großzügig Anregungen und Unterstützung geboten haben: Jonathan Auxier, Anna Boll, Brandy Colbert, Corey Ann Haydu, Val Howlett, Kristen Kittscher, Jessica Leader, Helen Pyne, Lindsay Ribar, Tom Sweterlitsch, Liz Whelan, Kathleen Wilson, dem L.E.C.S. und dem Alumni-Verein des Vermont College of Fine Arts.

Und danke an meine Familie – Zach Pezzementi und Jane, Chris und Jonathan Carlson – für eure Liebe, euren Enthusiasmus und eure Bereitschaft, viele, viele Entwürfe zu lesen.

Caroline Carlson war schon immer eine Buchernärrin und las alles, was sie zwischen die Finger bekommen konnte. Dann begann sie, eigene Geschichten zu schreiben. Hilary und der Fast Ganz Ehrbare Club der Piraten schrieb sie während ihres letzten Semesters an der Uni. An Halloween erfuhr Caroline, dass ein Verlag ihre Geschichte gekauft hat – als ihre Agentin sie anrief, steckte sie gerade in einem Pinguinkostüm.

Tom Percivals Kindheit war in jeder Hinsicht ungewöhnlich: Er wuchs in einem klapprigen, eiskalten Wohnwagen auf – ohne Heizung und Elektrizität. So blieben ihm zur Unterhaltung vor allem Bücher und seine Fantasie. Und der waren besonders nachts, bei heulendem Sturm, in einem zugigen Wohnwagen, der nur mit einer Gaslampe beleuchtet wird, keine Grenzen gesetzt. Das hat ihn so geprägt, dass er schließlich selbst Autor und Illustrator wurde. Auf dem deutschen Markt sind vor allem seine Cover der Skulduggery-Pleasant-Reihe sehr bekannt.

Wie alles begann …
Hilary auf Schatzsuche!

BAND 1

ISBN 978-3-451-71222-7

Hier geht es zur magischen Leseprobe.
Schnell QR-Code einscannen und weiterlesen.